# Gleisläufer

Dieter Kopp

# Gleisläufer

Flensburg-Krimi

ihleo verlag

**Bibliografische Information
der Deutschen Nationalbibliothek**

Die Deutsche Nationalbibliothek verzeichnet diese Publikation
in der Deutschen Nationalbibliografie; detaillierte bibliografische
Daten sind im Internet über http://dnb.d-nb.de abrufbar.

**Impressum**

© ihleo verlag, Husum 2018

*Umschlagabbildung*: Kind im Bahntunnel © Deyan Georgiev

*Gesamtherstellung*: ihleo verlag – Dr. Oliver Ihle,
  Schlossgang 10, 25813 Husum
  info@ihleo.de, www.ihleo-verlag.de

ISBN 978-3-940926-43-2

*Lasst die Toten ruhen*

# Fügung des Schicksals

Jahrzehnte vergingen, bis ich meinen Freund Horge wiedersah. Es war in einer Konditorei am Marktplatz.

Am Tage danach berichtete ich Christine Bongartz von dem zufälligen „Wiedersehen am Kuchenbüfett", sie fiel mir eifernd ins Wort. „Zufälle gibt es nicht!", sagte sie und begann einen Vortrag über die Vorbestimmung von Ereignissen und Schicksalsläufen. Sie schloss ihren Monolog mit: „Dem kann keiner entgehen, auch du nicht, Henning!" Dann warf sie sich rücklings in den Sitz eines wartenden Taxis, rief noch: „Wie lange bleibt Horge in der Stadt? Ich will ihn sehen, wir müssen uns treffen! Ich ruf dich an …", und war verschwunden.

Gut – also nicht Zufall, sondern die Fügung des Schicksals hatte mich an diesem Sonntagvormittag die *Backstube zum alten Kloster* betreten lassen; übrigens erstmals ohne meine „liebe" Ruth, die mich vor Wochen verlassen hatte und mit Sack und Pack zu ihrer Freundin geflüchtet war – ich behaupte, wegen einer Petitesse. Mir fiel diese Kleinigkeit jetzt ein, jetzt, da Ruth fehlte. Die Reihe der Wartenden reichte bis zur Tür. Es sollte also länger dauern. Ich trotzte der Langeweile und genoss die Duftschwaden von Mandeln, Vanille und frischer Butter. Hinter den Verkaufstresen wieselten weiß beschürzte, mollige Frauen. Die Gier nach den süßen Verführungen steigerte die Ungeduld der Kunden, es gab kleine verbale Scharmützel um Standortvorteile. Der Mann vor mir in der Warteschlange hatte im Nackenbereich ein kleines, aber auffälliges Muttermal, drei Flecken – in Form und Anordnung so, dass man nichts anderes als einen Schmetterling hätte assoziieren können.

‚Horge Hinnerks!‘, schoss es mir durch den Kopf. Ich erinnerte mich genau an diese sonderbare Pigmentstörung, sein persönliches Kennzeichen. ‚Nein, kein Zweifel – er ist es! Das gibt's ja nicht!‘ Ewigkeiten hatte ich nichts von ihm gehört. Warum eigentlich? Warum kein einziges Mal angerufen, keine Mail, keine Karte? Alles, was ich über ihn wusste, hatte mir seine Mutter Mieke bei den wenigen Begegnungen auf der Straße oder im Supermarkt berichtet.

Eine der Verkäuferinnen fingerte hinter ihrem Rücken an den Bändern ihrer Schürze und sah Horge auffordern an. Er reagierte nicht.

„Was darf es sein?“, fragte sie schließlich.

Er war offenbar überrascht, schon an der Reihe zu sein, und zögerte unschlüssig. Ich erinnerte mich an seine Vorliebe für Marzipan und mischte mich ein.

„Vielleicht möcht' der Herr 'nen Marzipan-Mohnstreifen.“

Er wandt sich um, sein fragender Blick suchte in meinem Gesicht nach einer Antwort, dann grinste er verlegen.

„Henning?“, rief er ungläubig aus und zog mich am Ärmel meines Jacketts aus der Warteschlange durch die weit geöffnete Tür hinaus auf den sonnendurchfluteten Südermarkt.

Horge hatte nach all den Jahren immer noch dieses ihm eigene spitzbübische Lächeln. Es erinnerte mich an den jungen Orson Welles alias Harry Lime in dem Politthriller *Der dritte Mann* oder an den dänischen Jazz-Geiger Svend Asmussen, der permanent verhalten grinste. Wir umarmten uns, Horge schlug mir in aller Freundschaft, aber zu heftig auf Schultern und Rücken.

‚Er ist noch der Grobian wie eh und je‘, dachte ich hustend, ‚kann nicht dosieren.‘

„Wie geht es dir, mein Lieber?“, wollte Horge wissen und: „Warum hast du nie von dir hören lassen?“ Was mit unseren alten Kanuten sei – er meinte unsere Freunde aus der Jugendzeit – und ob ich noch Kontakt zu Christine Bongartz habe.

‚Also das Unwichtigste zuerst‘, dachte ich.

„Christine? – Ja, – gelegentlich, – eher selten.“

„Was macht sie beruflich?“

„Sie ist Anwaltsgattin.“

„Aha – eine Lebensstellung.“

„Nicht unbedingt, aber wohl kein anstrengender Job“, erwiderte ich. „Weiß man’s?“

„Wie sieht sie aus?“

„Attraktiv“, meinte ich. „Aber sei tapfer, wenn du ihr begegnest – es sind Jahrzehnte vergangen.“ Christine sei die Alte geblieben, habe sich kein Jota verändert … selbstbewusst, intelligent und erfrischend geradeheraus.

„Sie hat letztens in alten Fotos gekramt und eines für mich zur Seite gelegt.“ Ich zitierte Christine und imitierte dabei ihre blecherne Stimme: „‚Mein Gott, wie saht ihr bescheuert aus damals! Ich habe mich bepinkelt vor Lachen.‘ – Na, du kennst sie ja. Das Bild, das sie gefunden hatte, zeigt dich und mich hintereinander, im Profil, auf den Köpfen diese Schirmmützen, die von Eisenbahnern und Hitlerjungen getragen wurden, die Seitenklappen über die Ohren gezogen und der Unterkiefer hing uns im gleichen Winkel herunter.“

„Was macht Krebskopf?“, wollte Horge wissen, und ob ich etwas von Lydia gehört habe.

„Wir müssen uns bald wiedersehen", sagte ich, dann erzählte ich trotzdem schon, wie es allen ergangen war.

Eine knappe Stunde standen wir gestikulierend und aufeinander einredend den Passanten im Wege, kramten in der gemeinsamen Erinnerungskiste nach Anekdoten aus der Vergangenheit. Es war amüsant, doch wieder und wieder bemerkte ich auch die kurzen Momente, in denen Horges Lächeln gefror, er entrückt schien; seine stahlgrauen Augen sahen durch mich hindurch, als wäre ich nicht anwesend. Es waren Sekunden, für mich schmerzlich wie Peitschenhiebe, Augenblicke, die nicht zu seinen launigen Posen und Erzählungen passten und mich daran erinnerten, dass es diesen anderen Menschen in ihm gab. Das Raubtierhafte. Und die Bilder kamen zurück.

‚Horge ist von einem Dämon besessen ...‘, hatte Lehrer Golke in seiner Erregung gesagt, damals nach dem unglückseligen Ereignis auf dem Schulhof – das wir fortan als *die Sache mit Willem* bezeichneten.

Ja, Willem Schollfi.

Keiner hatte ihn wirklich gemocht, dennoch war er einer von uns Bahndammbagaluten, Banausen, Rabauken – wie immer man uns im Viertel titulierte. Er war immer dabei gewesen, und sein Talent, Dinge zu „organisieren", die wir uns nicht getrauten, hatten ihn in unserem Rudel zum Alphatier gemacht ... Mit Vorbehalten. Ich sah das Bild unauslöschlich vor mir: Jenen sonnigen Vormittag, an dem Willem regungslos und blutüberströmt im Staub neben der mächtigen Schulbuche lag.

Das plötzlich einsetzende Geläut der nahen St.-Nikolaikirche riss mich aus meinen Gedanken. Horge hatte mich ertappt: „Dieses Gebimmel macht dir immer noch

ein schlechtes Gewissen!", rief Horge. „Das sind die Spät-
folgen des Konfirmandenunterrichts – erinnerst du dich?"

„Aber ja!", erwiderte ich und schaute demonstrativ auf
die Uhr.

Für den Abend des übernächsten Tages verabredeten wir
uns in einem Restaurant der Innenstadt. In der Backstube
waren die Rollläden inzwischen heruntergelassen, und so
gingen wir ohne die süßen, sahnigen, cremigen *Schlagge-
maschstücke* auseinander.

# Bahndammbagaluten

Wenn ich an die Zeit zurückdenke, in der ich mit Horge fast täglich zusammen war, sehe ich das Bahngelände vor mir. Auf dem Weg zum Hafen durchquerte die eingleisige Bahntrasse das Gelände der alten Papiermühle. Deren Gebäude und Fabrikanlagen duckten sich in eine Senke; nur der alles überragende Schornstein aus graugelbem Backstein verriet den Standort der Papiermühle.

Es war unser grünes Paradies mit seinen dicht bewachsenen Hängen.

Wie ein Bachlauf schlängelte sich das Gleis durch die Mitte unseres Cañons, rostfarben gepudert, befestigt auf alten Eichenbohlen, gebettet auf einen Damm aus Schottersteinen. Auf dem verbotenen, aber erwachsenenfreien Terrain flüchteten wir uns in Fantasiewelten, die uns in Protagonisten der Abenteuer- und Westernromane verwandelten. Wir, die „Bahndammbagaluten", das waren Horge und ich, Roland Krebkov, genannt „Krebskopf", Gustav Lohmann alias „Guschi Lo" und Willem Schollfi, den wir „Schoolfri" nannten, und andere in wechselnder Besetzung. Wir waren dort die Piraten der Königin, kämpften Seite an Seite mit Westernhelden oder machten uns mit einer Möwenfeder zum Häuptling der Indianer. Unsere Behausungen bestanden aus geflochtenen Weidenzweigen. Der Schrei des Dschungelkönigs hallte durch das Tal des Todes, wenn sich Willem an Lianen aus Hanfseilen von Baum zu Baum schwang.

Es gab mehrere Zugänge zu den Böschungen des Bahndamms; einer über die morschen Lattenzäune der Hinterhöfe durch Draht und Stacheldraht, ein anderer führte an der Rückseite von *Golniewskys Bude* entlang, vorbei an leeren Getränkekisten und Kartons. Golniewsky, hieß es, sei ein SS-Scherge gewesen und habe die jüdischen Bürger der Stadt aus ihren Häusern geholt und ihren Transport in die Vernichtungslager organisiert. Nach Kriegsende arbeitete er in der nahe gelegenen Kalksandsteinfabrik, bis ihn seine Staublunge in den Ruhestand zwang. Der alte schweigsame Mann, den mein Vater *Greifer* nannte, verkaufte seither Tabak, Süßigkeiten und Getränke in seinem Kiosk an der Bahnbrücke und hoffte bis ans Ende seiner Tage, es würde sich niemand an ihn und seine Untaten erinnern.

Mein Freund Horst-Georg hat seinen ungewöhnlichen Vornamen mit Rücksicht auf die Rivalitäten seiner Großväter Horst und Georg bekommen. Eine Vereinfachung lag nahe; er selbst hatte schon als stammelndes Kleinkind die Version *Horge* ins Spiel gebracht.

Er wuchs in einem Haus nahe der Husumer Brücke auf. Das Fachwerkgebäude von „anno Weißkohl" war das letzte einer langen Reihe von meist viergeschossigen Mietshäusern und das einzige, das schon vor der Zeit des Jugendstils entstanden war. Alle Häuser hatten Toreinfahrten, die zu Hinterhöfen führten. Familie Hinnerks ging es in jenen Jahren wirtschaftlich besser als den meisten in unserem Stadtteil. Nach dem frühen Tod des Vaters kümmerten sich die Mutter und Horges Tante Anne um *Hinnerks Schreibwarenecke*, einem kleinen Ladenlokal, bis unter die Decke mit Waren vollgestopft. Mieke Hinnerks hatte die Gabe, die Kunden jedweden Alters oder Geschlechts in private Konversationen zu verwickeln, sodass sich mit der Zeit eine familiäre Verbundenheit zu ihrer Klientel entwickelte.

Mieke und Tante Anne betrieben zusätzlichen einen Lesezirkel. Im Schuppen des Hofes stand das Prachtstück des Hauses, ein hochglanzpolierter schwarzer *Opel Olympia*, umrahmt von gestapelten Packen nummerierter illustrierter Zeitschriften. An manchem Sonntagmorgen haben Horge und ich bei der Aufbereitung der Illustrierten geholfen. Wir falzten Umschlagpappen, stempelten die Wochennummern, Titel der Zeitschriften und das Firmenemblem *Hinnerks Lesezirkel* auf die marmorierten Schutzumschläge. Frau Hinnerks entlohnte uns mit einem Markstück, das reichte für den Eintritt in einem der vielen Kinos, die sich noch Lichtspieltheater nannten.

In den frühen Fünfzigerjahren zeigte sich die Stadt in tristem Grau, der Mangel an Geld und Material war allgegenwärtig. Die Stimmung der Menschen schwankte zwischen Trotz und Trübsinn. Einige fürchteten die späte Rache der siegreichen Russen, andere hofften auf Gott oder auf jene Wende, die sich anzukündigen schien und Jahre später als *Wirtschaftswunder* in die Geschichte eingehen würde. Aus Volksempfängern und den neumodischen Radios mit den magischen grünen Augen erklang Operettenmusik. Quälend oft sang Willi Schneider: „Wenn das Wasser im Rhein goldener Wein wär …", und mehrmals am Tage behauptete Bully Buhlan in betörendem Bariton, er habe *noch einen Koffer in Berlin*.

Zum Stadtbild gehörten versehrte Heimkehrer, manchem war in dem grausamen Kriegsgeschehen ein Unterschenkel oder gar ein ganzes Bein abhandengekommen, anderen guckte aus dem Ärmel eine mit schwarzem Leder bezogene, hölzerne Prothese hervor.

Meine Familie bestand im Kern aus Vater Levken und Mutter Amanda, meinem Bruder Friedrich und zwei Schwestern. Gerda und Gunda sammelten Kaugummibilder mit den Konterfeis amerikanischer Schauspieler. Fehlte ihnen das Geld für das Kino, kauften sie ersatzweise an der Kasse für 15 Pfennige ein Programmheft in hässlichem schwarz-braunem Duplexdruck mit den Fotos der Kinohelden und Filmszenen.

Mit einem Brief aus den USA nahm Gundas Leben eine dramatische Wende: Gary Cooper hatte endlich auf ihre vielen Autogrammanforderungen reagiert und sein Porträtfoto mit Unterschrift und einer freundlichen Zeile in gebrochenem Deutsch geschickt. Friedrichs Bemerkung „Auf Coopers Sekretärin ist Verlass" hatte Gunda zwar den Tag verdorben, aber an ihrem Entschluss, baldmöglichst in die USA auszuwandern, nichts ändern können.

Mutters Kommentar: „Du bist wohl nicht ganz bei Trost!"

Meine Schwester Gunda erfüllte sich später ihren Jugendtraum und reiste per Schiffspassage nach New York. Danach haben wir lange nichts von ihr gehört; Mutter machte sich zunehmend Sorgen. Irgendwann klingelte Margot an der Tür. Familie Gondesen lebte in der Wohnung unter uns, die Mutter betrieb einen Ofenhandel und war die Einzige im Hause mit einem Telefonanschluss.

„Schnell!", drängte Margot, „ein Anruf aus Amerika – Gerda ist dran!"

Erleichtert kam Vater nach dem Gespräch wieder hinauf und hatte noch im Treppenhaus gemurmelt: „Gott sei Dank, es geht ihr gut!"

Gunda hatte sich längst damit abgefunden, dass Gary Cooper verstorben war; statt seiner hatte sie sich den Banker Henry Conner geangelt. Von dem Pärchen hing ein Foto in unserem Wohnzimmer.

„Ernüchternd!" war Friedrichs Kommentar: „Der sieht aus wie ein Schluck Wasser." Gerda hatte in einem ihrer Briefe eingestanden, dass Henry ein ganz anderer Typ sei als ihr Filmheld, und beschwörend hinzugefügt, er habe ein sehr liebenswertes Wesen.

Mein Bruder nannte mich *Rotfuchs*, was damit zu tun hatte, dass meine Haare einen gewissen Farbschimmer hatten. Friedrich liebte es, mir kleine verbale Gemeinheiten anzutun, aus Rache für meine „komfortable Nesthäkchen-Position", wie er sagte. Sein bester Freund Horst Schaller schimpfte mich *Feuermelder* und reimte: „Rote Haare, Sommersprossen sind des Teufels Volksgenossen!" Er erwies Friedrich damit eine Gefälligkeit, die ihm nachhaltig Vergnügen bereitete. Gunda tröstete mich: „Wenn du groß bist, färbst du dir die Haare schwarz, das macht Oma auch."

Meinen Bruder verschlug es Jahre später nach München. Er besuchte uns nur um Weihnachten, rief aber gelegentlich an. In Friedrichs Telefonate schlich sich immer häufiger das in Bayern unvermeidliche „gell" ein. „Jung, schnack düütsch!", mahnte ihn Mutter dann auf Platt.

Alle Anrufe gingen über Gondesens Telefon. Irgendwann hatte Vater ein Einsehen, einerseits wegen der geplagten Nachbarn, andererseits wollte er wegen seiner kleinen Druckerei auch nach Geschäftsschluss telefonisch erreichbar sein.


Das zufällige Treffen mit Horge in der Bäckerei ließ aber vor allem meine Erinnerungen an die Erlebnisse mit den

Freunden wieder aufleben – eben mit Horge, Guschi Lo oder Roland „Krebskopf" und natürlich auch Willem. Nach der Schule stromerten wir durch das Viertel. Gelegentlich waren zur Aufbesserung unserer Barschaft Beutezüge durch die Innenstadt angesagt, dann nahmen wir den Umweg über die Schienen zum Hafen.

Das Gleis machte einen großen Bogen um den Biergarten des *Deutschen Hauses*, in dessen äußerster Ecke die verwitterten Reste eines Pavillons standen und den Ratten als Behausung dienten. Zwei Brücken in kurzen Abständen ließen den Straßenverkehr unter dem Bahnviadukt passieren. In die etwa vier Meter hohe Wallanlage waren Kasematten hineingebaut, kleine Gewölberäume mit halbkreisförmigen, holzverkleideten Fronten zur Straße. Sie wurden als Läden genutzt, einer der Räume als öffentliche Toilette. Von der Höhe des Bahnviadukts hatten wir den Blick in die Höfe der kleinen Fachwerkhäuser der Süderfischergasse und auf den Kirchturm von St. Johannis.

Wir erreichten den Hafen, unser eigentliches Ziel, an dessen Spitze der große *Peters-Schuppen* stand, ein Ensemble grüner Gebäudeteile aus Planken und Brettern mit halbrunden schwarzen Teerpappdächern. Der Schuppen gehörte zum Bild des Hafens wie die Kräne der Werften, wie die Silos und Fischerboote. Das Gleis teilte sich an der Spitze des Hafens und verließ den Bahndamm. Am westlichen Ufer reichte es, eingebettet in die granitgepflasterten Kaianlagen, fort bis zu den schwarzen Kohleschuppen der Firma *Holm & Molzen*. Dann vorbei an den Werftanlagen, der alten Fischfabrik und dem Gaswerk bis hin zum nahen Ostseebad, unweit der bewaldeten Hänge der dänischen Küste. Wir gingen als Erstes hinüber zum Petersen-Schuppen. Der nördliche Teil ragte über die Spitze des Hafenbeckens hinaus und schwebte, von Eichenpfählen gehalten, über dem grauen Hafenwasser. Davor führte ein ungesicherter, schmaler Holzsteg die wenigen Meter hinüber zum Ostufer. Am Steg hatten einige kleinere Schiffe und Lastkähne festgemacht, Schauermänner trugen schwere Säcke in die Lagerräume des Schuppens.

„Haut aff hier, dat is keen Kinnerspeelplatz!", wurde einer der Arbeiter laut. „Oder wüllt ji versupen?", rief er uns hinterher.

Wir mussten uns sputen und brachten uns trotzig johlend in Sicherheit.

Das Hafenufer bot einen pittoresken Blick auf die Hänge der Stadt, auf terrassenförmig angelegte Straßen und ein Meer von Häusern, die in bunter Vielfalt an vergangene Jahrhunderte erinnerten. Die östliche Anhöhe dominierten schmucke Kapitänshäuser. Enge Gassen und Treppen führten steil hinauf bis zur hoch aufragenden St.-Jürgen-Kirche. Man habe während der Zeit der großen Pest in diesem Viertel die Todgeweihten isoliert und ihrem grausamen Schicksal überlassen, hatte es im Heimatkundeunterricht geheißen.

Das flache Wasser des Ostufers zeigte einen winzigen Strandabschnitt, gerade groß genug als Refugium für einige Schwäne und Stockenten. Es schloss sich der Bereich der Fischer an, mit Kuttern, Trockenständern für die Netze und Türmen von leeren Heringskisten. Der Geruch von Muscheln, Fisch und Dieselöl mischte sich zu dem unverwechselbaren Duft des Ostseehafens, auf dessen bleiernen Wassern etliche Öl- und Benzinlachen schillerten.

Willem hangelte mit einem langen Stock nach einer aufgeblähten toten Ratte. Unvermittelt dröhnten Schiffssirenen, wir hörten das Schreien der Möwen und die Rufe und Flüche der Männer am Kai. Laute Hammerschläge drangen vom Werftgelände herüber und es blitzten die gleißenden, violetten Lichter der Schweißgeräte vor dem dunklen Hintergrund der von Rost überzogenen gewaltigen Schiffskörper.

Am Westufer, der Amüsiermeile des Hafens, teilten sich in bunter Enge die Kaschemmen und Spelunken mit Schiffsausrüstern und Segelmachern die vorderste Reihe der Hafenkante. Den Zugang zur „schönsten Bordellgasse des Nordens", wie Kenner behaupteten, rahmten verruchte Varietélokale. Das legendäre Fischrestaurant *Piet Henningsen* bot den wenigen Betuchten der Stadt eine anspruchsvolle nordische Küche in dem Interieur einer Kapitänskajüte. Die Wände des Lokals waren wie von Konditorhand auf rustikal gespachtelt. Am Kai hatten Schiffe und Lastkähne festgemacht, zwischen ihnen mühten sich Angler, etwas an den Haken zu bekommen. Ölgetränkte Schuppen, Stege und hölzerne Polder schwitzten in der Sonne und verbreiteten den für diesen Hafen typischen würzigen Teergeruch.

Von dort aus ging es in die Einkaufsstraße. Die Aktionen zur Kleingeldbeschaffung führte Willem an. Er war risikofreudig, erfindungsreich und hatte die beste Nase für Gelegenheiten. Es herrschte geschäftiges Treiben in der engen Straße. Die Bürgersteige konnten die vielen Fußgänger nicht aufnehmen. Zahlreiche Stadtbummler mussten auf die granitgepflasterte Fahrbahn ausweichen. Die wenigen Autos kamen nur im Schritttempo voran und die Elektrische bahnte sich bimmelnd den Weg durch die Innenstadt. Aus den Läden strömten verheißungsvolle Düfte nach geräuchertem Fisch oder frischen Backwaren. Von den Höfen drangen die unterschiedlichsten Gerüche auf die Straße und vermittelten eine Ahnung von der Vielfalt der kleinen Gewerbe. Das Parfüm von Kümmel und Schnaps drang aus den Bottichen der hier ansässigen Firma *Bommerlunder* und führte mit seinen Aromen einen ganzen Straßenzug in Versuchung.

Wir begannen unseren Streifzug mit der Inspektion eines bestimmten Münzautomaten. Er befand sich in einer öffentlichen Toilette zwischen der Nikolaikirche und der Treppe vor dem dunklen Gang hinauf zur Schule. Die Tür zum Pissoir war immer weit geöffnet. Des Hinweisschildes mit der Aufschrift *Männer* hätte es nicht bedurft, der beißende Ammoniakgeruch reichte bis auf die Trottoirs der Straße. Wir bildeten einen Kreis, atmeten tief ein, hechelten wie vor einem Tauchgang, hielten die Luft an und liefen hinein ins Männerklo.

Die flackernde Neonröhre konnte den zitronengelb gefliesten Raum der Herrentoilette nur kümmerlich ausleuchten. Der Weg zur Rinne führte durch Pfützen aus Wasser und Urin. Oberhalb des Münzautomaten hatte jemand in großen Lettern einen Warnhinweis an die Wand gepinselt: „Männer, schützt eure Gesundheit!" Der Sinn erschloss sich uns damals nicht. In Augenhöhe war ein perforiertes Kupferrohr nicht ganz waagerecht vor die Wand montiert. Es ließ kleine Rinnsale Wassers über die Fliesen laufen, sie mischten sich mit dem Urin, nahmen ihren Weg über die Ablaufrinnen und verschwanden mit einem gurgelnden Geräusch schäumend im Bodenablauf. Urinale gab es nicht, die Herren mussten gegen die Wand pinkeln.

An diesem Tage standen dort zwei Männer breitbeinig vor der Rinne. Wir rüttelten an den Warenauszügen des Automaten, in der Hoffnung, dass einer von ihnen seinen Inhalt freigab. Der bestand aus unterschiedlich bunten Schächtelchen, in denen sich jeweils fünf eng verpackte „Luftballons" befanden. Willem schlug mit der Faust gegen den Automaten und drückte hektisch auf den Münzknopf. Einer der Männer wurde unruhig und zeigte Gemeinsinn.

„Hey, was soll das? Hört auf damit!"

Er hatte seine Grundstellung beibehalten müssen und uns über die Schulter den Kopf zugewandt. Es war klar, dass er uns in dieser Position nicht gefährlich werden würde. Mit verheißungsvollem Klingeln gab der Automat endlich ein Geldstück frei. Nichts wie raus und tief durchatmen!

Auf ähnliche Weise malträtierten wir noch einige Kaugummi-, Zigaretten- und Blumenautomaten und erbeuteten weitere kleine Beträge. Vor den Eingängen einiger Läden am Marktplatz gab es zudem Kleingeldfallen, Schächte unter metallenen Rosten, über die Ströme von Menschen gingen. Einige, so unsere Hoffnung, könnten beim Schließen ihrer Portemonnaies die eine oder andere Münze verloren haben. Wir hievten den Rost heraus, Horge sprang in den kleinen Schacht und fand ein paar Pfennige.

Nach neuen Gelegenheiten suchten wir in einigen der zahlreichen Hinterhöfe der Straße. Deren Zugänge führten überwiegend durch die Treppenhäuser. Wir bevorzugten Höfe mit Fluchtwegen über eine Mauer zum Nachbargrundstück oder durch den Flur eines Hinterhauses hinaus in einen Garten, der einen Zugang zur Parallelstraße hatte. In den Höfen herrschten friedvolle Stille und relative Dunkelheit.

Willem überprüfte alle Schuppentüren und inspizierte die Mülleimer. Horge hatte eine Sonderstellung, er war der „Ehrbare", unser moralisches Korrektiv, der die Aktionen der Gruppe mit Argwohn verfolgte und eingriff, wenn es ihm zu heikel wurde.

Die Ausbeute bestand an diesem Tag, neben den Münzen aus den Automaten und den Schächten vor den Läden, aus ein paar leeren Flaschen. Wir konnten sie an Herrn Wisner verkaufen. Der Hausmeister und Bote einer kleinen Rumfirma hatte misstrauisch an den Flaschenhälsen geschnuppert. Der Geruch von Benzin oder Petroleum hätte ihn veranlasst, uns vom Hof zu jagen. Wisner zahlte für die schlanken Weinflaschen je sieben Pfennige und pro Rumflasche einen Groschen.

Auf dem Rückweg fiel uns vor dem Eingang zum Kaufhaus *Kepa* ein ungewohntes Gedränge auf. Wir ließen uns mit dem Strom der Neugierigen ins bunte Innere des Warenhauses treiben und standen vor der ersten Rolltreppe unseres Lebens. Das kürzlich installierte Monstrum war ein Novum für die Stadt, es wurde an diesem Tage erstmals in Betrieb genommen. Der stolze Geschäftsführer beobachtete das Spektakel mit zufriedenem Lächeln, aber aus sicherer Entfernung.

Vor der untersten Stufe der Treppe hatte sich eine Traube mutiger Probanden gebildet. Ein Angestellter gab kurze warnende Hinweise, zwei weitere boten Hilfestellung an, ähnlich der beim Bockspringen in der Turnhalle. Die Kaufhausbesucher wagten sich einer nach dem anderen mit unsicheren Schritten auf die Treppe.

„Toll!", rief einer, „dat is ja wie in Amerika!", und verschwand langsam im Obergeschoss.

Auf dem Heimweg begann es zu regnen, wir flüchteten uns unter das ausladende Portal der Nikolaikirche. Die schweren Eingangstüren waren nicht verschlossen. Wir gingen in das Innere des gotischen Gotteshauses und nahmen den mittleren Gang in Richtung Altar. Mich ängstigte die atemberaubende Höhe des Raumes, die mächtigen Backsteinsäulen nahmen mir den Atem; ich versuchte offensichtliche Gleichgültigkeit. Wir setzten uns still in eine der vorderen Reihen und ließen die sakrale Umgebung auf uns wirken. Ein Kirchenbediensteter legte Gesangbücher aus. Auf der Ablage zwischen ihnen platzierten wir die Süßigkeiten, die wir von den Einnahmen des Tages an einer der vielen Buden der Stadt gekauft hatten: gezuckerte Chilestangen und Prickel-Pit – kleine eckige, gelbe Drops, die im Mund schäumten und nach Zitrone schmeckten. Roland hatte Lackritzschnecken und steinharte Dauerlutscher ausgepackt. Gelegentlich ertönte ein einzelner Pfeifenton. Es war ein Orgelstimmer am Werk.

Roland zitierte seine Tante, die Orgel sei die Königin der Musikinstrumente!

Willem darauf: „Die *Quetschkommode Gottes*, sagt mein Opa."

Wir lachten, und aus den Reihen hinter uns kamen rügende Zischlaute; es hatten sich, von uns unbemerkt, Kirchenbesucher eingefunden, die sich gestört fühlten.

# Zum Wohle des Vaterlands

Zu unserer Bande gehörte auch Krebskopf. Schon auf den geringsten Anflug von Spott reagierte Roland Krebkov mit zornigen Attacken. Keiner von uns wagte es, in seiner Gegenwart seinen Spitznamen zu verwenden. Wenn es um die Ehre ging, hatte er eine niedrige Hemmschwelle. In den Duschräumen des hiesigen Fußballvereins habe ich ihn einmal nackt gesehen: Sein schlanker, muskulöser Körper erinnerte mich an die abgezogenen, küchenfertigen Kaninchen in der Auslage bei *Feinkost Scholl*. Roland trug stets ein ramponiertes Foto seines Vaters bei sich, er zeigte es uns, wann immer es passend schien, und dabei kündigte er an, sein Papa würde wohl schon bald aus russischer Kriegsgefangenschaft heimkehren.

Krebskopf besaß einen der begehrten Passierscheine für das Gelände der Papiermühle. Bei der Produktion im Werk fielen große Mengen nicht verwertbarer Baumrinden und Späne an. In Halle 7 durfte er sich die mitgebrachten Jutesäcke mit dem Brennmaterial füllen. Seine Mutter befeuerte damit den heimischen Waschzober im Keller des Mehrfamilienhauses.

Roland überraschte uns eines Tages mit der Schilderung einer schier unglaublichen Entdeckung in den Altpapierhalden des Werkes.

„Da liegen Tausende Schmöker und Comic-Hefte!"

Willem Schollfi oder Hannes Borgentin hätten wir eine ähnlich fantastische Geschichte nicht abgenommen, aber wir wussten, dass Krebskopf kein Spinner ist, und hatten nicht die Spur eines Zweifels an dem, was er sagte.

„Da müssen wir ran, bevor sie Klopapier daraus machen!", sagte Willem. Jedermann wusste, dass die Papiermühle Schiffsladungen von Toilettenrollen herstellte.

Roland griff tief in den Jutesack und kramte einige Hefte hervor; er hatte sie unter die Holzspäne gemischt und an den Pförtnern vorbeigeschmuggelt.

„Schaut her, allerbeste Ware!", rief er stolz und warf uns die Hefte mit triumphierender Geste an die Brust.

„Das ist der reine Wahnsinn!"

Wir waren sofort entschlossen, einen Teil dieses kostbaren Altpapiers vor der Vernichtung, nein, vor der Schändung zu bewahren. Aber wie? Das lang gestreckte, in der Bachsenke des Mühlenstroms gelegene Fabrikgelände war lückenlos eingezäunt und die Einfahrt von uniformiertem Wachpersonal mit Schlagbaum und Kontrollhäuschen gesichert.

Roland ging in die Hocke und zeichnete mit einem weichen Kreidestein einen Lageplan auf eine der Steinplatten der Husumer Brücke.

„Wir nehmen den Weg über die Schienen", schlug Horge vor, „dann sind es nur wenige Meter zum Altpapier."

Nie zuvor hatten wir uns über das Gleis auf das bewachte Fabrikgelände getraut.

Am Nachmittag des folgenden Tages kletterten wir den steilen Hang hinunter und schlichen zum Gleisbett.

Roland hatte sich unserem Räuberkommando verweigert: „Wenn die mich erwischen, bin ich meinen Passierschein los."

Mit schlechtem Gewissen und der Sorge, entdeckt zu werden, liefen wir die etwa hundert Meter über die Eichenschwellen weit auf das verbotene Werksgelände, begleitet von dem glucksenden Geräusch des Mühlenstroms, der an dieser Stelle parallel zum Bahndamm verlief. Der Bachlauf hatte noch vor wenigen Jahrzehnten ungehindert und für alle sichtbar seinen Weg durch die Altstadt bis zur Mündung in die Förde genommen. Jetzt war er der Magen-Darm-Trakt der Papierfabrik und floss außerhalb des Werkgeländes schamhaft verrohrt bis zum Hafen, in den er seine Säuren, Laugen und gelblichen Schäume diskret unter das Hafenwasser mischte.

Auf dem Wege zu den Papierhalden stand ein breiter Brennnesselgürtel im Wege. Gustav Lohmann trug als Einziger lange Hosen, er ging voran und trat mit den zu großen Landserstiefeln seines Vaters eine Schneise. Wir folgten ihm und krochen einen kurzen, mit Sträuchern bewachsenen Hang hinauf.

Bei kniffligen oder illegalen Aktionen war Gustav ein bewährter Zugführer – wenn Willem ihn ließ. Er war listig und draufgängerisch.

Das Bellen eines Hundes stoppte uns augenblicklich, dann hörten wir die Rufe des Wachmanns.

„Aus! Hasso, aus! – Schluss jetzt! Platz! Sitz! – Bleib!"

In der Deckung der Papierberge konnten wir die Lage sondieren. Es dauerte eine Weile, bis wir den von Krebskopf beschriebenen *Schmökerhügel* entdeckt hatten – und dann standen wir vor unübersehbaren Massen von Romanheften und Büchern, sogenannte Remittenden, Restbestände von Verlagen und aus dem Zeitschriftenhandel. Nach den Favoriten mussten wir nicht lange suchen: *Phantom, Popeye, Mickey Mouse, Rip Kirby* und *Tarzan* wurden unsere Beute. Wir stopften uns die Hefte in die mitgebrachten leeren Schulranzen. Was nicht hineinpasste, fand in den Hosen Platz, mit den begehrtesten Exemplaren polsterten wir Bauch und Brust und zogen Jacke und Pullover darüber.

Der Respekt vor den Hunden verbat uns jegliches Triumphgeheul. In einem Gefühl freudiger Erregung, gemischt mit Panik, traten wir den ungeordneten Rückzug an, rutschten den Hang hinunter, verbrannten uns die Beine an den Brennnesseln und waren erst wieder ohne Angst, als wir das Gleis mit seinen Schottersteinen, den Schienen und Schwellen unter den Füßen spürten. Die heiße Ware deponierten wir in unseren Baumhöhlen an der Bahndammböschung.

Eine andere Erinnerung an Roland belastet mich bis in die Gegenwart.

Krebskopfs Familie wohnte in der obersten der vier Etagen eines Mietshauses am Neumarkt. Die Treppenhäuser hatten Terrazzoböden und in barocken Schnörkeln gedrechselte, gewachste Treppengeländer, die wir als Rutschbahnen nutzten. Es dauerte eine ganze Weile, bis Horge und ich uns bis ins oberste Stockwerk hinaufgespielt hatten und schließlich vor der Etagentür der Krebkovs standen. Sie war nur angelehnt.

„Roland, bist du da?", rief ich.

„Nein!" Es war die Stimme seiner kleinen Schwester Jette. „Henning?", fragte sie nach.

„Ja, Horge ist auch da", antwortete ich.

„Kommt rein!", rief sie.

Wir betraten das große Wohnzimmer. Jette saß an dem langen Esstisch und häkelte; ihre mittelblonden Haare trug sie am Hinterkopf zu einem Kranz geflochten, die Stupsnase unterstrich ihr spitzbübisches Wesen.

„Ich kann nur Topflappen", sagte die Achtjährige und ließ sich nicht stören.

Jette sei der lebende Beweis für die Richtigkeit der Klapperstorchtheorie, hatte mein Vater behauptet und zu bedenken gegeben, dass der Herr Oberleutnant Krebkov seit 13 Jahren als vermisst gelte.

„Manche Frauen sind gut dran: kriegen Kinder ohne Mann", argumentierte mein Bruder Friedrich.

„Ein feiner Pinkel soll der gewesen sein", hatte meine Mutter in einem Anflug von Neid gesagt und berichtet, sie habe den Verführer in einem „Opel Kapitän" gesehen.

„Zigeunerkarosse!", bemerkte Friedrich abfällig.

In dem kahlen Wohnzimmer der Krebkovs standen Tisch und Stühle, ein zweisitziges geblümtes Sofa und ein schlichter Kiefernschrank. Die nackten Dielenböden verströmten den Wohlgeruch von grüner Seife. An den Wänden hingen Fotografien, darunter eine mit breitem Silberrahmen. Sie zeigte Rolands Vater in Uniform. Aus der Küche drang der Duft von frisch gebrühtem „Muckefuck".

„Roland ist oben auf dem Trockenboden", sagte Jette, „ich glaube, er hilft der Mama beim Wäscheaufhängen. Was habt ihr vor?"

„Wissen wir noch nicht. – Mal sehen, vielleicht zum Hafen, Stichlinge angeln oder so was."

Sie schwieg, häkelten mit gesenktem Kopf an ihrem rosaroten Topflappen und genoss unser Interesse an ihrer Fertigkeit. Nach einer Weile blickte sie auf.

„Mama hat uns belogen", sagte sie.

Wir fragten nicht nach. Aber sie sprach:

„Sie hatte uns versprochen, dass unser Papa zu uns zurückkommt."

„Na und?", wandte Horge ein. „Wird er doch wohl auch, oder?"

Ohne ihre Arbeit zu unterbrechen, wies Jette mit einem Kopfnicken auf ein Schriftstück, das auf dem Tisch lag.

Ihre Gelassenheit war gespielt, die Bewegungen ihrer Finger wirkten fahrig, sie stocherte linkisch mit der Häkelnadel an dem gekrümmten Zeigefinger auf und ab.

Horge beugt sich weit vor; er las das Schreiben, ohne es zu berühren. Aus seinem Gemurmel konnte ich ein paar Worte aufschnappen. „Ehre des Vaterlandes" und „aufrichtige Anteilnahme" hörte ich heraus.

Er steckte das Schreiben hastig in den aufgerissenen Briefumschlag, so, als könne er damit den Schrecken der Mitteilung mildern.

Rolands Schwester begann zu weinen. Sie legte ihren angefangenen Topflappen auf den Tisch, beugte sich vor und presste die Handflächen zwischen die Oberschenkel. Tränen fielen ihr in den Schoß.

Wir schwiegen betroffen und rangen nach tröstenden Worten.

Horge hielt es nicht länger auf dem Stuhl, er ging zum Fenster. Familie Krebkov hatte in der Höhe des obersten Stockwerks kein direktes Gegenüber. Die Mutter hatte auf Gardinen und Vorhänge verzichtet.

Wohl mit der Absicht, das Thema zu wechseln, suchte Horge mit den Augen die gegenüberliegenden Fassaden ab und biss sich auf die Unterlippe.

„Ist der Schuster in Nummer 3 ausgezogen?", fragte er. „Die Wohnung scheint leer zu sein."

Jette hatte sich wieder gefangen, schniefte mit der Nase.

„Seine Frau ist gestorben, er wohnt jetzt bei seinem Bruder auf dem Lande."

„Woran?", fragte ich.

„Was *woran*?"

„Woran sie gestorben ist?"

Jette überlegte kurz, antwortete unwillig: „An Typhus, glaube ich."

Ich sprang auf: „Lasst uns zu Roland gehen!"

Horge brachte ein Verlegenheitsräuspern hervor und folgte mir.

„Ich habe auch keinen Vater mehr", sagte er. „Man gewöhnt sich daran."

Jette schniefte „Ich hab noch einen anderen Vater, aber der kommt nur selten, Roland mag ihn nicht."

Zum Spitzboden führte eine ausgetretene Holztreppe. Die Tür stand weit geöffnet. Zu beiden Seiten des Raumes befanden sich aus Holzlatten gezimmerte Verschläge, in denen Hausrat und Gerümpel lagerten. Der geräumige Trockenraum war mit Leinen bespannt, an denen die Mieter des Hauses ihre Wäsche zum Trocknen aufgehängt hatten. Den Geruch der Trockenböden, eine Duftmischung aus Baumharz und feuchtem Mauerwerk, kannten wir von unseren Streifzügen durch die Häuser der Nachbarschaft. Neben einem der Dachfenster stand eine gusseiserne Wäschemangel. Die Scheibe eines Fensters war zerborsten, am Boden lagen Glassplitter mit Blutanhaftungen und die Feder einer Möwe.

Hinter einer der letzten Wäschereihen erkannten wir Roland. Er hockte im Schneidersitz auf dem Dielenboden, sein Gesicht war von einem Wäschestück verdeckt. Als wir vor ihm standen, hob er den Kopf und wir sahen sein bleiches, ausgemergeltes Gesicht, die tränengetränkten Augen dunkel umrandeten. In seinen Händen hielt er ein Paar schwarze Damenschuhe, er schlug sie ohne erkennbaren Sinn im Takt gegeneinander, dann neigte er den Kopf nach hinten, wir folgten seinem Blick hinauf ins Gebälk und erstarrten.

Über uns schwebte der leblose Körper einer Frau. Rolands Mutter hatte sich erhängt. Der Strick war an einem der kurzen Querbalken befestigt, das Gesicht lag im Halbdunkel, sie trug ein schwarzes Kleid mit weißem Kragen.

Mir wurde schlecht, der Boden schwankte unter meinen Füßen.

Horge – zwischen Entsetzen und Panik – stammelte einige unverständliche Worte, packte die umgestoßene Trittleiter und schickte sich an, Rolands Mutter vom Strick zu befreien. Er packte das Seil, zerrte daran, um es vom Balken zu lösen. Der tote Körper geriet in Schwingungen.

„Henning! Schnell, dein Taschenmesser!", rief er.

Roland sprang auf und zog ihn unsanft von der Leiter, beide fielen zu Boden.

„Sie ist seit Stunden tot!", schluchzte Roland. „Wir können ihr nicht helfen. Wenn Mutter am Boden liegt, kommen die Ratten!"

Horge hatte einen Riss an der Oberlippe und fuhr sich mit dem Handrücken über den Mund.

„Wir müssen etwas unternehmen!", sagte er.

Eine junge Frau betrat den Wäscheboden. Sie stellte ihre ovale Zinkwanne ab und warf bunte Wäschestücke über die Leinen. Sie nutzte die wenigen verbliebenen Lücken und kam Reihe um Reihe langsam näher, dabei summte sie eine ländliche Volksweise.

*Zum Tanze, da geht ein Mädel mit güldenem Band.*

Wir sahen sie näherkommen, unfähig einer Reaktion. Immer, wenn sie sich eine Wäscheklammer in den Mund steckte, um eine Hand frei zu haben, unterbrach sie die Melodie und setzte sie danach punktgenau fort. „Das schlingt sie dem Burschen gar fest um die Hand, das …"

Roland schaute ins Dunkel und fing wie unbeteiligt wieder an, die Schuhe seiner Mutter gegeneinander zu schlagen. Er wendete den Kopf.

„Frau Lorenz", flüsterte er.

Sie trug eine blaue Kittelschürze und ein oben verknotetes, helles Kopftuch. Frau Lorenz hatte uns nicht bemerkt und erschrak, als sie plötzlich vor uns stand.

„Roland – was treibt ihr hier?", sagte sie lächelnd.

Es kam keine Antwort.

Sie setzte nach: „Was macht ihr für Gesichter, was ist geschehen?"

Dann erblickte sie die über unseren Köpfen schwebende tote Mutter. Der jungen Frau fielen Klammern und Wäsche auf den Boden, sie stieß einen stummen Schrei aus, dabei schnellten ihre Hände an die Wangen. Mit geweiteten Augen starrte sie ungläubig durch die gespreizten Finger auf den toten, im Zugwind pendelnden Körper. Sie wandte sich ab, atmete tief und brachte ein Stöhnen hervor. Frau Lorenz lief aus dem Raum und streifte tropfnasse Wäschestücke, von denen einige zu Boden fielen.

Kaum war sie verschwunden, betrat Jette den Trockenboden. Roland sprang auf, schnitt ihr mit ausgebreiteten Armen den Weg ab, umarmte sie und drängte sie aus dem Raum.

Horge und ich blieben wie angewurzelt stehen; sonderbar – wir spürten die Verpflichtung, an dem Ort des Schreckens auszuharren.

Frau Lorenz hatte Bewohner des Hauses alarmiert, zwei ältere Männer erschienen. In dem einen erkannte ich Willem Schollfis Großvater.

„So Jungs, nun mal schnell weg!", sagte er. „Das hier ist nicht gut für eure zarten Seelen."

Der andere sah erschüttert zu der Toten hinauf: „Oh Gott, worüm hät se dat mokt – de armen Kinners!"

# Bonzos letzter Tag

Einmal die Woche mussten mein Bruder Friedrich und ich dran glauben: Unsere Eltern schickten uns zum Einkaufen nach Dänemark. Wir konnten und wollten uns dem nicht entziehen, uns reizte der Schmuggeltörn, vermittelte er doch das wohlige Gefühl, etwas Überlebenswichtiges für die Familie zu vollbringen. Wir fuhren die wenigen Kilometer mit dem Fahrrad in einen der grenznahen dänischen Orte. Immer ließen sich Freunde überreden und schlossen sich uns an. Jenseits der Schlagbäume herrschte Goldgräberstimmung. Jeder dritte dänische Hausbesitzer betrieb einen Lebensmittelladen. Butter, Zucker, Käse und Kaffee waren die Renner. Alle Produkte wurden deutlich günstiger angeboten als bei unseren Hökern, die heimischen Lebensmittelhändler hatten das Nachsehen. Irgendwann untersagte der dänische Staat den Verkauf an Sonntagen. Die deutschen Butterkäufer mussten sich mit Münzautomaten vor den Läden bescheiden. Die einfallsreichen dänischen Kaufleute wussten sich zu helfen: Nach angemessener Schamfrist waren sie dazu übergegangen, die Automaten in die geöffneten Eingangstüren zu stellen; die Rückseiten waren demortiert, der rege Handel funktionierte uneingeschränkt durch eine der geöffneten Klappen des Automaten.

„Tack – og farwell!"

Auf dem Rückweg bildeten die wartenden Butterkäufer vor dem deutschen Zollgebäude lange Schlangen. Die meist missmutigen Zöllner guckten ihnen in die Einkaufstaschen, murmelten ein paar Zahlenreihen und nannten, wie Friedrich behauptete, einen willkürlich festgelegten Betrag. Horge meinte, hübsche Mädchen würden weniger Zoll zahlen. Der Empfang zu Hause glich dem siegreicher Heimkehrer nach gewonnener Schlacht.

Einige unserer Freunde besuchten die Schulen der dänischen Minderheit. Mit dem Niedergang des „Tausendjährigen Reiches", dem Elend und Entsetzen über die Verbrechen des Regimes haben sich viele Familien in eine neue nationale Identität geflüchtet und sich mit der Hinwendung zum dänischen Königreich nationale Geborgenheit und einen unbelasteten Neuanfang versprochen. Manche „konvertierten" aus blanker Not: Die Kinder der dänischen Schulen wurden mit Carepaketen bedacht und ließen sich mit großzügigen Erholungsaufenthalten bei Pflegeeltern im Nachbarland aufpäppeln.

„Erst kommt das Fressen!", hatte Vater einmal gesagt und sich abwertende Äußerungen verbeten.

„Tyske Pack mit de Lys in de Nack!" war die Parole unserer dänisch erzogenen Freunde, eine Mischung aus Plattdeutsch und Dänisch. Daraus entwickelte sich die deutsche Retourkutsche: „Danske Pack mit de Speck in de Nack!" Oder war es umgekehrt?

Die alternative Einkaufsmöglichkeit war unser Höker. Seine Ahnen hatten schon zu Kaisers Zeiten den Schriftzug *Hoggenheimers Kolonialwaren* über dem kleinen Lebensmittelladen auf den Putz auftragen lassen. Nur Fragmente hatten die Zeit überstanden.

„Aber innen ist alles picobello!", sagte Mutter voller Bewunderung für die gediegene Einrichtung.

Auf dem im Schachbrettmuster gefliesten, spiegelblanken Boden thronte ein schwerer Verkaufstresen aus dunkelrotem Mahagoni, Mittelpunkt und Prachtstück des Ladenlokals. Frau Hoggenheimer nutzte jede freie Minute für die Pflege des Interieurs, wuschelte den Kunden mit dem Wischtuch um die Füße oder wachste und polierte die barocken Schnörkel der Schränke und Regale.

Das Gesicht ihres Mannes brachte mir stets das Bild eines Landsers in Erinnerung. Als Zeichen äußersten Vertrauens hatte mir Roland einmal das vor seiner Mutter versteckt gehaltene verbotene „Nazi-Plakat" gezeigt, das einen deutschen Soldaten in Angriffspose zeigte.

„Sieht beinahe aus wie Hoggenheimer", hatte Roland eher beiläufig geraunt.

Ja – unser Kaufmann war ihm sehr ähnlich, es war die selbe Gnadenlosigkeit der Mimik, die stechenden Augen und der schmallippige Mund. Hoggenheimer müsste vor Jahren einer von denen gewesen sein, glaubte ich seither. Sein ungewöhnlich ausladender, kahler Schädel weckte in mir immer wieder die aberwitzige Vorstellung, er trüge einen hautfarbenen Stahlhelm.

Gelegentlich nahmen Horge und ich den Rottweilermischling der Hoggenheimers mit auf unsere Touren durch das Stadtviertel.

Bei einem dieser Ausflüge wurde mir erstmals bewusst, dass mein Freund Horge Eigenschaften besaß, die ich ihm weder zugetraut noch je an ihm bemerkt hatte.

Wir packten den Hund am Halsband und knoteten daran unsere aus Paketschnüren gebastelter Hundeleine.

„Frau Hoggenheimer! Wir gehen ein Stück mit dem Hund!", rief ich durch die offene Ladentür.

„Ja, ist recht. Seid vorsichtig – Bonzo ist heute nervös!"

Auf halbem Wege zum Bahndamm begegneten wir den Gebrüdern Schollfi, Willem ließ seinen jüngeren Bruder

Bernhard stehen und schloss sich uns an. Wir querten die Schienen und erreichten auf dem gegenüberliegenden Hang eine kleine, leicht abschüssige Wiese, an die gekalkte, fensterlose Rückfronten der niedrigen Schuppen und Werkstätten der benachbarten Grundstücke grenzten. Die Schlaufe der Hundeleine befestigte ich an einem aus der Wand ragenden rostigen Haken. Horge brach einen Ast aus einem Haselnussbaum und begann, ihn mit seinem Hirschhornmesser zu bearbeiten.

Willem war an einem Fliederbusch hinauf auf das flache Teerdach eines Schuppens geklettert, er sondierte die Möglichkeiten für groben Unfug oder kleine Diebereien in dem dahinter gelegenen Innenhof der Sattlerei Joosten.

Der angebundene Rottweiler blieb unruhig, hob die Lefzen und knurrte. Sein Kopf, der etwas heller war als der Rumpf, wirkte wie aufgepfropft, die gestauchte Schnauze erinnerte an seine Rottweilervorfahren.

„Eigentlich ein hässlicher Köter", meinte Horge.

Bonzo hechelte, als habe er sich körperlich verausgabt. Die lange rosarote Zunge bewegte sich parallel zu der bedrohlichen Zahnreihe, unter der ein gezacktes schwarzes, nassglänzendes Band sichtbar war. In den Maulwinkeln schäumte der Speichel. Der bullige Hund zerrte an dem Seil.

Horge war besorgt.

„Der ist wirklich nicht gut drauf, wir sollten ihn besser zurückbringen!"

Willem war inzwischen vom Dach auf einen metallenen Ascheneimer gesprungen und ins Innere des Hofes gelangt. Horge rief ihm zu, er solle keinen Blödsinn machen, nichts klauen und schnell zurückkommen. Aber zu spät …

„Abhauen, Joosten kommt!", brüllte Schoolfri.

Er war auf der Flucht vor dem fluchenden Sattlermeister zurück auf das Dach geklettert und hangelte in Panik an dem Busch zu uns hinunter. Wir sprangen auf, Horge strauchelte und fiel rücklings ins Gras.

Bonzo reagierte mit aggressivem Bellen, er ging, von der Leine gehalten, vorne hoch. Die Schnur riss. Wie ein Geschoss schnellte der Hund auf den am Boden liegenden Freund zu, dabei gab er markerschütterndes Gebrüll von sich, eine Unheil verheißende Mischung aus Bellen und Schreien.

Die Bestie verbiss sich sofort in seinem Nacken, schnell färbten sich große Teile seines weißen Hemdes blutrot ein. Von der nahen Brücke hallte der Entsetzensschrei einer jungen Frau.

Ich griff hinter das lederne Halsband des Hundes und versuchte, ihn von dem Freund wegzuziehen. Bonzo ließ sich für eine Sekunde ablenken und biss mir in reflexartiger Abwehr mit einer blitzartigen Wende seines Kopfes in den Unterarm.

Horge nutzte den kurzen Moment, richtete sich auf und sprang in die Hocke. Als der Rüde erneut über ihn herfallen wollte, drückte er ihm seinen Haselnussast quer ins Maul, hielt beide Enden fest und hinderte den Hund daran, erneut zuzubeißen. Sie rangelten miteinander. Jetzt lang Bonzo auf dem Rücken, Horge stemmte sich auf ihn und presste den Holzstab mit dem Gewicht seines Oberkörpers in den Schlund des Tieres.

Ich hoffte, der Hund würde seine strategische Unterlegenheit erkennen und aufgeben.

Horge riss den Stab aus dem Maul des Rottweilers und presste den Ast mit gestreckten Armen gegen dessen Hals.

Mir wurde in diesem Moment klar, dass er den Hund töten wollte. Die Entschlossenheit und die Unerbittlichkeit seines Handelns entsetzten mich. Er atmete schwer, das Blut rann ihm aus der Wunde und tropfte auf Schnauze und Augen des Tieres.

Inzwischen war der Sattlermeister zur Stelle, erkannte augenblicklich die Dramatik der Situation und half mir, den sich aufbäumenden Körper des Hundes am Boden zu halten.

„Lass gut sein Jung!", rief er Horge zu.

Es vergingen endlose Momente, bevor dieser den Druck von dem Hals des Hundes nahm. Den Ast hielt er mit beiden Händen fest umklammert, bereit, erneut zuzudrücken.

Bonzo war tot.

Angst und Schrecken lösten sich bei mir und wichen einem Gefühl der Betroffenheit.

Unvermittelt griff Horge nach seinem im Gras liegenden Messer und rammte dem toten Bonzo die Klinge in die Brust, bei jedem seiner Stöße mit zunehmender Wucht, und brachte dabei keuchende Laute hervor. Der dumpfe Klang des in den toten Körper eindringenden Messers ließ mich erschaudern.

„Bist du dull, Bengel?!", schrie Joosten. „Watt schall dat, he is doch aal dout!"

Er entriss ihm das Messer, dann stimmte er ein Donnerwetter an, verfluchte den Kaufmann Hoggenheimer, der solch einen Satan auf die Menschheit losgelassen habe, und hastete zurück ins Haus, um die Ambulanz zu rufen.

Horge stand mit dem Rücken an die Schuppenwand gelehnt, bleich, mit halb geöffnetem Mund, ließ sich in die Hocke gleiten und streckte langsam die Beine, bis sein Unterkörper sicheren Halt auf dem Grasboden fand. Seine starren Augen blickten durch mich hindurch und schienen auf ein fiktives Ziel in weiter Ferne gerichtet. Er wirkte fremd und dämonisch. Mir graute vor ihm.

Wenig später hörte ich die Sirene des herannahenden Krankenwagens. Willem hatte sich längst davongemacht.

# Im Schatten der Blutbuche

Wir trafen uns nach der Schule und nahmen den Weg zum Hafen über die Schienen. Schoolfri, Krebskopf, Guschi Lo, Horge und ich, endlich war auch Christine Bongartz wieder mit dabei. Sie trug lederne Seppelhosen; man sah ihr das Mädchen noch nicht an. Nach zu viel *Hinkepott* und *Ringlein, Ringlein du musst wandern,* lechzte sie nach Abwechslung und mischte sich unter uns Jungs. Christine genoss die schlichte Atmosphäre und die Streiche am Rande des Erlaubten. Uns lockten die schlecht gesicherten, an das Bahngelände angrenzenden Grundstücke. Wir stöberten in Hinterhöfen, kletterten auf Schuppen und Taubenhäuser und befreiten Kaninchen aus ihrer Gefangenschaft. Drohte Ungemach, blieb nur die Flucht über das Gleis. Wie immer, wenn Willem mit von der Partie war, ging auch an diesem Tag vieles zu Bruch, und einiges verschwand in seinen Taschen.

„Hein, kumm mit lang, du freerst!", sagte er, stupste seinen Freund Lohmann seinen Ellenbogen in die Seite und ließ ihn einen Blick auf die Beute werfen: eine Glühbirne, der Messingbeschlag einer Schuppentür und eine Rolle Kupferdraht. Der „Fund", so sagte er, würden ihm bei den Schrotthändlern gutes Geld bringen.

Gelegentlich nötigte Willem mich, mitzukommen, wenn er bei einem Altwarenhändler sein Diebesgut an den Mann zu bringen wollte – als moralische Unterstützung.

„Mir trauen sie nicht mehr", meinte er.

Bei einigen von ihnen konnte er sich nicht mehr sehen lassen, sie hatten ein Gespür für Geklautes. Ihre Bedenken hatten wenig mit moralischer Empörung zu tun, vielmehr fürchteten sie den Ärger mit der Polizei. Zum Glück gab es *Schrott-Opitz*, der im Keller eines der mittelalterlichen Häuser der Töpferstraße sein winziges Lager hatte. Er zahlte wenig, aber fragte nicht nach.

Willem Schoolfri wurde trotz seiner Unarten von der Gruppe toleriert. Schleichend und scheinbar ohne Häme hatte sich irgendwann die Namensangleichung von Schollfi zu Schoolfri vollzogen. Die Verballhornung bot sich an, zu oft hatte der notorische Schwänzer behauptet, er habe schulfrei.

„Willem, warum bist du nicht in der Schule?"

„Hüt nich, ick heff schoolfri!"

Vor Tagen war sein bisher größter Coup am Misstrauen eines Schrotthändlers gescheitert. Bei dem Versuch, annähernd hundert Kilo wuchtiger Schrauben und Muttern zu verhökern, war er aufgeflogen.

Wir kannten seine Quelle, konnten wir doch von den Hängen des Bahndamms aus beobachtet, wie Arbeiter das Material von einem draisinenartigen Vehikel in offensichtlich festgelegten Stückzahlen in regelmäßigen Abständen neben dem Gleis deponiert hatten. Keine Frage, in den nächsten Tagen würde ein Trupp *Eisenbahnschwellenunterwühlungsbeamter* anrücken und mit Reparaturen an den Schienen beginnen.

Willem, der einen beachtlichen Teil des Metalls beiseite geschafft hatte, hatte sich damit zu *Schrott Warnecke* getraut und war aufgeflogen. Die Polizei hatte ihn mit den üblichen Ermahnungen seinen Eltern übergeben. Vater Schollfi , so erzählte Willem später, habe ihm darauf mit einem Teppichklopfer ins Gewissen geredet.

In den folgenden Monaten veränderte er sich. Guschi Lo hatte seine sehr eigene Erklärung dafür gefunden. Willem sei, so erzählte Guschi, eines langweiligen Sonntags über eine Schornsteinleiter auf das fünf Meter hohe Flachdach der Firma *Olf Köppler* geklettert. Die Lagerhalle des Fruchtgroßhändlers – „Esst mehr Früchte und ihr bleibt gesund!" – befand sich unweit des Neumarktes. Guschi, selbst nicht beteiligt an dem Abenteuer, war mit der Reparatur seines Fahrrades beschäftigt und hatte die Szene von dem für jeden zugänglichen Vorplatz aus beobachtet.

„Hey, Willem, wo bist du? Was machst du da?"

Der hat aus der Höhe des Daches nur seinen Kopf sehen lassen und gereizt signalisiert, Guschi solle die Klappe halten.

Lohmann begriff sofort, rief aber noch: „Nimm mir eine Kokosnuss mit!"

Dann hörte er ein Krachen und Willem war plötzlich wie weggeblasen. Offenbar war er auf der Suche nach einer Einstiegsmöglichkeit unvermittelt durch das marode Teerpappdach in die Tiefe des Inneren gestürzt.

„Ich dachte: Das war's wohl mit ihm", berichtete Lohmann, der dann zu einer der Türen des Lagers gelaufen war und trotz seiner Schwerhörigkeit ein Jammern vernommen hatte. Dann war es still geworden. Gustav harrte hoffend aus, bis sich die Bürotür zum Lager öffnete. „Willem kam grinsend mit einer Bananenstaude über der Schulter aus der Halle gehumpelt", sagte Lohmann. Seine Arme und Beine haben aus tiefen Schrammen geblutet. Dann habe er ihm zwei Bananen herausgebrochen und sich mit dem Rest auf den Weg nach Haus gemacht. Willem habe das Unglück nur überstanden, weil hohe Kistenstapel im Innern der Halle seinen Sturz gebremst hatten.

„Oh, mein Schädel!", habe er geklagt.

Danach, so Gustav, sei Willem sonderlich geworden.
„Der hat hier einen!", und machte eine eindeutige Bewegung mit der Hand vor der Stirn.

Zweifelsfrei hatte sich Willem in der letzten Zeit verändert, war aggressiver und hinterlistiger als zuvor. Was auch immer der Anlass für seine Wandlung zum noch Schlechteren war, Horge war der eigentliche Leidtragende. Beide waren seit Jahren in inniger Feindschaft verbunden. Der Freibeuter Willem neidete dem bürgerlich erzogenen Horge vielleicht sein behütetes Zuhause und die materiellen Möglichkeiten. Er machte hämische Sprüche:

„Er kam aus gutem Hause
Sein Wohlstand war bekannt
Der Sohn vom alten Krause
Ward nur *Baron* genannt!"

Vielleicht veränderten wir uns alle in dieser Zeit. Der Zusammenhalt der Gruppe hatte gelitten, Roland fehlte uns: Er war nach dem Tode seiner Mutter mit der Halbschwester, vorerst wie es hieß, zu den Großeltern aufs Land gezogen. Guschi Lohmann hatte sich zu einem Tanzkurs angemeldet und Häme einstecken müssen. Christine, ohnehin selten von der Partie, ward seit der Sache mit Gustav nicht mehr gesehen. Guschi hatte auf unsere neugierigen Fragen nur verschämt gegrinst. Willem wusste davon. Er hielt dicht, hat ihn aber später einmal einen Grapscher genannt. Das Ende der Bahndammbagaluten schien absehbar. Dann kam Horge mit der Nachricht, Willem sei auf unsere Schule gewechselt und der „Krampf" mit diesem „Bullterrier" würde von Neuem beginnen.

Unsere Schule befand sich auf der westlichen Anhöhe, ein von Parks und imposanten Villen geprägtes Viertel. Einen Steinwurf vom Schulhof entfernt befand sich der historische Friedhof, auf dem neben Honoratioren der Stadt die Gefallenen aus längst vergessenen blutigen Scharmützeln begraben waren, und mit ihnen die Feindschaft zwischen Deutschen und Dänen. Das Schulgebäude aus rotem Backsteinbau hatte ein mächtiges Walmdach mit metallbeschlagenem kurzen Uhrenturm in leuchtendem Kupferoxidgrün.

Eine beneidenswerte Aussicht genossen die Schüler der Klasse 10 c: Aus ihren Fenstern hatten sie den direkten Blick in den angrenzenden Schulhof des Lyzeums, der *Höheren Töchterschule* der Stadt.

Beim Betreten der Schule mischte sich allmorgendlich der strenge Geruch der frisch gebohnerten Flure und Treppen mit einem Gefühl des schlechten Gewissens. Mir blieben nur wenige Minuten, das Nötigste an unerledigten Hausaufgaben eilig niederzuschreiben. Unwillig maulend rückten meine Mitschüler ihre Ausarbeitungen als Vorlage heraus.

Die gedrungene Gestalt unseres Direktors und seine bis in den Nacken wuchernden grauen Haare hatten ihm den Beinamen *Silberrücken* eingebracht. Der Choleriker war ein gefürchteter Vollstrecker, schon bei geringsten Verfehlungen waren die Schüler wütenden Schlägen und schweren Demütigungen ausgesetzt.

Klassenlehrer Hansen hatte sich mit seinen Rechenkünsten den Beinamen *Brägen* erworben. Zum Unterrichtsbeginn stellte er sich den schwierigen Rechenaufgaben seiner Schüler, löste sie im Kopf und schrieb das Ergebnis sogleich an die Tafel. Der begnadete Zahlenakrobat hatte immer richtig gelegen.

Horge und ich besuchten Parallelklassen des gleichen Jahrgangs. Nach eigener Einschätzung waren wir mit dürftigem Einsatz bei mittlerem Erfolg bislang auf gutem Wege zum Abschluss.

An einem heißen Sommertag, einige Tage vor meinem fünfzehnten Geburtstag, ereignete sich während der großen Pause eine folgenschwere Auseinandersetzung zwischen zwei Schülern. Im Schatten der großen Blutbuche hatte sich das übliche Szenario einer „Klopperei" aufgebaut. Die Gaffer bildeten einen Kreis um die Gladiatoren und skandierten wie immer: „Hau em doot! Hau em doot!"

Ich hatte das Spektakel anfangs nicht beachtet; dann aber machten mich die Reaktionen der umstehenden Jungen stutzig, alles schien anders als sonst. Der Chor der Claqueure wurde leiser und verstummte schließlich. Der Pulk öffnete sich, einige Schüler wendeten sich ab und verließen mit Entsetzen in den Gesichtern den Schauplatz. Hannes Schlenk, kreidebleich, lief hinüber zu den Lehrern Golke und Hansen, die die Pausenaufsicht führten und sich angeregt unterhielten. Sie hatten den Hergang offensichtlich nur akustisch wahrgenommen und ein Eingreifen nicht für notwendig erachtet. Der korpulente Golke, Biologie und Englisch, kaute gerade an dem letzten Bissen seines Pausenbrotes und faltete sein Butterbrotpapier für eine spätere Wiederverwendung zu einem handlichen Viereck zusammen.

Hannes rief ihnen etwas zu; sie reagierten sofort, liefen herbei und stießen die letzten Gaffer zur Seite.

Erst jetzt erkannte ich in einem der Kampfhähne meinen Freund Horge. Er blutete aus Nase und Mund. Der Hals war von Abschürfungen und Würgemalen gezeichnet. Er war versteinert, verharrte in sonderbar ungelenker Abwehrhaltung. Die unwirkliche Szene hatte etwas Geisterhaftes. Aus Horges rechter Handfläche rann Blut auf den am Boden Liegenden … Es war Willem Schollfi.

Willem versuchte sich aufzurichten, taumelte, knickte ein und fiel wie vom Schlag getroffen in sich zusammen. Sein Gesicht war furchtbar zugerichtet, die Mundhöhle an der Wange eingerissen, aus einem Auge rann Blut.

Die Lehrer waren starr vor Entsetzen. Nach einem endlos langen Augenblick befahl Golke einen Jungen zum Hausmeister.

„Er soll eine Trage bringen!", schrie er und schickte ein „Schnell-schnell-schnell!" hinterher. Hansi Meinert wurde ins Sekretariat beordert, um nach einem Ambulanzwagen rufen zu lassen.

Inzwischen hatten alle Schüler das Geschehen registriert, kamen näher und beobachteten die Abläufe. Nur wenige reagierten, als die Schulglocke zum Ende der großen Pause läutete. Mit Trillerpfeife und grotesker Pantomime nötigte Konrektor Grabert die Verbliebenen zurück in die Klassenräume, danach drängten sich die Köpfe der Schüler an den Fenstern.

Klassenlehrer Hansen beugte sich über den schwerverletzten Willem und prüfte seinen Pulsschlag. Golke redete gestikulierend auf den versteinerten Horge ein, er berührte ihn an der Schulter, Horge fuhr zusammen, ballte reflexartig die Fäuste, ließ die Arme sinken und verharrte erneut. Ich dachte an den Tod des Rottweilers zurück.

An diesem Morgen war die Fehde zwischen den beiden blutig eskaliert. Willem hat einige Wochen im Krankenhaus zugebracht.

„Sein linkes Auge konnten sie nicht retten", erzählte später Lehrer Golke.

Wir haben Willem danach nicht wiedergesehen. Es hieß, die Familie sei in ein anderes Stadtviertel gezogen und er wäre auf eine andere Schule gewechselt. Die interne Untersuchung des Vorfalles blieb ergebnislos. Einige konnten genaue Angaben über den Ablauf der Ereignisse machen. Laut Hannes Schlenk hatte Willem die Auseinandersetzung provoziert, Horge sei anfänglich auf Abwehr eingestellt gewesen und erst „ausgerastet", als sein Gegner ihm mit einem Würgegriff die Luft genommen habe.

Auch die Ermittlungen der Polizei blieben ohne Konsequenzen. Horge wurde eine Art Schuldunfähigkeit zugebilligt, Panik und eine nicht näher beschriebe psychische Veranlagung hätten zu dem „Notwehrexzess" geführt. Nach der „Sache mit Willem" war er mehrere Wochen nicht in die Schule gekommen.

Seine Mutter erzählte mir später, Horge habe zu keiner Zeit über das Drama auf dem Schulhof gesprochen und sein Arzt habe behauptet, er würde sich an den Vorfall nicht mehr erinnern.

„Und so wird es auch bleiben", fügte sie hinzu.

# Jahrzehnte

Mit dem Ende der Schulzeit ging jeder seiner Wege, es war, als hätten wir es verabredet. „Wir haben uns aus den Augen verloren", sagte ich, wenn jemand nachfragte. Den anderen Banausen unserer Truppe wird es ähnlich ergangen sein. Einige begannen eine Lehre oder mussten zum Bund. Von Guschi Lo wurde erzählt, er habe sich nach Berlin abgesetzt. Irgendwann im Herbst, es war die Zeit der großen Stürme, sah ich Horge ein vorerst letztes Mal.

„Moin Henning!", rief jemand aus einem offenen Planwagen.

Das Militärfahrzeug stand stadtauswärts vor einer Verkehrsampel. Hinter Horge saßen etwa zwei Dutzend junge Männer auf spartanischen Holzbänken, allesamt in uniformer Arbeitskluft.

„Moin, Horge! Wohin?" Ich musste gegen den aufheulenden Motor anbrüllen.

„An die Westküste, damit die Deiche halten!"

Der Lkw fuhr an.

„Trutz blanker Hans!", rief ich hinterher und ahnte nicht, dass wir uns ein halbes Leben nicht wiedersehen würden.

Jahre später heiratete ich meine Jugendliebe Ruth. Der Vater Albert Schubbert war Mitinhaber der hiesigen Spielwarenmanufaktur *Dallemann & Schubbert*, einem kleinen Betrieb mit neun Mitarbeitern. Er hielt mich für politisch unzuverlässig und war mit der Personalentscheidung seiner Tochter unzufrieden.

„Der ist Sozialist!"

Im Gespräch mit anderen nannte er mich stets „den Roten". „Tschüss, Ruth, grüß mir deinen Roten!" oder: „Da soll sich mal der Rote drum kümmern!". Ruth behauptete, der Spitzname hinge mit meinen rotblonden Haaren zusammen und alles sei nur liebevoll gemeint. Ich weiß es nicht recht – es dauerte eine gefühlte Ewigkeit, bis sich mein Schwiegervater an mich zu gewöhnen begann.

Ein Jahr nach der Hochzeit mieteten wir ein kleines Haus am Stadtrand. So sehr wir uns auch mühten, der erhoffte Kindersegen blieb aus.

An unserem dritten Hochzeitstag überlebte mein Vater einen Infarkt. Monate später übernahm ich die Leitung der kleinen Druckerei. Wir investierten in kleinformatige Offsetdruckmaschinen der neuen Generation und konnten wichtige örtliche Kunden zurückgewinnen.

Es folgten einige Jahre des wirtschaftlichen Erfolges und familiärer Harmonie, Ruth litt jedoch unter der Kinderlosigkeit. Mit ihrem Vater verstand ich mich zunehmend besser, unsere politischen Standpunkte hatten sich angenähert. Gern hätte er mich in seine Loge eintreten sehen.

„Das ist nicht so mein Ding", wehrte ich ab, „aber ich weiß die Ehre zu schätzen."

Ruth, immer schon eine Uhrenfetischistin, begann sich für Repliken aus Frankreich und Südengland zu interessieren und organisierte einen kleinen Versandhandel.

Im grafischen Gewerbe zeichnete sich im Laufe der Zeit ein Wettstreit der Investitionen ab. Unsere kleine Druckerei konnte nach Vaters Einschätzung nicht mithalten, und wir veräußerten den Betrieb an einen unserer unge-liebten Konkurrenten. Einen Teil des Erlöses steckten wir in Werbemaßnahmen für Ruths Uhrenhandel. Nach zwei Jahren stellte sich ein erster bescheidener Erfolg ein.

Vater starb mit 78 Jahren. Es brauchte einige Jahre und unzählige Schachteln Antidepressiva, bis Mutter seinen Tod verwunden hatte.

Aus zufälligen Begegnungen und Gesprächen mit Hor-ges Mutter erfuhr ich das Wichtigste aus dessen Leben, und angeblich habe er ihr immer aufgetragen, mich herz-lich zu grüßen. Es schmeichelte ihr, dass ich sie in alter Gewohnheit „Tante Mieke" nannte.

„Dann fühle ich mich dreißig Jahre jünger!", sagte sie.

# Im Gewölbekeller

Am Tag unseres Wiedersehens hatten Horge und ich uns zum Essen verabredet. Der *Gnomenkeller* war ein „Ambiente-Restaurant" mit einem beeindruckenden Gewölbe. Zwergenmotive – in Öl gemalte, seltsame Gnome vor mittelalterlicher Stadtkulisse – zierten die Wände zwischen den Bögen. Die über Jahrzehnte gewachsene beige-braune Patina nahm den Wandmalereien das Kitschige. Ich nutzte den wenig bekannten zweiten Eingang über den Hinterhof einer Seitenstraße. Neben einer der vielen Säulen sah ich Horge, der an einem Katzentisch hockend den Bereich des Haupteingangs beobachtete. Zu dieser Stunde, nach Vorstellungsschluss des Stadttheaters, kamen die Gäste in Scharen über die gewendelte Treppe hinunter ins Lokal.

Er erschrak, als ich ihm die Hand auf die Schulter legte. Wir wechselten zu einem größeren Tisch. Eine freundliche Kellnerin nahm unsere Bestellung auf, dabei leckte sie vor jedem Umblättern des winzigen Notizblockes an Daumen und Zeigefinger. Horge erzählte derweil von den Freuden und Leiden der freien Journalisten, beklagte den Termindruck und den Geiz seiner Auftraggeber.

„Sie kommen vorwiegend aus Verlagen und Wirtschaftsunternehmen", erklärte er, „also – es gibt spannendere Jobs."

Seine Frau Janette, die Kanadierin ist, habe er vor 23 Jahren in Berlin kennengelernt und einen Monat später geheiratet.

„Sie ist zurzeit bei ihrer kranken Mutter in Montreal",
sagte er. „Der fehlt aber nichts Ernstes, Janette fliegt ohnehin einmal im Jahr dort hin."

Vieles wusste ich aus Tante Miekes kurzen Berichten,
aber mir fehlten die Details, Daten und Namen. So unterbrach ich Horge nicht bei seiner Lebensrückschau, bis die
Speisen serviert wurden.

„Teresa wirst du schon bald kennenlernen."

„Teresa?", unterbrach ich ihn. „Tochter oder Freundin?"

Er lachte.

„Meine *Tochter* Teresa trifft sich mit einem Freund in
Kopenhagen und wird uns auf dem Wege zurück besuchen."

„Uns?", fragte ich.

„Ihre Oma und mich. Natürlich wohne ich bei Muttern, wenn ich in der Stadt bin."

„Also im Haus an der Brücke?"

„Ja, sicher – in der Husumer Straße, in der kleinen Wohnung über der ihren. Sie hat früher Tante Anne gehört."

„Wie lange möchtest du bleiben?", fragte ich.

Er zögerte.

„Weiß ich noch nicht, mal sehen." Horges Miene ver-
finsterte sich, verriet Sorge. „Ich hab' da ein Problem, das
muss ich lösen."

„Ist bei Ihnen alles recht?", kam zum x-ten Male jemand vom Service.

„Ja, alles bestens", Horge reagierte gereizt. „Und richten Sie das bitte Ihren Kollegen aus, dann müssen die sich
nicht auch noch an unseren Tisch bemühen!"

„Was für ein Problem?", fragte ich nach. „Oder möchtest du nicht darüber sprechen?"

Er antwortete nicht gleich. Ich ließ ihm Zeit und stocherte in meinem Salat.

„Ich hatte dich vor Tagen nach Lydia befragt, ich versuche es noch einmal: Hast du mal etwas von Lydia gehört?"

„Ich bin ihr nur einmal begegnet", sagte ich. „Sie hatte eine Kneipe in Strandnähe und wenig Zeit für mich. Der Laden brummte – sie sah noch verdammt gut aus. Ist aber schon was her."

„Wir könnten sie besuchen", schlug Horge vor.

„Ja, könnten wir. – Und jetzt du, rede schon!"

Horge holte tief Luft.

„Erinnerst du dich an Lohmann?", begann er.

Ich war irritiert. „Lohmann, meinst du Gustav Lohmann?"

„Ja, ich meine unseren Guschi Lo – der beinahe unter die Lokomotive geraten wäre."

Natürlich erinnerte ich mich an Lohmann – und besonders an den Tag, an dem wir ihn fast verloren hätten: Wir waren wieder im Bahntal unterwegs. Unser Weg über die Gleise zum Hafen führte uns über die nächste Brücke. An ihrer Unterseite waren die Oberleitungen für die *Linie 1* der Straßenbahn zum Bahnhof befestigt. Wenn eine der *Elektrischen* die Brücke mit den Strom führenden Aufbauten berührte, erzeugte sie grelle Blitze. Hinter der Brücke wurden die Gleise über eine Wallanlage auf gleichem Niveau gehalten. Nach rechts hatten wir den Blick über die Ahornbaumreihen hinweg in die Fenster der Jugendstilhäuser der Helenenallee. Linker Hand lag das *Deutsche Haus*, ein größeres Gebäude aus den 1920er-Jahren zwischen Backsteinexpressionismus und Bauhaus. Das Ensemble aus rotem Backstein diente als Konzert- und Veranstaltungslokalität. Es gab eine Restauration und die städtische Bibliothek. Den uncharmanten viereckigen Turm des Gebäudes zierte eine beeindruckend hässliche

Uhr. Horge balancierte auf den Schienensträngen, sprang immer wieder seitlich auf den Schotterdamm und blickte sich besorgt um. Die Angst vor herannahenden Zügen war unser ständiger Begleiter. Den größten Respekt hatten wir vor den Loks, die ohne Waggons fuhren. Sie pirschten sich lautlos und pfeilschnell heran. Aus ihrem Schornstein drang unter Flüstern kaum sichtbarer, transparent-bläulicher Rauch.

Gustav Lohmann hatte einen Hörschaden. Seine partielle Taubheit war die Folge der Detonation eines Blindgängers und betraf tiefe und mittlere Frequenzen. Als unsere Gruppe an jenem Tage den Bahndamm gekreuzt und wir den gegenüberliegenden Hang hinaufgeklettert waren, hatten wir ihn auf dem Gleis hockend zurückgelassen. Er hatte einen Fuß auf den Schienenstrang gesetzt und sich den Schnürsenkel gebunden, als vom Gelände der Papiermühle eine Lokomotive schnell näher kam.

Unser Warngebrüll erreichte Lohmann nicht.

Die Lok war nur noch wenige Meter von ihm entfernt, als Horge unseren Alarmpfiff ausstieß, jenen aus zwei schrillen, etwa eine Terz oder Quart auseinander liegenden Tönen, die äußerste Gefahr bedeuteten – Gefahr erwischt, verprügelt oder von Hunden gebissen zu werden – und bei allen von uns nichts anderes als die augenblickliche Flucht auslöste.

Für eine Sekunde versperrte uns die vorbeirasende Lokomotive den Blick auf den Freund. In unser Entsetzen hinein ertönte ein infernalisches Geräusch, so schmerzhaft, dass wir die Hände schützend auf die Ohren pressten. Der Zugführer hatte die Notbremsen gezogen, eine ohrenbetäubende Fanfare aus pfeifenden, kreischenden und dröhnenden Tönen hallte durch das Tal des Bahngeländes.

‚Zu spät!', dachte ich.

Wir starrten gebannt auf den Teil des Gleises, an dem Gustav noch vor Augenblicken gehockt hatte. Roland hatte nicht gewagte hinzuschauen, beobachtete statt dessen mich und versuchte den Verlauf des Geschehens in meinem Gesicht zu lesen.

Blankes Entsetzen überkam uns, Guschi Lo, wie einige ihn nannten, war wie weggeblasen.

Der eiserne Koloss schoss mit nahezu unverminderter Geschwindigkeit durch den kurzen Durchlass der nahen Brücke.

Unsere Starre löste sich, als wir sahen, dass sich in dem hohen Unkrautstreifen neben dem Gleis etwas bewegte. Gustav Lohmann hatte sich in letzter Sekunde rücklings in die Brennnesseln fallen lassen. Horges Pfiff hatte ihn aufgeschreckt und vor dem sicheren Tode bewahrt.

Die tonnenschwere Lokomotive kam erst Hunderte Meter hinter der Brücke zum Stehen. Für kurze Zeit war es still, dann setzte sich der Zug erneut in Bewegung. Seine weißen Dampfstöße kamen langsam näher. Rückwärts passierte er den Brückendurchlass und kam einen Steinwurf von uns entfernt ächzend zum Stehen.

Guschi hatte sich inzwischen im Dickicht des gegenüberliegenden oberen Hanges versteckt. Auch wir duckten uns in die Büsche und beobachteten die Szene, bereit, jederzeit das Weite zu suchen.

„Das gibt Ärger!", murmelte Willem.

Der Lokführer hatte sein Gefährt verlassen und kam mit taumelnden Schritten näher. Seine dunkle Arbeitskleidung und die in den Nacken geschobene schlichte Schirmmütze waren von Ruß bedeckt. Bewegungen und Gestik verrieten seine Anspannung, er schien in banger Erwartung einer grauenhaften Entdeckung. Mit tastenden Schritten und suchendem Blick ging er einige Meter neben den Schienen auf und ab, den Blick gebannt auf den Streifen neben das Gleis gerichtet.

Dann drehte er sich wie eine Katze um die eigene Achse und setzte sich umständlich auf den Schienenstrang. Er wirkte erschöpft, nahm seine Schirmmütze ab und rieb sich die Stirn.

Einige Minuten verharrte er auf dem Gleis, die Beine über den abschüssigen Damm aus Schottersteinen gestreckt. Aus den Büschen des gegenüberliegenden Hanges drang leises Wimmern. Gustav Lohmann machten die schmerzenden Nesselbläschen an Armen und Beinen zu schaffen.

Der Zugführer erhob sich und schaute langsam in die Runde. Die Lokomotive hinter ihm atmete schwer und stieß seufzend und zischend Dampf aus, der die Schottersteine des Bahndamms benetzte. Der Mann stemmte die Hände in die Hüften und setzte zu einer Schimpfkanonade an.

„Erwische ich einen von euch, schlage ich ihn tot!", schrie er. Seine Stimme überschlug sich. „Seid ihr des Wahnsinns?! Auf dem Bahngelände habt ihr nichts verloren!"

Aus dem Schatten der Lokomotive trat ein zweiter Mann.

„Der Heizer", flüsterte Roland.

Er näherte sich behutsam seinem Kollegen. Sein Gesicht des war von Kohlenstaub geschwärzt.

„Komm, Heinz, lass gut sein, hat doch keinen Zweck", sagte er.

Die Eisenbahner kletterten in ihre Dampflokomotive und setzten wenig später in verhaltenem Tempo die Fahrt in Richtung Hafen fort.

Wir liefen die Böschung hinunter, sprangen über die Gleise und fanden im oberen Teil des gegenüberliegenden Hanges den jammernden Gustav, zusammengekauert hinter einem Weißdornbusch.

„Träumst du?", riss mich Horge aus meinen Erinnerungen und lachte.

„Was? – Nein – was ist mit Gustav? Hast du Kontakt zu ihm?"

Horge mit einem Anflug von Trauer: „Er ist tot. – Bis vor einigen Wochen haben wir uns regelmäßig gesehen …"

„In Hamburg?", fragte ich ungläubig. „Guschi lebte in Hamburg?"

„Ja. Er war dort beim Zoll beschäftigt. Wir trafen uns zu den Proben der *Sangesbrüder St. Andreas* in Eppendorf. Er sang in unserem Chor. Als ich vor Jahren das erste Mal dort war, hat er mich sofort erkannt. Wir gingen nach den Proben regelmäßig in ein kleines Lokal und haben von guten Weinen und alten Zeiten geschwärmt."

„Woran ist er gestorben?"

„Es war das Herz, er hatte vergeblich auf eine Organspende gewartet, es ist ein Jammer. Gustav hatte immer den Wunsch, in die Karibik auszuwandern, auf irgend so eine Insel, frag mich nicht welche. Er habe dafür gespart, sagte er, es reiche aber nicht und er müsse sich noch etwas einfallen lassen. Bei unserer letzten Weinprobe in der kleinen Bodega gab es einen Zwischenfall, undramatisch, aber irgendwie sonderbar."

„Lass hören!"

„Ein schnelles Auto fuhr über den Bürgersteig bis vor unser Kneipenfenster. Lutz sprang heraus."

„Wer ist Lutz?"

„Ein Chorbruder und Kollege Gustavs, er hatte einige Male an unseren Weinproben teilgenommen, wusste also, wo wir zu dieser Stunde anzutreffen waren. Lutz platzte herein und zog Guschi an einen freien Nebentisch. Er wirkte erregt, aufgebracht oder in Angst. Die beiden tuschelten miteinander. Lutz drückte Gustav einen kleinen Aktenkoffer in die Hand und verschwand. Lohmann war danach völlig von der Rolle und für diesen Abend nicht mehr zu gebrauchen. – Ich hatte den Vorgang schnell vergessen, wohl auch, weil ich Guschi danach wochenlang nicht mehr gesehen habe. Es ginge ihm sehr schlecht, hatte einer aus der Chorgruppe gesagt. Von Lutz habe ich nie wieder etwas gehört."

„Hast du Gustav mal besucht?"

„Ja, im Krankenhaus, die Kommunikation mit ihm war schwierig, er war schwach ... sah aus wie ein Leichnam." Horge hob sein Glas, als wolle er einen Toast aussprechen. „Der gute Gustav ... wenige Tage danach ist er gestorben."

„Hatte Lohmann mit dem Problem, von dem du sprachst, zu tun?"

Horge fuhr sich mit dem Daumennagel durch die Spalte in seinem Kinn und machte ein nachdenkliches Gesicht.

„Er war in etwas verstrickt – hatte immer nur abstruse Andeutungen gemacht. Wenn es um Berufliches ging, war er verschlossen wie eine Blechbüchse, er wich meinen Fragen aus oder wechselte das Thema. Etwas stimmte nicht!"

„Hatte er Familie?"

„Einen Sohn. Seine Frau ist früh verstorben. Habe sich vom Acker gemacht, hat er mal gesagt."

„Klingt nach Suizid."

„Kann sein, hab nicht nachgefragt. Gustavs Mutter lebt noch, war mal ganz nett, ist jetzt 'ne, grandige Alte, sagte Gustav von seiner Mutter. Sie wohnt hier in Angeln am Havebyer See."

„Raus damit! Was ist das Geheimnis um Gustav?"

„Bei meinem Besuch im Krankenhaus hatte er mir prophezeit, dass er es nicht mehr lange machen würde, wenn es nicht bald zu einer Transplantation käme. – Seinem Sohn, Lothar, bin ich dann erstmals bei Gustavs Beerdigung begegnet – ein angenehmer Typ, aber etwas kauzig, ein bisschen wie sein Vater. Er hat sich sehr für meinen Beruf interessiert und angekündigt, mich bei Gelegenheit in privater Angelegenheit um Rat fragen zu wollen."

Die Servierin kam zögernd näher, räumte mürrisch ab. Ich bestellte uns ein Glas Rotwein.

„Jetzt ist sie beleidigt!", bemerkte Horge.

„May be that's why … Weiter im Text!", drängte ich.

„Er hat mich Tage danach angerufen."

„Wer *er*?"

„Lothar. Er berichtete von Dossiers, die sein Vater im Hause seiner Mutter versteckt habe. Es seien wohl Informationen über ‚zweifelhafte geheimdienstliche Aktivitäten, über dubiose Seilschaften, Schweinereien aus Industrie und Politik, illegalen Waffenhandel und, und, und', Lothar war beunruhigt. Er fragte, ob ich das Material sichten könne, was man damit anfangen solle, und vor allem wolle er das Zeugs gern los sein."

„Klinkt wirklich spannend."

Horge zuckte mit der Schulter.

„Lothar gab mir zu verstehen, es habe dem Beruf seines Vaters zu tun, und mir verraten, dass sein alter Herr nicht beim Zoll, sondern für einen Geheimdienst gearbeitet habe – bis zu seiner Erkrankung vor zwei Jahren. Mir kam sofort die Szene im Weinlokal in Erinnerung, der auffällige Auftritt seines Freundes und Kollegen Lutz und die hektische Übergabe des Aktenkoffers. Ich denke, das sind Papiere, die jemand vor dem Schreddertod bewahrt und durch die Schleusen der Behörde geschmuggelt hat."

„Das könnte eine heiße Kiste sein! Vielleicht zu heiß", gab ich zu bedenken. „Warum in Gottes Namen willst du die Sachen übernehmen? Wenn es wirklich Ärger gibt – oder sogar gefährlich ist: Warum dich den Gefahren aussetzen?"

Horge antwortete nicht gleich. Ich hatte den Eindruck, er bereute bereits, sich auf die Geschichte eingelassen zu haben.

„Ich weiß nicht", versuchte er zu erklären. „Vielleicht war es Neugier. Oder Übermut – oder Eitelkeit."

„Oder Geschäftssinn?", schlug ich vor.

„Ja, auch – alter Skeptiker! Wenn die Unterlagen es hergeben … Ja, du hast recht, in erster Linie Geschäftssinn. Ich bin schließlich Journalist!"

„Aber kein Enthüllungsjournalist, oder?"

Horge nippte an seinem Glas.

„Der Koffer befindet sich also im Haus der alten Lohmann. Sie wohnt am Havebyer See – soll hier ganz in unserer Nähe sein."

„Ja, sagtest du bereits. Kenn' ich, liegt idyllisch – eine Lage für Betuchte."

„Lohmann Junior will mir die ‚heiße Ware' dort übergeben."

„Wer könnte sich für die Dossiers interessieren?", fragte ich.

Horge verzog das Gesicht, meine Frage ärgerte ihn.

„Du bist naiv: Es geht doch um Verfehlungen, Schiebereien, Machenschaften, Hinweise auf Korruption und

Schlimmeres – was weiß ich!? Wenn dem so ist, sind die Dokumente bares Geld – für kriminelle Erpresser oder Medienleute. Auch die betroffene Behörde würde alles tun, damit nichts von alledem an die Öffentlichkeit kommt."

„Oder Politiker, Parteien und Konzerne, die involviert sind", ergänzte ich.

„Endlich begreifst du's!"

Wir schwiegen lange. In unserer Nähe nahm ein Mann Platz, er setzte sich mehrmals um, so als wolle er jeden Stuhl des Tisches ausprobieren.

„Eine finstere Erscheinung", meinte Horge und raunte: „Sein Gesicht spricht Bände, der könnte Geschichten erzählen, sag' ich dir." Er mutmaßte, dass die Narben in dem Gesicht vom Säbelduell in einer schlagenden Verbindung seien. „So einer hat Francis Bacon Modell gestanden", urteilte er und grinste.

„Du bist gemein!"

Der etwa 50-Jährige griff in die Seitentasche seines silbergrauen seidenen Anzuges und setzte sich eine überdimensionierte Sonnenbrille auf, was ihn in dem spärlich beleuchteten Restaurant noch zwielichtiger aussehen ließ.

Wir hatten den eigenartigen Gast am Nebentisch bald vergessen. Ich warf von Zeit zu Zeit einen Blick hinüber und hatte das Gefühl, dass er unsere Gespräche verfolgte. Horge und ich versanken in Erinnerungen aus vergangenen Zeiten und gründelten wie Enten in einem trüben Teich nach vergessen geglaubten Ereignissen.

„Ist Lydia noch mit diesem ..."

„Jonny Lakritz? Der Wüterich hat sich totgefahren", erinnerte ich, „ist mit seinem Motorrad in ein Wartehäuschen gerast. Zu der Zeit waren die beiden wohl schon getrennt. Lydia hatte ein Faible für die verkehrten Typen, sie hat danach mehrere desaströse Liebesbeziehungen gehabt."

„Du bist gut informiert."

„Ja, von deiner Mutter Mieke. Könntest ja auch sie mal so 'was fragen."

Horge lachte.

„Ja, die beiden mochten sich. Sie hat Lydia oft angerufen – mir erzählt Mutter so etwas nicht."

In jener Zeit gingen Horge und ich an manchen Sonntagen in den *Gasthof Rickmers* und sahen den Spielern der Skatrunden über die Schultern. Der Wirt tolerierte unsere Anwesenheit, schließlich waren wir die Jungs aus der Nachbarschaft und mein Vater hatte ihm gelegentlich zu guten Tageseinnahmen verholfen – immer dann, wenn er die Veranstaltungen der Buchdruckergilde in den Gasthof verlegte.

„Dann habe ich es nach dem Gelage nicht so weit nach Haus", hat Vater mal gesagt.

Unser eigentliches und heimliches Interesse an dem Gasthof aber galt seiner Kellnerin, eben Lydia Dellenbach, der schönsten aller Serviererinnen, mittelblond, mit betörenden graublauen Augen und sinnlichen Lippen. Sie war vom Kinn bis zu den Fußspitzen beunruhigend perfekt proportioniert. Letzteres war dem zweiten Blick vorbehalten, der erste konnte nicht von ihrem hübschen Gesicht lassen, bis Lydia ihn mit einem Blinzeln freigab, um dann ihren Körper mit einer ruckartigen Bewegung in Position zu bringen. Leider: Die Angebetete war um einige Jahre älter als wir, somit standen die Chancen schlecht, mit ihr mehr als ins Gespräch zu kommen.

Wie Bizets Carmen tänzelte sie durch den blauen Zigarrendunst des Schankraumes und balancierte die vollen Tabletts über die Köpfe der überwiegend männlichen Gäste hinweg auf die Tische. Dabei gab sie kurze, kecke Kommentare ab und schenkte jedem, wohl in Erwartung eines üppigen Trinkgeldes, einen innigen Blick.

Nur mit einer Getränkeorder, „Lydia, kommst du mal bitte!", konnten wir die viel beschäftigte Angebetete an unseren Tisch locken.

Dann stemmte sie ihr Tablett in die Taille, winkelte das Spielbein leicht ab, warf den hübschen Kopf in den Nacken und sagte so etwas wie: „Na, ihr beiden Süßen, seid ihr auch mal wieder da?" Darauf beugte sie sich weit vor, fegte mit einer Speisenkarte die krümeligen Reste von der Tischfläche und gewährte uns wie zufällig einen kurzen Einblick in ihr Dekolleté. Wir verhaspelten jeden Flirtversuch. Mit „Ach wie süß!" strafte sie uns dann charmant ab und machte deutlich, dass wir zu grün seien, um auf Augenhöhe mit ihr zu poussieren.

Wir gaben uns keinen Illusionen hin – Lydia befand sich außer Reichweite. Es musste genügen, dass sie uns gewogen war und ihr unsere ungelenken Avancen schmeichelten.

Natürlich war sie liiert. Jonny Lacroix war der Glückliche, ein Nachfahre französischer Hugenotten, den seine Freunde *Lakritz* nannten, weil *Lacroix* nicht in die nordische Landschaft passte und unaussprechlich war – oder weil er in seiner schwarzen Lederkluft aussah wie in Lakritz gegossen. Jonny war das Alphamännchen unseres Viertels, ein Willi Wichtig und der größte Macho unter der Sonne. Er traf sich an den Sonntagvormittagen in der kleinen, sonst so stillen Straße neben dem Gasthof mit seinen Motorradfreunden.

Die geschniegelten Helden zeigten den umstehenden, meist jugendlichen Bewunderern stolz ihre kraftstrotzenden Maschinen der Marken *Horex* oder *BMW*. Sie hatten ihre blonden Bräute um sich. Die ausnahmslos hübschen Mädchen klammerten sich an ihre Galane, redeten wenig und mussten sich damit abfinden, zumindest bei dieser Veranstaltung nicht viel mehr als dekoratives Motorradzubehör zu sein. In Bruchteilen von Sekunden und unter markerschütterndem Gebrüll sprang eine hochglänzende Höllenmaschine nach der anderen für eine kurze Spritztour aus dem Pulk der Gaffenden heraus. Die schwarzledernen *Halbstarken* fuhren ohne den damals so bezeichneten Stahlhelm. Der bewundernden, neidvollen Blicke konnten sie sich sicher sein, wenn sie röhrend davonstieben, um schon Minuten später mit verhaltenem Tempo und sonor flüsterndem Motorengeräusch Anerkennung heischend zur Gruppe zurückzukehren.

Horge winkte nach der Kellnerin.

„Die Visage ist weg", sagte er und legte Scheine auf das kleine Silbertablett.

Wir blieben noch ein paar Minuten, sprachen über die Schulzeit.

Ob es Hansen noch gäbe, fragte Horge. „Hansen unseren Mathelehrer, den wir *Brain* nannten, oder?"

„Nein, wir nannten ihn *Brägen*", sagte ich, „Brägen das Rechengenie, das jede Aufgabe aus dem Stand löste – im Kopf."

Hansen hatte seinen Spitznamen nicht gemocht – *Brägen* würde man das Hirn erst dann nennen, wenn es bereits beim Schlachter im Angebot sei, und diese Vorstellung war ihm unangenehm.

„Ich hoffe, dass es ihn noch gibt?", sagte Horge. „Er müsste jetzt weit über 80 sein."

Horge war neugierig auf den Alten und meinte, wenn er noch beieinander wäre, würde er ihn gern einmal besuchen.

# Der Mann in der Ecke

Für einen der kommenden Abende hatte mich Horge zu sich eingeladen – seine Mutter werde etwas Leckeres kochen.

Es regnete Bindfäden, für den kurzen Weg in die Husumer Straße nahm ich das Auto und rangierte meinen Golf in die Parklücke vor einen beigefarbenen MG, einen Oldtimer, wie ich annahm. Im dunklen Inneren des Autos sah ich für einen kurzen Moment das Aufglimmen einer Zigarette, Rauch drang durch das einen Spalt geöffnete Fenster nach draußen.

Die drei- und viergeschossigen Mietshäuser in der Straße stammten aus den Jahren um 1900. In Stein gehauene muskulöse, nackte alte Männer trugen schwer an den Erkern und Balkonen der überwiegend im Jugendstil erbauten Häuserfronten. Mit Katzenköpfen aus blaugrauem und rötlichem Granit gepflasterte Toreinfahrten führten in die Hinterhöfe, die gesäumt waren von unterschiedlichsten kleinen Schobern und Schuppen, weiß getüncht, mit teerschwarzen Dächern und grünen Türen und Toren. In den vergangenen dreißig Jahren hatte sich augenscheinlich nichts verändert, nur alles schien geordneter und gepflegter, aber ohne Leben – abgesehen von gurrenden und flügelschlagenden Tauben.

Ich streckte mich hinüber zum Handschuhfach, um das Mitbringsel für Horges Mutter, eine kunstvoll verpackte Flasche Parfüm, herauszuholen. Dabei trat ich unbeabsichtigt auf das Kupplungspedal und ohne dass ich es gewahr wurde, setzte sich mein Auto auf der abschüssigen Straße in Bewegung. Das Geräusch des leichten Aufpralls schreckte mich auf. Mein Wagen hatte den MG gerammt.

Ich machte das Licht wieder an, um im Lichtkegel des Rückscheinwerfers den angerichteten Schaden einschätzen zu können. Das Seitenfenster des Oldtimers war jetzt geschlossen. Die Insassen machten keine Anstalten, ihr Fahrzeug zu verlassen.

Die Gummipolster meiner Stoßstange hatte die Wucht des Aufpralls abgefangen, die kleine Karambolage war wider Erwarten ohne Blessuren verlaufen. Ich warf einen Blick ins Fahrzeug, Regen und einsetzende Dunkelheit hinderten mich, im Innern des Autos etwas zu erkennen. Ich zuckte mit den Schultern und ging.

Horges Elternhaus war das letzte Gebäude vor der Husumer Brücke, von der wir als Kinder so oft das Spektakel der zum Hafen fahrenden Lokomotiven beobachtet hatten. Von der Brücke aus hatten wir das Dröhnen der Lokomotive gehört, lange bevor sie in einer sanften Rechtskurve in unser Sichtfeld gelangte. Der schwarze, stählerne Koloss kam näher, wir spürten die Vibrationen, die sich auf Brückenkörper und Straßenpflaster übertrugen. Der Durchlass der Brücke schien zu klein für die Lok, es kam mir jedes Mal vor, als nähme sie einen Anlauf, um dann mit brachialer Gewalt die Massen an Eisen, Rauch und Lärm hindurchzupressen. Die weißen Dampfschwaden schossen zu beiden Seiten der Brücke in die Höhe und verbanden sich über der Straße zu einer Wolke. Wir liefen durch sie hindurch zur anderen Straßenseite, klammerten uns auf Zehenspitzen stehend an die Brüstung und verfolgten den unter uns hindurchfahrenden Güterzug. Der Dampf löste sich auf und wir konnten dem davonfahrenden Ungetüm hinterherschauen, warfen Steine in die offenen leeren Wagen oder spukten hinein.

Die Lokomotive war schon bald nicht mehr zu hören, es blieb das rhythmische Rattern der Waggons, das nur ganz allmählich verstummte; die Stille danach war spürbarer als zuvor, und das laute Tschilpen der Spatzen in den Böschungen der Hänge bestätigte das Ende des Spektakels.

Horges Mutter bewohnte inzwischen das Erdgeschoss. Eine eichene Treppe führte in die kleine Wohnung, in der Horge logierte, wenn er mal zu Besuch war.

„Ja, ja – eher selten", hatte er eingestanden und sich verteidigt. „Aber Mutter ist mehrmals im Jahr einige Tage bei uns in Hamburg."

Mieke begrüßte mich herzlich, nahm mir mein kunstvoll verpacktes Parfüm aus der Hand.

„Jung, dat deit doch nicht nödig, aver ick freu mi! Danke!", und sie schickte mich hinauf.

Horge saß versunken in einem alten, samtbezogenen Sofa. Er schreckte auf, als ich eintrat, und hebelte sich umständlich in den Stand.

Das Interieur seiner kleinen Wohnung hatte die Jahrzehnte gut überstanden. Der rustikale Eichentisch war mit blauweißen Kopenhagener Porzellan eingedeckt; ich kannte es von früher, wie auch das feine Silberbesteck aus der hiesigen Manufaktur. Mieke brachte eine große Terrine dampfender Blaumuscheln und reichte geröstetes Graubrot.

„Lasst es euch schmecken!", sagte sie mit einem Anflug von Stolz, mahnte: „Trinkt nicht so viel!", schlug die Tür hinter sich zu und war wieder verschwunden.

„Für Mutter bleiben wir Halbwüchsige, die man lebenslang maßregeln darf", seufzte Horge.

Die Muscheln waren ein Gedicht. Horge nahm die Schilderung von meiner Beobachtung beim Einparken vor dem Haus gelassen auf.

„Na und, das kann alles bedeuten."

„Der Eigner eines noblen Schlittens interessiert sich nicht für den Schaden an seinem Goldstück?! – Ich sage dir: Der oder die in dem Auto wollten nicht von mir gesehen werden, weil sie etwas im Schilde führten!"

„Hamburger Kennzeichen?"

„Ja, Hamburger Kennzeichen. Aber ich habe es mir nicht gemerkt."

„Das war blöd, Henning."

Wir gingen ins Nebenzimmer, durch das Erkerfenster konnten wir die Reihe der parkenden Autos vor dem Haus einsehen. Der elfenbeinfarbene MG stand noch dort. Augenblicke später öffnete sich die Beifahrertür. Eine Frau, eine übertakelte Blondine, mühte sich auszusteigen, sie trug so etwas wie eine gefiederte Würgeschlange um den Hals. Ein speckglänzender Gürtel markierte die Taille, eine knallenge Hose war gefleckt wie das Fell eines Leoparden. Die Frau hatte das Auto verlassen, schlug die Tür zu und näherte sich mit ungelenken Trippelschritten. Horge zog mich vom Fenster.

„Ich würde zu gern wissen, was die im Schilde führt."

Wir grinsten uns an, hatten denselben Gedanken und sprangen die Treppen hinunter zur Eingangstür. Durch das kleine Sprossenfenster konnten wir die Szene verfolgen, ohne selbst gesehen zu werden. Die Blondine war nur noch wenige Schritte von uns entfernt.

„Kennst du die?", fragte Horge leise.

Ich musste lachen und verbat mir diese Frage.

„Nein ... Nie gesehen."

„Glaubst du, das ist *so* eine?", flüsterte er.

„Könnte sein."

Die Unbekannte balancierte auf ihren High Heels vor dem schmiedeeisernen Staketenzaun des winzigen Vorgartens unschlüssig auf und ab, nahm dann aber entschlossen die wenigen Schritte zur Eingangstür, musterte das seitlich angebrachte Namensschild und bewegte die Lippen. Sie beugte sich vor, hielt ihre Handflächen wie Scheuklappen an die Schläfen und guckte durch eines der rautenförmigen Fenster der Haustür ins Dunkle des Treppenhauses.

Einen kurzen Moment war ich verunsichert. Hatte ich sie nicht irgendwann irgendwo doch schon gesehen? Oder war es die Familienähnlichkeit, welche die Klientel der Schönheitschirurgen untereinander wie Zwillingsschwestern aussehen lässt?!

Sie drückte ihr Gesicht gegen die winzige Glasscheibe, dabei verloren ihre üppigen Silikonlippen die Kontur.

„Ein kopulierendes Nacktschneckenpärchen", höhnte Horge leise.

Die schwere Messingklinke bewegte sich nach unten. Wir machten einen Schritt zurück. Die Tür öffnete sich einen schmalen Spalt und fiel schnell zurück ins Schloss. Die Schöne verschwand aus unserem Blickfeld.

Zurück in der Wohnung, beobachteten wir, wie sie an der Fahrzeugtür mit jemandem im Inneren des Wagens diskutierte und sich dann umständlich ins Auto zwängte. Wer immer am Steuer saß, startete den Motor und lenkte den MG mit durchdrehenden Reifen in Richtung Altstadt.

„Und?", fragte ich. „Was will uns das sagen?"

„Schwere Frage. Vorschlag: Eine Frau wird von ihrem Gatten, Liebhaber, Freund oder Zuhälter geschickt nachzusehen, wer hier wohnt – oder ob derjenige hier wohnt, von dem er es vermutet. Sie hat sich die Namensschilder angesehen, gecheckt, ob man einfach so reinkommt ...“

„Das wäre auch meine Version“, bemerkte ich.

„Sie sah nicht eben aus wie die Beauftragte eines deutschen Nachrichtendienstes, aber denkbar, dass sich unser Geheimnis herumgesprochen hat, so etwas weckt Begehrlichkeiten.“

„Es kann nicht sein“, widersprach ich, „du hast den Schatz noch nicht einmal, also mach dir keinen Kopf!“

Horge verzog das Gesicht, wirkte betroffen.

„Du hattest es dir einfacher vorgestellt?“, fragte ich.

Er ließ meine Frage unbeantwortet, hangelte nach seinem Cello und spielte ein paar Takte Bach oder Telemann.

„Mehr schlecht als recht“, befand er selbst. „Das ist nach sieben Jahren Unterricht von meinem Repertoire geblieben.“

Er stellte das Instrument zurück in den Ständer, nahm eine Flasche Wein und zerrte an dem Korkenzieher.

„Alter Wein und junge Weiber sind die besten Zeitvertreiber“, reimte er keuchend. „Hier, ein Glas alten Weines!“, und er tat mit Trauer in der Stimme kund: „Junge Weiber sind aus.“

„Ja, alter Knochen – vorerst. Aber im nächsten Leben ...“

Der gesangliche Teil unseres Abends begann mit Versatzstücken aus Operetten und betagten Schlagern. Wir versuchten, unsere vergangene Jugend herbeizusingen.

*„Wenn auf Capri die rote Sonne im Meer versinkt ...“*

Mit jedem Glas und jedem Gassenhauer sank das Niveau und erreichte seinen Tiefpunkt mit einer Zote aus frühpubertären Jugendtagen.

*„Banane, Zitrone, in der Ecke steht ein Mann. – Banane, Zitrone, er lockt die Weiber an ...“*

Schon mit der vierten Zeile der Moritat fand unser Vortrag ein jähes Ende. Horge hielt plötzlich inne, sein Gesichtsausdruck verriet Scham, mit erstaunten Kinderaugen fixierte er einen festen Punkt, den ich hinter mir vermutete. Ich drehte mich langsam um und sah in das spöttische Lächeln einer jungen Frau.

„Aha: Banane, Zitrone und der Mann in der Ecke.“ Schroffer setzte sie nach: „Unterste Schublade, Papa!“ Horges Tochter Teresa war offenbar einen Tag früher als erwartet angereist und von uns unbemerkt ins Zimmer getreten. Die Rüge kam ihr lächelnd über die Lippen, ich hoffte, wir könnten auf eine Rechtfertigung verzichten; überzeugende Ausflüchte wären mir nicht eingefallen.

Horge ging auf sie zu, „Erwischt!“, und umarmte sie.

„Dein Freund Hinnerk hat einen schlechten Einfluss auf dich!“, spöttelte Teresa und warf mir einen musternden Blick zu, begrüßte mich dann freundlich und begann ohne Umschweife, von ihren Erlebnissen in Kopenhagen zu erzählen.

Ohne ihren Redefluss zu unterbrechen, nahm sie die letzte entkorkte, aber noch volle Flasche vom Tisch und brachte sie vor uns in Sicherheit. Wenn schon – die hübsche Gouvernante hatte das Maß unserer Trunkenheit richtig eingeschätzt. Sie war eine Grace Kelly: schlank, blond, intelligent und verwöhnt. ‚Sie wird sich vegan ernähren‘, dachte ich, ‚liebt Tiere über alles und joggt täglich durch den Park.‘ Eine leichte Prognath betonte die herbe Note, den Anflug von Strenge in ihrem Gesicht, es fehlten sanfte Übergänge an den Wangenknochen. ‚Zu viel Möhren und Magerquark. Sie sieht wie eine passionierte Reiterin aus – bei Gelegenheit werde ich es hinterfragen‘, und ich erinnerte mich an die Mahnung eines Freundes: „Schöne Frauen sind optische Täuschungen – sie halten nicht, was sie versprechen." Eine ernüchternde Erkenntnis, die mir in den Brunftzeiten geholfen hat, in Gegenwart attraktiver Mädchen gelassen zu bleiben.

Horges Tochter saß mir gegenüber. Sie wurde zunehmend unruhig, zog an dem Saum ihres zu kurzen Rockes und versetzte ihren Oberkörper in Schwingungen. Bei gleichzeitigem Zerren an dem Rocksaum schaffte sie es, einen um den anderen Zentimeter an Länge herauszuholen, dabei warf sie mir vorwurfsvolle Blicke zu. Ich begriff und brachte mich mit einem Sprung in einen anderen Sessel vor ihren unausgesprochenen Unterstellungen in Sicherheit. Dabei hatte ich nicht einmal in das verbotene Schatten-Dreieck geschaut, jenes verheißungsvolle, inspirierende, das sich zwischen zwei züchtig geschlossenen Damenknien und dem darüber straff gespannten Stofffetzen des Rockes bildet. Allerdings, bevor man weiß, was sich anzusehen unziemlich ist, muss man es einmal wahrgenommen haben, und das ist mir möglicherweise unterlaufen.

„Sorry!", fiel mir dazu nur ein und:„Haben Sie das Teil vorsätzlich zu knapp gekauft oder nur zu heiß gewaschen?"

„Versehentlich zu kurz gekauft", gab sie zu und setzte sich mit einem verzeihenden Lächeln neben mich.

Wir tauschten freundliche Floskeln aus, bis unsere Konversation nach einer ganzen Weile an Belanglosigkeiten zu ersticken drohte. Teresa kam aus der Deckung und fragte mich unversehens, warum mir meine Frau davongelaufen sei.

Ich war irritiert, griff umständlich nach meinem Glas, schwenkte es und beobachtete die verlaufenden Weintränen an der Innenwand.

„Ruth kommt sicher bald zu mir zurück", wehrte ich ab.

„Das war nicht meine Frage."

Horge bekundete seinen Unwillen über das Thema und stöhnte missfällig. Es war ihm wohl peinlich, etwas aus meinem Privatleben ausgeplaudert zu haben. Sie ließ nicht locker.

„Also?"

„Es ging um eine Brötchenhälfte", sagte ich und hatte damit Zeit gewonnen, „genauer gesagt um den unteren Teil der Semmel. Seit 25 Jahren hatte sich Ruth beim Frühstück für die Oberhälften entschieden. In den Tagen vor ihrem Auszug wurde alles anders. Sie schlief im Gästezimmer, weigerte sich meine Hemden zu bügeln und … wie gesagt, wollte plötzlich nur noch Brötchen-Unterhälften essen. Wir könnten uns ja abwechseln, hatte sie vorgeschlagen, und also wäre sie jetzt an der Reihe, und zwar für die nächsten 25 Jahre, ich könne die Oberhälften zu Semmelbrösel verarbeiten, wenn es mir gefiele."

Horge hatte Spaß an meiner Schilderung; Teresa wirkte frustriert.

„Und was war es wirklich?", fragte sie.

„Eine vergessene Hotelrechnung."

„Aha!" Sie frohlockte. „Der Klassiker: Sie hatten ein Verhältnis! Ihr seid doch alle gleich!"

„Hör mal, Teresa!" Horge war das Thema sichtlich unangenehm.

„Ja, du auch, Papa. Ich weiß, was ich weiß, und sage nur: *Gudrun*!"

Er schluckte.

„Gudrun?" Ich versuchte abzuwiegeln: „Das sind sicher alte Kamellen."

„Sie war eine ziemlich junge Kamelle, eine süße junge Kamelle. Er traf sich regelmäßig mit ihr", sagte Teresa,

„im *Café Goll*. Was Papa nicht ahnte: Das *Goll war* zufällig auch mein Stammcafé. Wir sollten uns besser abstimmen, Paps …"

Horge bedeckte sein Gesicht mit den Händen und ließ zwischen Zeigefinger und Ringfinger nur den Durchblick für sein rechtes Auge.

„Wusste gar nicht, dass du so zärtlich sein kannst", setzte Teresa nach. Und an mich gewandt: „Ich habe sein Liebchen zur Rede gestellt. Sie hat danach die Beziehung beendet! Wenn ich das Mama erzählt hätte …!"

Es vergingen Minuten betretenen Schweigens. Dann wandte sie sich mir zu.

„Wird schon wieder, Ihre Ruth kommt zurück. Sie sind ein netter Kerl und bald ohnehin nicht mehr im Rennen." Sie lachte ansteckend frech.

„Danke – sehr freundlich! Wer kümmert sich während Ihrer Abwesenheit um Ihr Pferd?", fragte ich.

„Mir ist es lieber, wenn Sie mich duzen. Ich sage einfach ‚Onkel Henning' zu dir", spöttelte Teresa, „aber zu deiner Frage: Mein Wallach ist bei einer Freundin in besten Händen. Ich vermisse ihn schon sehr!"

Horge war irritiert. „Woher wusstest du, dass meine …?"

„Deine Tochter sieht eben wie eine Pferdenärrin aus", unterbrach ich ihn, „man erkennt sie einfach."

Teresa reagierte gereizt: „Aha – und wie sieht so eine aus?"

Die alte Pendeluhr unterbrach unser Geplänkel mit nicht enden wollendem Gin-Gong. Es war Mitternacht.

Sie holte ein drittes Weinglas aus dem Schrank, zauberte den Rotwein herbei und schenkte ein.

„Tut mir leid, dass ich vorhin so bissig war", sagte sie.

„Es ist spät geworden", antwortete ich und schob mein volles Glas hinüber zu Horge.

Der stand auf, um mich hinunter zur Haustür zu begleitete.

„Schlaf gut, Onkel Henning!", rief Teresa lachend hinterher.

„Was weiß deine Tochter von der Sache?", fragte ich ihn, als wir vor dem Haus standen.

„Ich habe ihr davon erzählt, aber sie hört mir zum Glück nie richtig zu. Es hat sie bisher nicht sonderlich beunruhigt."

„Wie geht's weiter, Horge?"

„Der Auftritt vor unserer Haustür – dieser Vamp hat mich nun doch nervös gemacht. Vielleicht ist mir da jemand bereits auf den Versen, dabei habe ich das Zeugs noch nicht einmal in den Händen!"

„Hat Lothar gequatscht?", fragte ich.

Horge runzelte die Stirn.

„Nee. Ich traue ihm, aber wenn er abgehört wurde … Vielleicht ist die Sache doch eine Nummer zu groß für mich …"

„Also, bis morgen."

Für den übernächsten Tag hatten wir uns den „Besuch der alten Dame" vorgenommen. Horge wollte endlich zu Lohmanns Mutter.

„Wir müssen die Sache voranbringen", sagte er.

# Das Haus am See

Kurz vor Abfahrt erreichte Horge ein Anruf. Er schaltete die Mithörtaste des Telefons ein. Ich erkannte die Stimme, Lydias Stimme – Lydia Dellenbach, die schöne Kellnerin, der unerfüllte Traum unserer Jugendzeit. Wie konnte das sein? Doch kein Zufall!

Lydia sprach schnell – sie habe gerade Zeit und wolle uns endlich einmal wiedersehen.

Horge sprang an, wirkte euphorisch. Auf meinen Blick hin versuchte er dennoch, sie abzuwehren: Er sei mit einer Informantin verabredet, ob es nicht auch am nächsten Tag ginge.

Sie blieb hartnäckig: „Ich habe nur einen freien Tag in der Woche, und der ist heute."

„Okay, überredet. Wir nehmen dich mit … Wir nehmen dich gern mit, wir freuen uns – Henning nickt, er lässt dich grüßen. Also – mach dich auf die Socken!"

„Ich bin in zehn Minuten bei euch", sagte sie und legte auf.

„Sie hat sich nicht verändert!", meinte Horge, ohne das zu erklären. Dann gab er verlegen zu, dass er sie vor Tagen angerufen hatte. „Nur mal so, weißt du. Lydia hatte gerade Kundschaft und versprach zurückzurufen." Horge sah mich an, fühlte sich ertappt.

Ich grinste und schwieg. Sein gequältes Lächeln nahm ich als Eingeständnis und knuffte ihn.

„Alter Knabe – zweiter Versuch?"

Er sagte nur „Blödsinn!" und hatte sich wieder im Griff.

Ich erinnerte mich an seinen „ersten Versuch": An jenem Sonnabend vor über 30 Jahren hatten Horge und ich einen „*Herrenabend*" geplant, eine unserer vergnüglichen Runden mit Cola-Rum und sturmfreier Bude. Horges Mutter logierte an diesem Wochenende bei ihrer Nichte auf einer der nordfriesischen Inseln und würde erst am Sonntagabend zurückkommen. Seit meinem 15. Lebensjahr hatten meine Eltern meine abendliche Heimkehr ohnehin nicht mehr ausreichend unter Kontrolle, so konnten wir den Abend bei Bedarf bis zum Morgengrauen ausdehnen. Wir freuten uns auf eine der letzten Folgen des Straßenfegers *Das Halstuch* von Francis Durbridge, als es an der Tür klopfte. Gleich darauf schellte die Türklingel, eine von der Art, die von Hand gedreht wurde und deren schnarrender, schriller Ton etwas über die Stimmungslage des Besuchers verraten konnte.

Es war Lydia – unsere begehrenswerte Lydia aus dem Gasthof. Sie war erregt.

„Hallo, ihr beiden. Ist Mieke nicht da?"

„Nein, Mutter ist verreist. Was ist passiert, Lydia?"

„Ach – lass nur", zauderte sie, „ich dachte, ich könnte …" Sie begann zu weinen und vergrub ihr Gesicht in den Händen.

Horge murmelte unbeholfen etwas Tröstendes und zog sie ins Wohnzimmer.

„Er ist betrunken und wird mich wieder schlagen!" Sie rief es heraus, nach jedem Wort wie eine Ertrinkende nach Luft ringend.

„Du meinst Jonny Lakritz?", fragte ich.

Sie antwortete nicht, gewann Zeit und beruhigte sich etwas.

„Ja, Jonny – wer sonst? Ich hatte gehofft …" Lydia stockte.

„Was gehofft?"

„… hier bei deiner Mutter übernachten zu können", schob sie eilig nach. „Er regt sich wieder ab, ich kenne ihn – schon morgen tut es ihm leid." Und nach einem Seufzer: „Diese elende Saufnase, dieser Wutkopf, wie ich ihn hasse!"

„Was hat er für ein Problem?", fragte ich. „Ist er eifersüchtig?"

„Genau das ist es, krank vor Eifersucht, immer wieder, bei jeder Nichtigkeit."

Horge warf ihr einen kritischen Blick zu. „Und – hat er Anlass dazu?"

Sie schwieg.

Horge bot ihr Asyl an, ich sah das Frohlocken in seinem Gesicht, als er Lydia versicherte, dass es ihm keinerlei Umstände bereiten würde, wenn sie bliebe.

‚Ja', dachte ich.

Sie schien erleichtert und entspannte sich zusehends. Während wir mit der Zimmerantenne des *Loewe-Opta*-Gerätes hantierten, um ein flimmerfreies Bild für unseren Fernsehkrimi zu erzwingen, nippte Lydia stehend an unseren Colagläsern und knabberte ein paar Erdnüsse.

Horge öffnete die Schiebetüren zum Schlafzimmer. Mittig stand ein breites Doppelbett in dunkler Eiche, darüber hing ein ovales Engelsbild in goldenem Rahmen, links und rechts sargdunkle Nachtschränke, Nachttischlampen mit gebogenen Bronzearmen und bleichen Alabasterschirmen.

„Wir müssen etwas zusammenrücken – das wird schon gehen!", sagte Horge mit einer Prise Ironie.

„Toll!"

Lydia war begeistert, sprang zurück ins Wohnzimmer und setzte sich an den Tisch.

‚Ist sie nun durchtrieben oder naiv?', fragte ich mich.

Nach einer Weile sagte sie: „Krimis find' ich blöd", und verschwand im Bad.

Wir schauten ihr hinterher, sahen uns dann ratlos an.

Wenig später öffnete sich die Schiebetür zum Schlafzimmer. Lydia zeigte sich in der Pose einer Varietétänzerin. Sie trug einen von Horges kurzbeinigen Schlafanzügen.

„Hey, Lydia, du siehst toll aus!"

„Ich gehe ins Bett", sagte sie. „Ich muss morgen früh raus!"

Horge geistesgegenwärtig und mit der Selbstverständlichkeit eines Familienvaters: „Ja – ich komme auch gleich."

Es war eher eine strategische Überlegung, die mich zum Rückzug mahnte. Für eine Dreiecksbeziehung waren wir nicht abgebrüht genug, auch war es ungewiss, ob sich die amourösen Verheißungen erfüllen würden. ‚An mir soll es nicht scheitern', dachte ich und ging zur Tür.

Mein Nebenbuhler Horge reagierte erleichtert über meinen schnellen Aufbruch und zwinkerte mir zu.

„Machs gut!", sagte ich.

Von vagen Andeutungen abgesehen hat er nie von jener Nacht erzählt, zumindest keine Details. Die Erinnerung an *Lydias Einführungskurs*, wie er die Begegnung nannte, schien ihn eher zu peinigen. Immer habe ich ihn bei den eher zufälligen Begegnungen mit Lydia ein schlechtes Gewissen angemerkt, aber zugleich auch seine Wertschätzung und tiefe Zuneigung zu ihr. Unsere gelegentlichen Besuche im Gasthof hatten sich nach jenem „Herrenabend mit Dame" erledigt.

Wir mussten nicht lange auf Lydia warten. Sie mühte sich, ihren kleinen, auberginefarbenen Citroën in eine Parklücke zu rangieren. Horge trat vor die Tür und half mit Gesten und Handzeichen. Sie kramte lange in ihrem Handschuhfach, bevor sie ausstieg. Horge umschlang Lydia wie eine Anakonda die Gazelle, sie lachte gequält.

„Hoffentlich bricht er ihr nicht die Knochen", scherzte Teresa, die die Szene mit mir vom Fenster aus beobachtete. „Wahrscheinlich hat er mit der auch mal was gehabt."

„Nein, das wüsste ich", log ich, verabschiedete mich von Teresa und machte mich auf den Weg hinunter auf die Straße.

„Ist er nicht süß?", schwärmte Lydia, nachdem wir uns begrüßt hatten. Sie meinte den kleinen eleganten Firmenwagen mit den dezenten Aufschriften in cremefarbener englischer Schreibschrift, er käme gerade aus der Lackiererei. Lydia bestand darauf, uns damit über die Dörfer zu chauffieren, wir sollten einsteigen.

Horge hatte sich inzwischen abgesetzt und war die Reihe der vor dem Haus parkenden Autos abgeschritten. Er kam zurück, raunte mir zu: „Ich glaube, die Luft ist rein!", womit er meinte, dass der MG-Sportwagen nicht in der Nähe war, und kletterte zu uns in den Citroën.

Wir verließen die Stadt in südlicher Richtung. Die Wiedersehensfreude machte uns albern und geschwätzig.

„Wohin fahren wir eigentlich?", wollte Lydia plötzlich wissen.

„Nach Haveby und dann runter zum See", sagte Horge. „Wir haben dort einen Termin, aber das Gespräch dauert nicht lang."

„Termin?", sagte Lydia etwas ungläubig, ohne nachzufragen.

Es begann zu nieseln. Nur widerwillig setzten sich die Scheibenwischer in Bewegung und begleiteten unsere Gespräche mit rhythmischem Quietschen. Lydia ging gemeinsame Weggefährten durch und bedachte jeden mit einem Kommentar, mal liebevoll, mal kritisch-spöttelnd.

„Ich bin übrigens Teilhaberin eines kleinen Kosmetik- und Nagelstudios", erzählte sie unvermittelt, wohl um der unabwendbaren Frage, was sie beruflich mache, zuvorzukommen. „Läuft einigermaßen, wir sind aber noch im Aufbau."

Sie müsste einige unserer Bahndammbagaluten gekannt haben, dachte ich und fragte nach dem ersten, der mir einfiel: „Bist du je Willem begegnet?"

Sie sagte nichts. Mit unwilligem Stöhnen kritisierte Horge meine Frage.

„Sie war doch nie dabei, damals am Bahndamm", sagte er gereizt, „Lydia muss ihn doch nicht kennen – oder?"

„Wie hieß denn dieser Willem mit Nachnamen?", frage Lydia.

„Schollfi. Willem Schollfi."

Sie räusperte sich. „Ja … Von dem hat man gehört. Er soll mehr drinnen als draußen gewesen sein."

„Was meinst du damit?"

Sie zögerte.

„Er hat einige Jahre absitzen müssen – Einbrüche, Körperverletzungen, Betrügereien, er ist ein Krimineller."

„Das hatte sich früh abgezeichnet … Hat er Familie?", fragte ich.

„Das kann ich mir nicht vorstellen", antwortete Lydia. „Soweit ich weiß, lebt er solo. Mal in Hamburg, mal hier. Er hatte Erfolg mit einem Bumslokal auf St. Pauli. Ich habe lange nichts von ihm gehört."

Die Art, wie Lydia über Willem sprach, irritierte mich, denn ich hatte das unwillkürliche Gefühl, dass sie gespielt gelangweilt antwortete, als wolle sie das Thema herunterspielen. Vielleicht täuschte ich mich aber auch.

Wir passierten Uelsby, Schnarup-Thumby und querten das Havetofter Moor. Lydia amüsierten die kuriosen Ortsnamen. Hinter der kleinen romanischen Kirche im Zentrum des Dorfes Haveby bogen wir rechts in einen Feldweg ein. Die hohen Gräser in der Mitte der Fahrspur schurrten am Bodenblech des kleinen Citroën. Immer wenn wir aufschlugen, zog Lydia ein schmerzverzerrtes Gesicht. Es ging bergab durch einen dunklen Tunnel aus Fichten und hohen Büschen, an seinem Ende blitzte die helle, silbrige Oberfläche eines Sees. Die hohen Kiefern am Saume des Ufers hatten ihre schwarzgrünen Schirme gegen den Himmel gespannt und tauchten die kleine Bucht in tiefen Schatten.

„Hier sind wir richtig." Horge legte seine eilig gekritzelte Wegskizze zur Seite.

Der Citroën kam wenige Meter vor einem Bootssteg zum Stehen. Ein Dutzend Stockenten flüchtete unter lautem Protest auf die Mitte des kleinen Sees. Der Schall ihres durchdringenden Quäkens brach sich an dem bewaldeten Ufersaum und schickte ein Echo zurück. Horge und ich stiegen aus.

„Viertelstündchen", sagte er zu Lydia, um ihr zu bedeuten, dass sie besser im Auto warten solle. „Die alte Dame kriegt Zustände, wenn wir sie zu dritt heimsuchen."

„Ja, ja, ich warte hier auf euch", rief Lydia etwas gequält durch das geöffnete Autofenster. „Lasst mich nicht zu lang allein in dieser gottverlassenen Gegend!" Sie hatte offenbar erwartet, wir würden sie mitnehmen.

Eine dicke Schicht rostbrauner Kiefernnadeln bedeckte den Boden, es duftete nach Baumharz und modernden Pilzen. Die bleierne Stille der Bucht hatte etwas Beklemmendes. Wir näherten uns zögernd dem einzigen Gebäude, einem zweistöckigen, schwarzbraunen Holzhaus mit Türmchen und barocken Verzierungen. Es erinnerte an die englische Bäderarchitektur der Jahrhundertwende.

„Sieht aus wie eine Schwarzwälder Kuckucksuhr!", meinte Horge.

Die unteren Fensterläden waren geschlossen. In einem der oberen Räume bewegten sich die Vorhänge. Ich machte ein paar Schritte von Horge weg und steuerte den kleinen Bootssteg an. Horge wirkte angespannt, winkte mich zurück.

„Du kommst mit!", sagte er missgestimmt und setzte sein Handy ans Ohr. Er wartete die Rufzeichen ab. „Da ist wohl niemand im Hause", dann unvermittelt: „Guten Tag, Frau Lohmann, hier spricht Horge Hinnerks! Ja, Frau Lohmann, wir sind verabredet."

Er sprach bedächtig und mit kräftiger Stimme. ‚Die alte Dame wird schwerhörig sein‘, dachte ich.

„Ist es Ihnen auch wirklich recht oder soll ich später … Nein? Das freut mich. Ich habe einen alten Freund bei mir, er hat Gustav gekannt. Ich hoffe, Sie … Gut, Frau Lohmann, dann kommen wir jetzt zu Ihnen. Bis gleich!"

Wir hielten nach dem Eingang des Hauses Ausschau, als sich mit schrillem Summton die Tür zum Wintergarten öffnete. Wir traten ein.

„Die Alte ist misstrauisch", flüsterte Horge, „warte hier auf mich!"

Horge ging durch die weit geöffnete Flügeltür. Es war relativ dunkel in den Räumen, nur im hinteren Teil des Hauses zeichnete ein schwaches Licht die Umrisse der alten Dame. Das Knurren eines Hundes klang wie fernes Donnergrollen – Horge fuhr zusammen, zögerte.

„Hier bin ich!", rief eine Frau mit brüchiger Stimme. „Kommen Sie, Herr Hinnerks!"

Sie hockte an einem kleinen, runden Tisch und hob zur Begrüßung nur leicht den Unterarm. Ich setzte mich auf einen der geflochtenen Stühle. Horge ging durch die weit geöffnete Tür dem schwachen Lichtschein entgegen. Das Knurren wurde vernehmlicher.

„Still – Bessi!", rief Frau Lohmann. „Es ist gut – komm hier her! Platz!"

Horge setzte sich neben die Frau auf einen Hocker. Ich sah beide im Gegenlicht des großen Fensters wie zwei mobile Scherenschnitte. In dem Raum befanden sich neben Tisch und Stühlen einige gestapelte Koffer. Von der Seite kam ein monströses Etwas ins Bild. Erst auf den zweiten Blick erkannte ich eine Dogge, sie schnüffelte sabbernd an Horges Hand, räusperte sich und legte sich gähnend zu Füßen der Alten auf den Boden. Ich hoffte, das Ungeheuer würde mich weder hören noch riechen können.

Die lautstark geführte Unterhaltung der beiden konnte ich vom Wintergarten aus mühelos verfolgen. Die hagere, alte Dame hatte ihre schlohweißen Haare streng nach hinten gekämmt und im Nacken zu einem mit Haarnadeln gespickten Dutt verzwirbelt. Über ihren großen Kastanienaugen wucherten buschige dunkle Brauen.

„Ich bin Ihrem Sohn vor Jahren in unserem Kirchenchor wiederbegegnet", sagte Horge, „er war ein hervorragender Bariton. Gelegentlich nach der Probe besuchten wir eine Weinstube und tranken ein Gläschen zusammen."

„Ich weiß, ich weiß", sagte sie und kicherte, „nicht nur gelegentlich, sondern nach jeder Probe mehrere Gläschen."

„Ja, so war es", bestätigte Horge lachend.

Ich sann darüber nach, ob mir die alte Dame je zu Gesicht gekommen war. Nein – Gustav hatte immer vermieden, einen von uns mit zu sich nach Haus zu nehmen. Die Familie hat in einer der acht Flüchtlingsbaracken auf der Grünfläche vor dem Flensburger Bahnhof gewohnt.

„Gustav interessierte sich sehr für meine Arbeit", setzte Horge erneut an. „Er selbst erzählte nur wenig über seine Tätigkeit, er sagte, er sei Zollfahnder."

Frau Lohmann rückte nahe an Horge heran.

„Mein Gustav war nie bei der Zollfahndung, er arbeitete für den Nachrichtendienst, aber darüber spricht man nicht gern." Das leise Sprechen strengte sie merklich an. Sie hielt inne und rang nach Luft. Horge legte seine Hand auf ihren Unterarm. Sie sahen sich an und schwiegen. Schließlich neigte die alte Dame den Kopf und sprach auf ihn ein, so als sei ihr noch etwas Entscheidendes eingefallen. – Irgendwann hörte ich nur noch ein unverständliches Röcheln.

Es vergingen Minuten, bevor Horge mit Gesten und Worten den Aufbruch ankündigte. Er sah der Alten in die Augen, strich ihr über die Wange, gab ihr die Hand und verließ den Raum. Er war gedankenversunken und erschrak, als er mich im Halbdunkel des Wintergartens erblickte.

„Bleib sitzen", sagte er, „wir werden noch mit Gustavs Sohn sprechen."

Er griff nach einem der Korbstühle und setzte sich zu mir.

„Ich glaube, die alte Dame wollte mich kennenlernen, bevor sie Gustavs Sachen aus der Hand gibt."

Durch die gelb getönten, bleigefassten Scheiben der jetzt geschlossenen Schiebetür sah ich, wie Frau Lohmann mit ihrem Gehstock gegen die Holzdecke stieß. Von oben wurden Schritte und das Knarren einer Treppe hörbar.

Die Trittgeräusche kamen näher, begleitet von einer noch undeutlich wahrnehmbaren eigenartigen Musik.

Durch eine Seitentür trat ein Mann in den Wintergarten, hochgewachsen, schlank, mit bleichen Wangen und glatten dunklen Haaren.

„Gustavs Sohn", raunte mir Horge zu.

In der linken Hand hielt er ein laut plärrendes Radio, seine rechte umklammerte den Lauf eines Jagdgewehrs. Lothar Lohmann setzte das Radio auf den Boden und schritt die Reihe der deckenhohen Fenster ab, dabei beobachtete er argwöhnisch das Gelände vor dem Haus.

„Der Wagen dort gehört zu Ihnen?", fragte er. „Wer ist die Frau?"

„Eine Freundin."

Der etwa 30-jährige Mann stellte das Gewehr in eine Ecke. „Ich kenne Sie von alten Fotos", sagte er zu mir, nachdem er Horge wie einen alten Bekannten begrüßt hatte. „Mein alter Herr hat oft und gern von seiner Kindheit erzählt – er holte dann immer einen Schuhkarton voller Fotos und Krimskrams aus der Vergangenheit dazu."

Lohmann drehte das Radio lauter, nickte Horge zu. Wir rückten etwas zusammen, um einander besser verstehen zu können.

„Vor Tagen hatten wir ungebetene Gäste", sagte Lohmann ernst. „Es gab einen Einbruch in der Hütte am Ufer. Vielleicht befinden wir uns bereits im Fadenkreuz, wir müssen auf alles gefasst sein – auch auf Wanzen. Seit dem Einbruch bin ich ein wenig … paranoid", grinste er verlegen.

Horge unterbrach: „Ihre Großmutter hat mir davon erzählt – eine Ihrer beiden Doggen sei seither verschwunden …"

„Ja, die Lucie. Wir werden sie wohl lebend nicht wiedersehen. – Es fehlt nichts, aber in der Hütte haben die Schurken ein Chaos hinterlassen."

Ich fragte, ob er die Polizei gerufen habe.

„Ja, hab ich, es ist immer dasselbe: ‚Wir ermitteln und informieren Sie‘, heißt es." Lothar musterte mich. „Es ist hoffentlich bald überstanden. Wir wollen diesen Koffer rasch loswerden." Er wendete sich an Horge: „Sind sie noch bereit?"

Sein „Ja, sicher!" kam zögerlich, was Lothar sichtlich beunruhigte.

„Wie ist Ihr Vater an die Unterlagen gekommen?", fragte ich.

Lothars Antwort kam sofort: „Keine Ahnung."

„Hatte Gustav hier oben beruflich zu tun ?"

„Er hat hier einen wichtigen Informanten abgegriffen, einen Flensburger, ich glaube, es ging um eine rechtsradikale Gang, Schmuggel nach Dänemark, Drogenhandel oder dergleichen."

„Ein V-Mann?", wollte Horge wissen.

„Ja, er war den Fahndern suspekt, aber seine Informationen sollen die Silbertaler wert gewesen sein. Mein Vater traute ihm nicht. Er sei nur ein nützlicher Bandit, sagte er. Wenn sie sich trafen, haben die beiden stundenlang im Auto gesessen." Lothar zögerte, bevor er weiterredete: „Meine Großmutter hat sich vor dem Kerl gefürchtet, sie wollte ihn nicht im Hause haben."

„Sie haben sich hier getroffen?", fragte Horge erstaunt.

Lohmann junior stand auf, nahm einen Feldstecher aus einem Regal und beobachtete die Umgebung.

„Ja. Ich weiß auch nicht wieso. Es war ungewöhnlich", erklärte er, dann etwas schneller: „Da hinten: ein Motorradfahrer in vollem Ornat. Von denen haben wir hier hin und wieder welche; der Weg und das Ufergelände sind öffentliches Terrain. Seine Maschine hat er wahrscheinlich oben am Weg geparkt. Jetzt schleicht er um Ihr Auto herum."

Wir beobachteten, dass Lydia ihm etwas zurief und dann hastig das Fenster schloss. Der Biker wandte sich ab und ging hinunter zum See, nahm ein paar Steine auf und warf nach den Enten.

Wir schwiegen; die Atmosphäre war angespannt.

‚Horge wird gerade über seinen Rückzug aus dem Vorhaben nachdenken', vermutete ich, und dass er nach geeigneten Ausflüchten suchte. Ich wollte die beiden allein lassen, fühlte mich überflüssig und empfand meine Anwesenheit zunehmend als peinlich. Ich verabschiedete mich von Lothar, trat ins Freie und bahnte mir den Weg durch Stauden, Kies und kniehohe Unkräuter.

Der Biker war verschwunden. Zum Ufer waren es wenige Meter, ich setzte mich auf einen der Polder am Bootssteg.

Kurz danach verließ auch Horge das Haus.

„Also doch!", murmelte ich und winkte ihn zu mir. Er gab Lydia ein Zeichen, setzte sich auf die Planken des kleinen Anlegers und ließ die Beine baumeln.

„Verfolger, geheime Papiere, konspirative Treffen …", begann ich. „… mein Gott! Wir sind in Deutschland! Hier holt man die Polizei … Das ist eine viel zu heiße Kiste! – Willst du dir das wirklich antun?"

Horge ging nicht darauf ein, schien abwesend.

„Sonderbar", sagte er und rieb sich das Kinn, „die Alte ist über ihren Sohn hergezogen: Guschi habe sich in seinen letzten Monaten verändert, sei ein Getriebener gewesen. Sie sagte, er hätte die Nächte durchgemacht und sich mit einem ‚Weibsbild' herumgetrieben."

„Das ist doch nicht das Schlechteste, oder?"

„Kommt darauf an. Dann los jetzt: Fahren wir zu Krebskopf! Der wird Augen machen."

„Was? Wie kommst du denn jetzt auf Ronald? – Hab' ihn seit Jahrzehnten nicht mehr gesehen."

„Stolkebüll heißt das Kaff, jeder kennt ihn dort, sagte Lothar."

„Du meinst, Guschi hatte Kontakt zu Ronald? Wird das hier ein Ausflug in die Vergangenheit?", wollte ich nun wissen, aber Horge grinste nur, sprang auf und sagte:

„Die Lohmanns haben die Unterlagen an Ronald gegeben, gleich nach dem Einbruch."

Lydia kauerte auf dem Rücksitz, bleich und etwas verängstigt. Horge setzte sich ans Steuer.

„Was ist, Lydia?" Horge machte auf betroffen.

„Ich muss hier weg!", sagte sie leise. „Dieser Mann … Lasst uns fahren!"

„Meinst du den Ledernen?", fragte ich.

„Ja, den Motorradfahrer."

„Was war mit ihm? Hat er dich angesprochen?"

„Nein … Ich hatte einfach nur Angst. Ihr hättet mich nicht so lange allein lassen dürfen. Mein Gott – das hat ja eine Ewigkeit gedauert!"

Horge ließ den Motor an, verharrte plötzlich und starrte hinüber zum See.

„Was ist?", fragte ich.

„Da schwimmt was!", rief er. „Sieht aus wie ein grauer Seesack."

Mir reichte es: „Komm – fahr los!"

„Nein!"

Er würgte den Motor ab, sprang aus dem Auto, ging zum Anleger und bedeutete mir mit Handzeichen zu kommen. Ich nahm den Enterhaken, der seitlich am Steg eingehängt war, und angelte auf der Wasseroberfläche nach dem sonderbaren Objekt. Als ich es berührte, drehte es sich: Es war der von Faulgasen aufgeblähte Körper eines toten Tieres – Lohmanns vermisste Dogge.

„Auf zu Roland Krebkov", sagte Horge und ging zurück zum Auto. Ich stellte den Enterhaken zurück und ließ den Kadaver treiben.

„Wer ist das jetzt?", wollte Lydia wissen.

Horge startete den Motor erneut.

„Wir fahren nur kurz bei einem alten Freund vorbei, sind nur 'n paar Kilometer von hier."

Mit Erreichen der Landstraße wurde er zunehmend unruhiger und schaute in immer kürzer werdenden Abständen in den Rückspiegel.

# Krebskopf und ein toter Hahn

Offenbar war es nicht so leicht, den Hof von Krebkov zu finden. Trotz Lothars Wegbeschreibung irrten wir umher. Vor dem Dorfkrug, einem reetgedeckten, weiß geschlemmten Gebäude mit Gauben und Butzenscheiben, hielten wir an. Neben dem Eingang hing ein Schaukasten. Auf vergilbten Aushängen standen Hinweise auf Jägerschnitzel, Stolkebüller Fischplatte und den Ruhetag am Montag. Am Boden des Kastens lagen rostige Heftzwecken und ein toter Käfer. Ich traute mich hinein. Der Tresen war der einzig ausreichend helle Bereich in der schummrigen Gaststätte, dahinter stand eine ausladende etwa Sechzigjährige und polierte Gläser.

„Wir haben geschlossen!", sagte sie sauertöpfisch und mühte sich, meine Anwesenheit zu ignorieren.

In einer Ecke des Gastraumes saßen drei Männer um einen kleinen Tisch, vertieft in lebhafter Diskussion. Ich ging einen Schritt auf die mutmaßliche Wirtin zu.

„Moin. Ich suche Roland Krebkovs Bauernhof, könnten Sie mir weiterhelfen."

„Jaaa, könnte ich", sagte sie gedehnt.

Ich spürte, dass sie es bei dieser Antwort bewenden lassen wollte. Die Männer verstummten. Die Wirtin hielt ein Glas gegen das Licht und hauchte hinein.

„Watt will he?", rief einer der Männer.

„Will weeten, wo Rolli wohnt", rief sie ihm zu.

„Liek dör dat Militärgelände und över de Flogplatz!"‚
sagte einer und zeigte mit Hand die Richtung an. „Etwa
zwei Kilometer von hier", ergänzte ein anderer, „kurz
hinter dem Ortsschild Westerstolkebüll liegt das Gehöft,
steht 'ne tote Kastanie an der Einfahrt."

Ich bedankte mich und hörte im Hinausgehen, wie einer der Männer die Runde fragte: „Ronni – is dat nich de
Buer mit de tumpige Söhn?"

„Geradeaus weiter Richtung Militärgelände!", rief ich
Horge zu.

„Mir wird übel, wenn ich hinten sitze", klagte Lydia.

Wir tauschten die Plätze, ich kletterte auf die Rückbank. Nach einigen Hundert Metern Fahrt durch flaches
Ödland, während es regnete, passierten wir den Check-
point eines verlassenen Bundeswehrstandortes. Neben
dem geöffneten Schlagbaum stand ein kleines Wachhäus-
chen aus roten Ziegeln. Die Texte der unzähligen Warn-
und Verbotsschilder waren mit schwarzen Balken unkenntlich gemacht.

Eine steife Westbrise drückte den Regen gegen die
Frontscheibe. Wie ein schwarzes Gitternetz überzogen
schmale, schnurgerade Asphaltstraßen das flache, von
graugrünem Gesträuch überwucherte Gelände des verlassenen Stützpunktes. In den Pfützen an den Straßen-
rändern spiegelten sich die Wolken. Auf grünen Arealen
kauerten bunkerartige Depotgebäude, einige wie Nissen-
hütten mit halbkreisrunden Wellblechdächern, andere
gegen die Ausspähungen aus der Luft unter bewachsenem
Erdreich versteckt.

Lydia behauptete, in diesen Bunkern seien einst ato-
mare Sprengköpfe illegal gelagert gewesen. Werbeschilder
zeigten, dass nach dem Abzug des Militärs sich auf einigen Arealen Handwerksbetriebe angesiedelt hatten.

Horge schwenkte den Rückspiegel und suchte meinen Blick, rollte mit den Augen und bewegte seinen Kopf nackenwärts wie einer, der einen Schnaps herunterkippt.

Ich verstand nicht, drehte mich aber um und sah in der Ferne ein Motorrad, das schnell näher kam. Über den Spiegel hielten Horge und ich Blickkontakt.

„Ist was mit dem Auto?", fragte Lydia, als wir bremsten und die schnurgerade Hauptstraße verließen.

„Nee, alles gut", sagte Horge und log, er suche eine Abkürzung, fuhr noch einmal rechts herum, dann in die Einfahrt eines kleinen Industriebetriebes, hielt schließlich auf eine der geöffneten Hallen zu.

Lydia sah mich fragend an, ich zuckte mit den Schultern. Horge fuhr in die Halle hinein bis dicht an einen Turm gestapelter metallener Tore und Zaunteile. Wände und Gegenstände der Halle waren bleigrau gepudert. Horge sprang aus dem Auto, griff nach der an einem Kabel hängenden Schaltbox und schloss das riesige Hallentor.

„Das ist die Firma Franzen, Pulverbeschichtung", sagte ich zu Lydia, so als seien damit alle Fragen beantwortet.

Von irgendwo kam das Dröhnen eines Kompressors. Ein Mann, der aussah wie ein Astronaut auf Landgang, trat hervor, stellte seine Spritzkanone gegen die Wand und öffnete mit dem Handrücken das Visier. Horge ging auf ihn zu, rief etwas und legte ihm mit jovialer Geste die Hand auf die Schulter. Der Arbeiter nickte und stapfte zurück in seinen von grellem Neonlicht überfluteten Verschlag. Horge ging zurück zum Hallentor, stemmte sich gegen eine kleine Metalltür und verschwand für wenige Augenblicke auf den von Böen gepeitschten regennassen Werkhof.

Durch das Türfenster des angrenzenden Raumes drang Licht in die halbdunkle Halle. Auch die Glasscheibe war mit dem überall gegenwärtigen grauen Pulver belegt. Nur unscharf sah ich einen langen Tisch, an dem ein gutes Dutzend Arbeiter saßen, aus Flaschen und Thermoskannen tranken und angeregt diskutierten. Ein Transistorradio beschallte die Szene mit wummernder Discomusik. Wir warteten einfach.

Dann kam Horge wieder und öffnete das Hallentor erneut. Lydia saß in verkrampfter Haltung ungeduldig wartend im Auto, Horge stieg hinzu und wir fuhren zurück in das menschenleere Straßenlabyrinth des verlassenen Militärgeländes. Keiner sagte etwas. Unser Verfolger war verschwunden.

„Was war das für eine blödsinnige Aktion?", fragte Lydia gereizt.

„Ich meinte zu erinnern, es gäbe eine Abkürzung – ist aber nicht!", erklärte Horge.

Wir ließen das unwirtliche Gelände hinter uns, passierten das Ortseingangsschild von Westerstolkebüll, fanden die tote Kastanie und fuhren Augenblicke später durch eine kurze Allee auf den Bauernhof.

Wohn- und Stallgebäude lagen in einer Senke. Der von Weststürmen geformte, gebeugte Schutzwall aus Büschen und Bäumen schmiegte sich an das Gehöft. Dichte Wildrosenhecken rahmten den gepflegten Bauerngarten vor dem Wohngebäude.

Auf unser Läuten öffnete eine rundliche Frau. Ihre fein geäderten roten Wangen erinnerten mich an die faserige Struktur von Rhabarberkompott. Die freundliche, etwa Vierzigjährige zögerte kurz und bat uns dann ins Haus.

Wir stellten uns vor.

„Da wird sich Rolli freuen!", sagte sie. „Er ist mit unserem Jungen drüben im Stall. Unser Veterinär ist da, wir haben Kummer mit einem Kalb." Wiebke stürmte zurück in die Küche: „Mein Kuchen muss aus dem Ofen! Ihr könnt doch schon mal rüber in die Halle gehen, wenn ihr mögt."

„Ich leiste Ihnen Gesellschaft", sagte Lydia artig und band sich eine Schürze um.

„Hier up Land sächt wie ‚Du' tonanner", sagte die Frau.

Lydia lachte und streckte die Hand aus: „Das habe ich gerade noch verstanden. Ich heiße Lydia."

„Ick bin Wiebke", Ronalds Frau packte zu, „moin Lydia!"

Beide Tore zum Stallgebäude waren weit geöffnet, mehrere Dutzend schwarz-weiß gescheckte Holsteiner Kühe standen in den Boxen. Wir gingen durch eine türlose Wandöffnung, sie führte zu einer Reihe kleinerer Stallungen. Im spärlichen Licht des mit Spinnweben verhangenen gusseisernen Stallfensters sahen wir drei Personen. Der Größte schien der Freund aus früheren Tagen zu sein, unser Krebskopf, Roland, seltsam groß und alt, aber unverkennbar. Horge und ich stießen uns gleichzeitig an.

„Ja, er ist es", sagte Horge. „Roland."

Der starrte uns an, holte tief Luft und stieß den Atem mit einem langen Seufzer durch die fast geschlossenen Lippen.

„Du bist Henning! Und dat is Horge", sagte er sonderbar abweisend und ergriff nur zögerlich unsere ausgestreckten Hände, so als müsse er fürchten, sich mit Pest und Cholera zu infizieren. Roland musterte uns mit versteinerter Miene, er war erkennbar noch das Original.

Mir kam spontan in den Sinn, dass Gustav ihn oft als Pokerface bezeichnet hatte – so als hätte er es erst gestern erwähnt. Ich hatte es vergessen, aber Roland sehen hieß,

Gustavs Beschreibung zu hören: Er sei wie ein Chinese, ein plattdeutscher Charlie Chan: „Man sieht ihm nicht an, was er denkt." Und so war es auch jetzt.

Ein Junge hielt dem kranken Kalb den Kopf, er lächelte und rief uns etwas zu. Wir verstanden nicht, seine unkontrollierten Bewegungen und die holprige Artikulation ließen uns vermuteten, er sei behindert.

Der dritte Mann, korpulent und rotgesichtig, stellte sich selbst vor: „Moin. Mommsen." Offenbar der Veterinär, der nun durch das Stroh zurück zu dem am Boden liegenden Tier stapfte.

„Kommt mit!", sagte Roland, umfasste Horges Handgelenk und führte uns zurück in die lichtdurchflutete Halle. Seine Verkrampfung löste sich. „Nehmt mir meinen Schrecken nicht übel!", erklärte er. „Ich gebe zu: Das war jetzt ein Schock – euch wiederzusehen. Ich meine ... Ihr wisst schon: der Trockenboden, damals ... Ihr wisst schon", wiederholte er und fügte unnötigerweise hinzu: „Ihr ward dabei, als Mutter starb. Danach sind wir uns nicht wieder begegnet. – Ward ihr schon bei Wiebke im Haus?"

„Ja, deine Frau haben wir kennengelernt. Lydia Dellenbach hilft ihr in der Küche", erklärte ich.

„Ja – richtig ...", Roland hatte Mühe, sich an sie zu erinnern. „Das hübsche Weib aus dem Gasthof? Die habt ihr mitgebracht?"

„Ja, wir kannten Lydia gut ... früher. Henning und ich waren verknallt in sie, wir wollten sie wiedersehen", sagte Horge. „Lydia ist", er stockte. „... Sie wird dir gefallen", setzte er schnell nach, „sie ist faszinierend und voller amüsanter Geschichten."

Roland und ich hörten Horge irritiert zu. Mich amüsierte, mit welchem Ungeschick er versuchte, seine nach all den Jahren wieder erweckte Begeisterung für eine Jugendliebe in nüchterne Worte zu fassen.

Der Tierarzt steckte sein Spritzbesteck zurück in den Lederkoffer und verabschiedete sich.

„Ick kiek moorn wedder vorbi."

Ein Schäferhund kam angewedelt und drängte devot geduckt seine silbergraue Schnauze in die Hand seines Herrn.

„Hektor ist schon ein älterer Herr", sagte der und klopfte ihm die Brust. Dann winkte er seinen Sohn heran und raunte ihm etwas ins Ohr.

Der grimassierte, nickte ungelenk und verschwand in Richtung der Schweineställe.

„Heiner ist vor Jahren in den Gartenteich gerutscht", Roland sagte es, ohne einen Ansatz von Betroffenheit erkennen zu lassen, „an seinem achten Geburtstag – Gustavs Jung' hat ihn rausgeholt. Die Ärzte konnten ihn zurückholen, aber … Na ja."

„Du redest von Guschi? Unser Guschi? Dann hat also Lothar deinen Sohn aus dem Teich geholt?"

„Ja. Es ist lange her, ich … Er hatte in den Sommern seine Ferien hier verbracht. Die beiden waren unzertrennlich und die Alte war froh, dass sie sich nicht kümmern musste."

„Jetzt meinst du die Großmutter?", fragte ich.

„Ja, Madame Lohmann hatte schon ihren Sohn Gustav vernachlässigt. Ihr erinnert euch, wie Guschi herumlief."

„Sie hatten sehr wenig", gab Horge zu bedenken und fragte, wie Gustav und er sich nach all den Jahren wiederbegegnet seien, Gustav habe doch in Hamburg gelebt.

„Seine Mutter hatte inzwischen dieses Haus am See", begann Roland. „Ist ja nicht weit von hier. Irgendwann traf ich die drei in einem Nachbardorf – also Gustav, seine

Mutter und den kleinen Lothar. Ich hatte Heiner dabei, wir sind dann zu fünft mit meinem Trecker zu uns auf den Hof. Ja, so fing das an. – Wartet hier! Ich hol' das Zeug für dich", sagte Roland zu Horge und verschwand.

Wir hörten draußen vor der Halle das Knattern eines Motorrades. Roland kam mit einem Alukoffer zurück, blieb stehen und drehte sich in Richtung des Motorgeräuschs, das urplötzlich rasch anschwoll: Eine schwere Honda fuhr mitten in die Halle! Der Fahrer, in dunkler Ledermontur, trug das Visier des Helms geschlossen. Die schwarzbunten Holsteiner reagierten panisch und zerrten brüllend an dem Geschirr.

Horge rief etwas in den Motorenlärm hinein.

Der Mann fuhr einen Halbkreis und brachte seine Maschine zum Stehen.

Der Hund sprang ihn an, wurde von Fußtritten auf Abstand gehalten. Ich weiß nicht, wie Roland so schnell an die Lanze gekommen war, nein, es war eine Mistgabel, mit der er auf den Eindringling losging.

„Hau aff!", brüllte er.

Eine der spitzen Zinken streife ihn an der Schulter. Der Unbekannte gab Gas, fuhr einen Bogen und preschte in Richtung des offenen Hallentors. Hühner stieben gackernd auseinander, es flogen Federn. Ein Hahn wurde von der Maschine erfasst und blieb als braunweißes, zuckendes Federbündel in der Futterrinne liegen.

Die Maschine steuerte direkt auf Horge zu. Der musste sich mit einem Sprung in Sicherheit bringen. Das Motorrad geriet ins Schlingern, der Angreifer behielt die Maschine aber unter Kontrolle und schoss zum Tor hinaus.

Hektor lief ihm hinterher, bellte in die Auspuffwolke hinein und folgte dem Unbekannten bis in die kleine Kastanienallee hinauf zur Chaussee.

Im Stall herrschte für Sekunden Stille.

Roland spukte auf den Boden und schleuderte die Forke fluchend ins Stroh. Sein Sohn nahm ihn in den Arm. Roland befreite sich, packte den zuckenden Hahn und erlöste ihn mit einem Handgriff.

„Es ist ein Jammer, das war mein schönster Gockel. Dor dörf Wiebke nix von weeten", mahnte er, „se kann sowatt nich aff." Dann raunzte er und spuckte erneut auf den Boden.

Ich musste daran denken, dass Christine sich einmal eine Ohrfeige hatte eingefangen, weil sie ihn einen Rotzer genannt hatte.

„Nee! – An deine Frau ... kein Sterbenswort", versprach Horge.

Wir schwiegen wieder. Roland hob den Koffer vom Boden auf, reichte ihn ohne ein Wort Horge, der ihn nahm und nickte. Wie auf Verabredung und ohne weiter über den gerade erlebten Vorfall zu reden, gingen wir einfach aus dem Stall, so als sei nichts geschehen. Keiner sagte etwas.

An der Eingangstür zum Wohnhaus schüttelte Roland die Gummistiefel von den Füßen, Hektor nahm widerwillig seinen Stammplatz im Flur ein. Wir betraten „de gode Stuv", das Allerheiligste des Hauses.

Roland begrüßte Lydia und gab zu, dass er sich kaum an sie erinnern könne.

„Ick bin aver ouk selten in de Gasthof wesst, domols."

„Du darfst nicht Platt sprechen, das versteh ich nicht!", monierte Lydia lachend und packte ihn jovial am Oberarm.

Wiebke warf ihr einen strengen Blick zu.

‚Nicht anfassen, das ist meiner' hatte Lydia verstanden und trat einen Schritt zurück.

Heiner machte Anstalten, seiner Mutter von dem Ereignis im Stall zu erzählen.

Roland ging dazwischen: „Swiech still, Jung – nu nich!"

Wir saßen etwa eine halbe Stunde mit Krebkovs zusammen. Er beklagte die aktuellen Milchpreise, dozierte über das Thema Euterentzündungen und monierte die Vergabepraxis bei den Subventionen, derweil nötigte uns seine Frau immer größere Tortenstücke auf. In das redselige Durcheinander fiel der Name ‚Willem‘ und es wurde still.

„Er war mal hier …", sagte Krebkov nach einer Weile, „hat uns aus dem Bett geklingelt – ist schon Jahre her."

„Der Mann war mir unheimlich", fiel Wiebke ihm ins Wort: „Er schlief oben in der Knechtkammer. Ich hatte mir in der Nacht den Hund mit ins Schlafzimmer genommen."

„Er hat bei euch übernachtet? Hattet ihr noch Kontakt?", fragte ich erstaunt.

„Willem ist früh wieder abgehauen", erinnerte sich Roland, ohne auf meine Frage einzugehen. „Um vier sind wir zum Melken raus, da war er auf und davon – mit Heiners Fahrrad, de dore Verbreker!"

„Was wollte er von euch?", fragte ich erneut.

Roland zuckte mit den Schultern, sagte, er habe erzählt, sein Geschäftspartner sei hinter ihm her.

„De wull em umbringen. Ihr kennt Willem – he secht nie de Wohrheit. Ick glöv, he har sick bi uns för de Gendarmen versteckt. Wenn he mi noch enmol in die Quere kümmt, överlevt he dat nich!"

Horge runzelte die Stirn, wir wechselten einen Blick.

Das Gespräch sprang von einem Thema zum anderen, nichts wollte so recht zünden.

Horge machte noch einen Versuch: „Roland, wie geht es deiner Schwester?"

Mir war so, als hätte Wiebke die Frage erschreckt. Roland nahm sich ein paar Sekunden Zeit.

„Jette? Jette geht's gut, wir haben leider wenig Kontakt ..."

Wiebke unterbrach ihn: „Aber wenn sie mal anruft, reden die beiden stundenlang, dann hett se Probleme."

„Ist sie verheiratet?"

„Nee, de Richtige is wohl noch nich kaamen."

Ich drängte zum Aufbruch.

Krebkovs brachten uns zum Auto. Horge kletterte auf die Rückbank, umklammerte den Alukoffer wie ein Beutestück. Lydia konnte sich nicht von Wiebke lösen, sie standen im Vorgarten, diskutierten über Kapuzinerkresse und Syltrosen. Roland stand leicht gebeugt in der offenen Autotür, der Blick ruhte auf seinen Holzpantinen.

„Ich muss euch etwas fragen", begann er, wirkte verlegen und rieb sich zeitschindend die Nase. „Ich denke oft an dieses Volkslied – so 'ne Art Tanzlied, Frau Lorenz hatte es gesummt ... auf dem Wäscheboden ... damals, als Mutter starb. ich hab's einfach vergessen."

Seine Frage irritierte mich.

„*Zum Tanze da geht ein Mädel mit güldenem Band*", rezitierte Horge prompt. „Wir hatten es in der Grundschule gesungen. Außerdem denke ich immer wieder an diesen Tag zurück, das Lied werde ich meinen Lebtag nicht los."

Die zweite Zeile sang er ihm leise vor.

„*Das schlingt sie dem Burschen gar fest um die Hand, das schlingt sie dem Burschen gar fest um die Hand.*"

Roland zwang sich zu lächeln und machte ein paar plumpe Schritte rückwärts.

„Ja, jetzt hab' ich's wieder." Er summte die Melodie und winkte. „Macht's gut – bis irgendwann einmal!"

„Wir sehen uns spätestens im nächsten Leben", sagte ich. „Vielleicht gibt's im ewigen Paradies einen Bahndamm!"

Und dann lächelte Roland zum Abschied doch noch.

# Blick in den Koffer

Lydia setzte sich zu Horge auf die Rückbank, damit war ich zum Fahrer bestimmt.

Wir nahmen denselben Weg zurück in die Stadt. Die beiden kuschelten wie ein Liebespaar. Horge küsste sie auf die Wange, Lydia antwortete mit gespitzten Lippen und traf im schaukelnden Auto seinen Mund.

„Was grinst du?", rügte er mich, ohne eine Antwort zu erwarten.

Sie tauschten Schmeicheleien und Liebkosungen aus. Lydia kontrollierte seine Avancen und setzte taktvoll das Limit.

Irgendwann wurde es auf der Rückbank still, Lydia und Horge hatten sich voneinander abgewendet und sahen aus dem Fenster.

Ich lenkte den Citroën durch die schmale Einfahrt zum Hinterhof, Lydia wollte Mieke treffen und stürmte ins Haus. Durch die Küchentür drangen Freudenschreie – sie hatten sich längere Zeit nicht gesehen.

Oben in Horges kleiner Wohnung öffneten wir den Aktenkoffer. Der Inhalt bestand aus einem unaufgeräumtes Durcheinander von Schriftstücken: Notizblätter und Namenslisten, Blaupausen von Maschinenteilen, Korrespondenzen, die mit einem Stempel streng geheim versehen waren, einige Texte in Englisch und Spanisch, manches schlecht leserlich von Hand hinzugefügt, viele Kopien hatten neben handschriftlichen Hinweisen auch gelbe Markierungen. Wir fanden einen Speicherstick und mehrere CDs, Röntgenaufnahmen von Zahnreihen und eine Klarsichthülle, in die nur ein leerer Zettel eingeklebt war. Ein Haar haftete achtlos an ihm, darüber nur ein Etikett mit einem Aktenzeichen.

„Vielleicht aus der Asservatenkammer des Lübecker Staatsanwalts geklaut", murmelte Horge und klappte den Deckel des Koffers herunter. „Auf den ersten Blick: alles in allem spannend – oder?"

# Brain oder Brägen

Die Paginierung des örtlichen Telefonbuchs zählte vier Seiten mit dem Familiennamen „Hansen", und ich hatte den Vornamen vergessen. Irgendwann nach dem dritten Durchgang blieb mein Blick an einer Zeile hängen: „Hansen, Ludwig, Studienrat i. R., und Margarethe".

Es meldete sich die Tochter. Ob ihr Vater noch willens und in der Lage sei, ehemalige Schüler zu empfangen, fragte ich. Margarethe war sehr liebenswürdig.

„Es geht ihm zurzeit einigermaßen. Vater wird sich freuen, wenn er einmal wieder Besuch von ehemaligen Schülern bekäme", sagte sie. „Kommen Sie – ich kann Ihnen aber nicht versprechen, dass er Sie wiedererkennt. Und bitte – bleiben Sie nicht länger als eine halbe Stunde!"

Horge war freudig überrascht. Wir verließen sehr rechtzeitig das Haus und machten einen Umweg am westlichen Hafenufer entlang. Früher waren wir mit Freunden aus unserem Viertel den Männern vom Pferdemarkt gefolgt, um die Szene aus der Distanz zu beobachten. Die Bordellgasse reichte bis hinunter zum Hafen, in den Häusern war damals niemand, der nicht direkt oder indirekt dem Gewerbe zuzuordnen gewesen wäre. Die geschäftstüchtigen Damen hatten jeden Peermarkt-Termin im Kopf. Am liebsten waren ihnen die Freier aus dem Raum Husum und Dithmarschen. Es hieß, sie hätten die fettesten Weiden und die dicksten Geldbörsen. Durch die offenen

Fenster der ehemaligen Fischerhäuser strahlte das lockende Rotlicht und spiegelte sich auf dem feuchten Granitsteinpflaster der Gasse wieder.

„Das ist ja wie beim Viehmarkt!", war Christine empört, als sie das Feilschen um den Liebeslohn mitbekam.

Nach den Markttagen waren die Regionalseiten der Zeitung gespickt voll mit pikanten Meldungen. Unser Vater ließ es sich nicht nehmen, sie der Familie am Frühstückstisch feixend vorzulesen.

„… wie die Polizei mitteilte, hat einer der Bordellbesucher, jeglicher Barschaft beraubt, vor mehreren Zuhältern flüchten müssen. Es wurde Anzeige erstattet … Einen stark alkoholisierten Mann aus Dithmarschen hat die Feuerwehr aus dem Hafenbecken gerettet … In den Gaststätten um den Pferdemarkt gab es kleinere Scharmützel, die Polizei konnte schlichtend eingreifen. Zwei Männer aus Angeln zogen sich bei einer Schlägerei am Hafen erhebliche Verletzungen zu und wurden ins städtische Krankenhaus eingeliefert."

Vater war voller Häme, und die Familie fühlte sich gut unterhalten.

Heute hatten Architekten, Anwälte und Künstler die ehemals so anrüchige Bordellgasse für sich entdeckt, einige Häuser erworben und stilgerecht renoviert.

In Horge war neues Interesse an seiner Heimatstadt erwacht. Die vielen Veränderungen hatten ihn neugierig gemacht. Wir querten die Norderstraße, nahmen die steile Treppe hinauf zum Rummelgang und gingen weiter bis zu dem Platz, an dem im 19. Jahrhundert noch Reste einer Burgruine gestanden hatten. Horge ergötzte der Blick von der Anhöhe über die Stadt hinaus bis zu den Außenanlagen des Hafens und den bewaldeten Ufern der Förde.

Eine knappe halbe Stunde später standen Horge und ich vor dem Haus des Lehrers.

Wie die meisten in dieser Gegend hatte es neben der Eingangstür das typische kreisrunde Fenster, das dem Stadtteil den Beinamen *Monokelviertel* eingebracht hatte. Auf dem Emailleschild stand in kaum lesbarer Grabsteinschrift *Ludwig Hansen*, darunter von Hand hinzugeschrieben *Margarete Hansen*.

Eine blasse, hagere Frau trat in die schon geöffnete Tür und bat uns ins Haus. Die etwa sechzigjährige Margarete nahm mir die Blumen aus der Hand.

„Oh, wie schön! Gladiolen – meine Lieblingsblumen", behauptete sie und verschwand mit der unvermeidlichen Bemerkung, dass dies wirklich nicht nötig gewesen wäre, mit meinem Strauß in der Küche.

„Die hat mal gut ausgesehen", raunte Horge.

„Hat mal?"

„Ja, hat mal – Heuchler!"

Vor dem großen Fenster zum Garten kauerte der alte Brägen in einem Lehnstuhl, die Beine unter einer Wolldecke versteckt. Wie erwartet: Die vergangenen Jahrzehnte hatten deutliche Spuren hinterlassen. Nur wenige weiße Strähnen schmückten den wohlgeformten Kopf. Das spitze Kinn stand weit vor, seine Nase war zu einem Rhinophym mutiert, die abstehenden übergroßen Greisenohren wirkten wie Henkel an einem Krug.

„Churchill", flüsterte ich Horge zu, als wir uns ihm vorsichtig näherten.

„Na Jungs, kommt ans Licht!", rief er und setzte sich eine Nickelbrille auf. „Wolln doch mal sehen, ob ich euch wiedererkenne."

Wir begrüßten ihn artig, Hansen fixierte uns interessiert.

„Henning!", sagte er. „Bist dicker geworden, du warst ein Strich in der Landschaft, mein Guter. Und wo sind die Locken geblieben?"

Die Tochter lächelte verlegen; es war ihr sichtlich unangenehm, dass der Vater uns duzte. Brägen zeigte mit gekrümmtem Finger auf Horge.

„Dein Name will mir nicht einfallen", sagte er langsam, und nachdem er eine Weile angestrengt nachgedacht hatte: „Du bist doch der Wutkopf! Komm etwas näher! Warst der, der diesen Rabauken niedergemacht hat, wie hieß der noch gleich?"

Horge gequält: „Willem Schollfi."

„Und du bist Horst-Georg! – Horge Hinnerks!", rief Brägen erleichtert aus. „Deine Mutter hatte so einen Mappenverleih, eine Art Lesezirkel für Illustrierte", fuhr Brägen fort. „Meine liebe Frau hatte seinerzeit bei euch die *Soraya-Blätter* abonniert." Er zählte die alten Zeitschriftentitel auf: „*Constanze, Quick, Frau im Spiegel, Welt der Frau, Stern* und die ganze Schundpalette. Wenn deine Tante die Illustrierten zu uns brachte, waren sie bereits acht Wochen alt. Egal – Gerlinde hat sich ohnehin nur für die Märchen aus den Königshäusern interessiert."

Der alte Hansen war noch flink im Denken, sein Sarkasmus und die Neigung zu Ironie und Witz hatten nicht gelitten. Wir sprachen eine Weile über die Schulzeit und gemeinsam Erlebtes.

„Sind Sie noch so ein begnadeter Schnellrechner?", wollte Horge wissen.

Die Frage schien mir riskant, aber der Alte war nicht übelnehmerisch.

„Ich weiß schon, wie ihr mich genannt habt", meinte Hansen launig, „und ich kann euch versichern, mein Brägen funktioniert noch hervorragend." Er tippte sich gegen die Stirn und bestand darauf, dass wir ihn auf die Probe stellen. „Margarete", rief er, „Papier und Stift, wie wüllt doch mol gieken, wat noch geiht."

Während Horge Rechenaufgaben für unseren Lehrer ersann, sah ich mich im Zimmer um. An den Wänden hingen Gemälde nordischer Maler, überwiegend Landschaften. Eine Ecke des Raumes war mit gerahmten Erinnerungsfotos besetzt, bräunliche, in Bromsilberlauge entwickelte Schwarz-Weiß-Fotos. Ich sah einen jungen Mann in Uniform mit einem Hakenkreuz auf der Offiziersmütze, es war mit einem Bleistift nur unzulänglich unkenntlich gemacht. Ein verstaubter Trauerflor verdeckte die linke obere Ecke des Bildes. Ein größeres Foto zeigte das Lehrerkollegium, den meisten Gesichtern konnte ich die Namen zuordnen. In der unteren Bildreihe sah ich das silbern gerahmte Foto der Fußballmannschaft unserer Schule.

Während Hansen rechnete, fragte ich: „War Gustav Lohmann mal hier?"

Der alte Mann sah von seiner Arbeit hoch und schaute mich scharf an. Ich erwartete eine Rüge, weil ich ihn unterbrochen hatte, aber nach einem ewig langen Moment fragte er nur: „Wer?"

„Nicht so wichtig", wollte ich ablenken.

„Ach, jetzt weiß ich: Gustav! Konnte nicht richtig hören – aber anders als ihr! Nein. War nie hier."

Das Gespräch führte zu nichts, ich gab auf. Horge steckte den Zettel mit seiner *Schularbeit*, den Rechenkünsten unseres Mathelehrers, ein. Hinter die Aufgaben hatte er wie in alten Zeiten die Lösungen geschrieben, etwas krakelig, aber flink. Wir unterhielten uns noch eine Weile, dann zeigte Brägen Anzeichen von Ermüdung, er wurde von einer Minute zur anderen lethargischer. Wir drängten zum Aufbruch.

„Guckt mal wieder rein, Jungs – Margarete, gib ihnen ein Karamellbonbon mit, auch eines für die Geschwister."

Mit zunehmender Erschöpfung wurde Hansen sonderlicher. Tochter Margarete griff mit einem Zwinkern an uns in die gläserne Bonbonniere und drückte uns einige in buntes Papier gewickelte Rahmbonbons in die Hand.

„Die dürfen Sie nicht essen", lächelte sie, „die sind noch aus den siebziger Jahren. Mein Vater ist manchmal eben doch nicht mehr so ganz auf der Höhe."

„Margarete – was gibt's da zu tuscheln?", rief Hansen von hinten. „Oh, wie ich das hasse! – Tuscheln hinter meinem Rücken."

Bevor wir das Haus verließen, ging Horge noch einmal zu dem Alten und versicherte ihm unsere Wertschätzung und Sympathie.

# Krähen am Museum

Am frühen Morgen des nächsten Tages weckte mich das Läuten des Telefons.

„Moin Henning, können wir uns treffen?" Horge wirkte übel gelaunt.

„Ja, ich kann zu dir kommen, was gibt's?"

„Nicht am Telefon; besser, du kommst zu mir!"

Eine Stunde später war ich bei ihm. Er kam gleich zur Sache.

„Die haben sich bei mir gemeldet – per Telefon!"

„Wer *die*?"

„Weiß ich nicht. Er nannte sich Steinert, Hans Steinert. Er sagte, seine Kollegen und er wären für die *Aktionsgemeinschaft freier Journalisten* tätig."

„Und?"

„So eine Institution gibt es nicht."

„Und weiter?"

„Er bot mir Geld an, ohne eine Summe zu nennen."

„Wie hast du auf das Angebot reagiert?"

„Hinhaltend – wollte Zeit gewinnen, um sie von Aktionen abzuhalten. Ich habe mich mit dem Mann für morgen Vormittag verabredet, wir treffen uns um 11 Uhr im Städtischen Museum."

„Könnte das eine Falle sein?", fragte ich.

„Langsam, langsam: Der Vorschlag mit dem Museum kam von mir. Die öffentliche Lokation schien mir relativ sicher zu sein."

„Das sehe ich anders, du wirst sehen. Auf drei Stockwerke des Museums verteilen sich maximal fünf Museumsbesucher, da bist du so einsam wie in der Wüste Gobi."

„Fünf Besucher? Kulturbanause, warten wirs ab."

„Ach, ich soll dich also begleiten?"

„Ja, das wäre gut, Henning. Ganz wohl ist mir dabei nicht."

Teresa hatte unser Gespräch verfolgt und mischte sich ein.

„Ich komme ebenfalls mit!", sagte sie sehr bestimmt, und an mich gewandt: „Papa hat mir von der Sache erzählt, ich finde, sie muss schnellstens zu einem Ende kommen. Was sagst du, Henning?"

Von der Flaniermeile der Innenstadt führte der Weg in Serpentinen den steilen Hang hinauf zum Museumsberg. Das Backsteingebäude, ein Prachtbau aus dem 19. Jahrhundert, bildete mit seinen kupferbeschlagenen grünen Türmchen den höchsten Punkt des westlichen Panoramas. Von den Stufen der Portaltreppe blickten wir an den silbernen Stämmen der alten Buchen vorbei auf die in allen Farben leuchtenden Dächer der Altstadt.

Uns waren Interieur und Räumlichkeiten des Museums noch vertraut. Als Schüler haben wir in dem muffigen Geruch der konservierten Exponate Stunden vergehen lassen, meistens Schulstunden, wenn wir uns eine Auszeit vom Unterricht gönnten oder einer anstehenden Klassenarbeit ausweichen wollten. Das Aufsichtspersonal hatte uns immer fest im Blick, es kannte seine Pappenheimer und wusste, dass solche wie uns eher das schlechte Wetter als unbändiger Wissensdurst in das Museum trieb. Ein hagerer, finster blickender Aufpasser, wegen seiner hölzernen Unterschenkelprothese Ahab genannt, blieb uns bei unseren Rundgängen durch das Museum auf den Versen. Das Teck-Tock seiner Schritte auf den quietschenden Dielenbrettern war unsere ständige Begleitung.

Horge setzte sich auf eine der mittig platzierten, schwarz bezogenen Bänke vor einem wandfüllenden Gobelin. Es war 11 Uhr. Teresa und ich stellten uns im angrenzenden Raum an eine Glasvitrine mit Werkzeugen aus der Steinzeit und behielten die Szene im Blick.

Hin und wieder näherten sich vom Flur knarrende Schritte, und jedes Mal erwarteten wir den mysteriösen Hans Steinert.

Eine halbe Stunde geschah nichts. Wir setzten uns zu Horge und besprachen die Lage.

„Lasst uns noch ein paar Minuten warten!", schlug er vor.

Teresa und ich gingen wieder auf Abstand, hörten einen Klingelton, Horge setzte sein Handy ans Ohr.

„Steinert hat sich gemeldet", sagte er nach kurzem Gespräch, „er ist oben im *Bronzezeitalter*. Das ist der Raum über der Wendeltreppe."

Wir erreichten den Pesel, eine friesische Stube im Interieur vergangener Jahrhunderte. Die Wände des Zimmers waren deckenhoch besetzt mit Delfter Fliesen, das schwarzbraune, düstere Mobiliar war mit einem Hanfseil vor unbefugter Benutzung gesichert. Der in Halbdunkel getauchte Raum roch nach einer Mischung aus Holzschutzmitteln und Bohnerwachs. An der Wand neben der Tür stand der Alkoven, ein schmuckvoll bemaltes, mit Stroh ausgepolstertes friesisches Schrankbett.

„Wie hieß sie noch gleich?", fragte Horge im Vorbeigehen mit einem Blick auf den Alkoven.

„Maria", sagte ich.

Die Lyzeumsschülerin Maria von Riemersbach und der Schulsprecher der Handelsschule Wulf waren seinerzeit in den Alkoven hineingekrochen, um sich vor Freunden zu verstecken. Im Pesel hatten sich danach unversehens einige kleine Schulmädchen des ersten Jahrgangs versammelt. Es drängten sich immer mehr Mädchen in dem kleinen Raum, und mit der Lehrerin war die Schulklasse komplett. Die ältere Dame begann einen Vortrag über das entbehrungsreiche Leben der Nordfriesen im 18. Jahrhundert. Wulf und Maria hatten sich tief in das Stroh geduckt und still verhalten. Gegen Schluss des Vortrags schaute eines der Mädchen neugierig in den Alkoven, erschrak und die beiden flogen auf. Der herbeigerufene Ahab führte sie zum Museumsdirektor. Das harmlose Tête-à-tête im Alkoven hätte für Maria beinahe den dauerhaften Rauswurf vom Lyzeum bedeutet. Ihr Freund Wulf war mit einer moderaten Ermahnung und einem unverhohlen anerkennenden Schulterklopfen durch seinen Schulleiter davongekommen.

Die imposante eichene, barocke Wendeltreppe zum oberen Stockwerk knackte unter jedem unserer Schritte. Die Ausstellung des oberen Raumes zeigte dieselben Exponate wie vor über 30 Jahren – Werkzeuge und Waffen der Bronzezeit.

Horge war irritiert: Steinert hatte ihn versetzt.

„Das ergibt doch keinen Sinn", murmelte er: „Warum bestellt er mich per Telefon in diesen Raum, und läuft dann davon?"

Teresa beobachtete ihren Vater, der misslaunig durch eines der großen Fenster in die Wipfel der hohen Eichen und Buchen starrte. In ihren Kronen stritten sich Scharen von Krähen lautstark um die besten Standorte.

„Die haben uns hereingelegt!", rief Horge aus: „Sie wollten uns mit dem Date im Museum aus dem Haus locken."

Teresa warf mir einen fragenden Blick zu.

„Ich fürchte, Steinert und Konsorten sind gerade mit einer Hausdurchsuchung beschäftigt – bei uns in der Husumer Straße. Mit seinem Anruf wollte er Zeit schinden und sicher sein, dass wir nicht bereits auf dem Weg zurück sind."

„Warum glaubst du …?"

Horge unterbrach sie: „Weil ich das Gurren der Tauben von dem Krächzen der Krähen unterscheiden kann: In dem Gespräch mit Steinert hörte ich im Hintergrund eine Taube. Angeblich aber befand er sich in diesem Raum des Museums." Horge zeigte in die Kronen der Buchen: „Hier geben die Krähen den Ton an!"

Wir liefen ins untere Stockwerk und stürmten zum Portal hinaus. Vor dem Museum stieg gerade eine alte Dame umständlich aus ihrem Taxi. Es dauerte eine Ewigkeit, bis die Frau den Wagen mit allen Täschchen und Tüten verlassen hatte, dann folgte die quälend zeitraubende Prozedur des Zahlens.

„In die Husumer Straße!", rief ich dem Fahrer zu.

Wir warfen uns in die Sitze des Taxis. Unsere Anspannung übertrug sich auf den Chauffeur, er fuhr hektisch, ignorierte das Gelb der Ampeln und setzte uns in weniger als fünf Minuten vor Miekes Haus ab. Noch während ich zahlte, stürmte Horge hinein.

Die Treppenhaustür zum Hof stand offen und ich sah, wie er das schmale blaue Tor zum Taubenhaus aufriss und im Dunkeln des Raumes verschwand, dann vernahm ich sein Flehen und Fluchen, begleitet von hundertfachem Gurren; die Tauben warteten in ihren Verschlägen auf die Fütterung.

Horge trat wieder vor die Tür, er war blass.

„Sind die Papiere weg?", fragte ich.

Er lächelte erleichtert, griff hinter sich und ließ den Koffer in seiner ausgestreckten Hand schaukeln.

Wir gingen hinauf in seine kleine Wohnung. Es war nichts Auffälliges festzustellen, keine aufgebrochene Tür, keine Unordnung, aber Horge war dennoch überzeugt, dass jemand in seiner Wohnung gewesen war. Er wurde nachdenklich.

„Die Lage wird langsam kritisch."

Ich war überrascht, aber froh, ihn einsichtig zu sehen.

„Du bist nicht James Bond, wir haben die Risiken unterschätzt."

„Und wenn ... Wie komme ich aus der Nummer raus?"

„Geh zur Polizei!"

Er reagierte ungehalten: „Die Kripo gibt unseren Schatz weiter an die ‚zuständigen Stellen' – seelenlose Technokraten, die über Leichen gehen oder solche halbseidenen wie Steinert und Konsorten."

„Lasst uns das nicht übers Knie brechen! Denk drüber nach, wir entscheiden das morgen", schlug ich vor. „Bei mir zu Hause wartet ein Berg Arbeit auf mich ... Ja: Banales wie Wäsche waschen und Hemden bügeln, unsere Perle schafft das nicht alleine. Ich ruf dich an, Horge."

# Ein überraschender Besuch

Ich hatte beim Bäcker an der Ecke eine Tasse Kaffee geordert und mich mit einem Mandelhörnchen an einen der Bistrotische gestellt. Unter den Abonnement-Frühstückern brach eine politische Diskussion los. Ich stürzte den Kaffee hinunter und trat mit einem Brot und einer Zeitung unter dem Arm den kurzen Heimweg an.

Auf den Stufen vor meiner Eingangstür saß Lothar Lohmann und hielt blinzelnd sein Gesicht in die Sonne.

„Hallo – was für eine Überraschung!"

Er fuhr zusammen und lächelte dann verlegen.

„Ich habe Sie nicht kommen hören, muss mit Ihnen reden … Wir könnten das schöne Wetter für einen Spaziergang nutzen."

Er wirkte angespannt.

Wir verließen die stark befahrene Mühlenstraße und bogen in den Christiansenpark ein, er verhieß Ruhe und Beschaulichkeit. Die schwachen Sonnenstrahlen zwängten sich durch das herbstbunte Laub der hohen Parkbäume und projizierten grelle, tanzende Flecken auf Rasen und Wegen. Vom fernen Mühlenfriedhof hörten wir das Glockenläuten der kleinen Kapelle. Vielleicht erinnerte es Lothar an die Trauerfeier seines Vaters – er warf mir einen verstohlenen Blick zu, erriet meine Gedanken und lächelte traurig.

Auf den Parkbänken saßen gelangweilte Mütter und schaukelten an den Kinderwagen. Ein älterer Mann ließ seinen Labrador apportieren.

Ich erzählte Lothar von unserem Besuch bei Roland, von dem Ereignis im Stall und dem geplatzten Treffen im Museum.

Wir kreuzten die Stuhrsallee und betraten den kleinen historischen Friedhof. Hinter den Grabsteinen aus Granit und Marmor standen knorrige Bäume, deren bizarrer Wuchs uns in unserer Kindheit zu schaurigen Fantasien angeregt hatte. Wir stellten uns damals vor, die Seelen der zu ihren Füßen ruhenden Verstorbenen seien über die Wurzeln in die Stämme gelangt und zu Materie erstarrt. Die gewundenen Äste hingen wie massige Würgeschlangen in den verkrüppelten Bäumen, die sich in ihrem Wuchs unentschlossen mal dem Lichte zuwandten und mal abwärts der feuchten Dunkelheit der moosbesetzten Gräber entgegenstrebten. Die sich aufbäumende Gestalt der Stämme ließ die Qualen erahnen, die ihnen die Geister der Toten zufügten.

Lohmann bereiteten meine Fantasien Vergnügen.

„Man muss Melancholiker sein, um einen Friedhof schön zu finden", sagte er nach einer Weile.

„Finden Sie unseren alten Friedhof schön?", fragte ich.

Er nickte grinsend, und wir traten ins Licht eines freien Rasenrondells, an dessen Peripherien schmucklose Bänke standen.

„Das ist in dunklen Nächten der Kontakthof für den schnellen Sex unter Männern", sagte ich, und dass der nahe Stadtpark irgendwann als Treffpunkt für Homosexuelle zu klein geworden sei.

Lothar fluchte, und warf einen Blick unter seine Schuhsohle.

„Hier irgendwo ist mein alter Herr zur Schule gegangen", sagte er und schabte sich an einem Kantstein den Hundedreck vom Schuh. Ihn faszinierte die klassizistische Kapelle vor dem nördlichen Friedhofseingang. Dann löcherte er mich mit Fragen zu dem Bauwerk, die ich allesamt nicht beantworten konnte.

Wir ließen den Friedhofspark hinter uns und nahmen einen der schmalen, abschüssigen Gänge in Richtung Hafen. Er führte über eine steile Treppe zwischen dänischem Konsulat und Logenhaus hinunter zum Nordergraben. Einige Schüler des nahen Gymnasiums hatten es eilig, sprangen in großen Sätzen die Stufen hinunter und zwängten sich rempelnd an uns vorbei.

„Haben die deutschen Geheimdienste Killer im Sold?", fragte ich.

Lothar runzelte die Stirn.

„Wie kommen sie jetzt darauf? Glaub ich nicht … Die haben kein Mandat für Mord und Folter. Aber was heißt das schon? Man könnte solche Taten möglicherweise anregen oder duldend geschehen lassen!"

„Outsourcing?", fragte ich ungläubig.

„Ja – zynisch, aber zutreffend."

„Haben Sie dieses Wissen von Ihrem Vater?" Mir kamen Zweifel an Lothars Glaubwürdigkeit.

„Kein Wissen, eher eine Einschätzung – zu der ich durch die zahllosen Andeutungen meines Vaters gekommen bin. Ich denke, die Geheimdienstler behandeln und bewerten den Tod eines Unschuldigen als einen betrüblichen Kollateralschaden. Niemals würden sie ein Leben retten, wenn sie dafür riskieren müssten, dass eine Quelle versiegt."

„Auch nicht, wenn es zehn Leben wären?", fragte ich.

Er blieb stehen und hinderte mich sanft am Weitergehen.

„Sie denken an etwas Bestimmtes?"

„Antworten Sie einfach!"

Lothar überlegte kurz. „Auch dann nicht – besonders, wenn sie etwas zu verbergen haben. Wenn ihre V-Leute zu Mördern mutieren, schauen sie weg, mehr noch: Sie helfen ihnen unterzutauchen, immer bedacht, eigenes Versagen zu vertuschen, und werden so zu ihren Komplizen."

„Hoii!", sagte ich und deutete an, dass er übertrieb. „Als wir in Ihrem Haus am See waren, hatten Sie einen V-Mann erwähnt. Einen, den Ihr Vater hier oben im Norden ‚abgreifen‘ würde."

„Ja, ich weiß nicht viel mehr, als ich schon berichtet hatte, der Mann verkaufte ihm Informationen – über eine Rockerbande. Es ging um Schutzgelderpressung, Menschenhandel und solche Sachen. Also, das habe ich mir aus dem, was ich mitbekam, zusammengereimt. Keine Ahnung, ob's so wirklich stimmt. Ehrlich, mein Vater hat nicht gerade viel über seine Arbeit erzählt, nicht einmal, nachdem er ... Egal."

„Wissen Sie, wie der Mann hieß?", fragte ich.

„Natürlich nicht. Ich habe ihn ein paar Mal gesehen. Sie trafen sich bei Oma – aber immer nur am See, nie im Haus – wenn er überhaupt der betreffende Mann war, den Sie suchen."

„So richtig suchen – wir suchen nicht, aber im Moment ist alles völlig undurchsichtig. Ich mache mir etwas Sorgen, Horge ist eher ein Draufgänger. Ich glaube, jede Information kann helfen. Wenn Ihnen also noch etwas aufgefallen ist?"

Lothar krauste die Stirn.

„Sie stellen Fragen, aber ... Ja, Vater und der Typ haben sich geduzt. Ich fand es unpassend. Die beiden trafen sich nicht nur am See, sie waren gelegentlich gemeinsam unterwegs, wohin auch immer. Erst Stunden später kam der Alte dann heim." Lothar grinste. „Übrigens hat Großmutter behauptet, in der Stadt gäbe es ein ‚Weibsbild', das mein Vater gelegentlich besuchen würde. Oma hatte seine Sachen durchschnüffelt und etwas herausbekommen."

Lothar blickte versonnen über die rot gedeckten Dächer der Altstadt hinunter auf die glitzernden Wasser des Hafens. Wir machten uns auf den Rückweg und gingen den Nordergraben hinauf in Richtung Altes Gymnasium und Stadtpark.

„Herr Lohmann", begann ich vorsichtig, „ich habe Sie noch gar nicht gefragt, womit Sie Ihre Brötchen verdienen."

„Ich bitte Sie", er grinste dreist, „das macht doch nichts." Wir gingen eine Weile schweigend nebeneinander her.

„Englisch und Deutsch", sagte er dann unvermittelt.

„Aha, Sie sind Lehrer, an welcher Schule?"

„Bin noch in der Warteschleife", antwortete Lothar, „… könnte im Frühjahr was werden. Dann bin ich Staatsbediensteter, der Grund, weshalb mich mein alter Herr aus der Sache mit den geklauten Geheimakten herauslassen wollte."

„Sagen Sie, Lothar, warum sind Sie zu mir gekommen? Warum haben Sie nicht meinen Freund Horge aufgesucht, der ist dichter am Thema dran."

Wohl um Zeit zu gewinnen, griff er sich hinter die dicke Hornbrille und rieb sich die Augen.

„Ich meide ihn wie der Teufel das Weihwasser", sagte er. „Ich glaube, Hinnerks wird beschattet und bedroht. Ich warne Sie, Levgen!" Lohmann blieb stehen und packte mich am Unterarm. „Ihr Freund Horge ist ein Sonderling, ihm scheint die Witterung für Gefahren zu fehlen. Ich glaub', er übernimmt sich gerade. Das ist was für 'ne richtige, große Redaktion, für Enthüllungsjournalisten, *Focus*, *Spiegel* oder eben einfach Profis auf dem Gebiet.

Wissen Sie, ich stecke ja gewissermaßen mit drin – ich will nicht, dass etwas ..."

„Sonderling?", reklamierte ich.

„Er ist ein sympathischer Kauz", präzisierte Lothar Lohmann, „ich mag ihn sehr, aber ..."

„Aber was?"

„Er lächelt immer ... Hinnerks scheint in einer anderen Welt zu leben. Ich versteh' nicht, warum Vater ausgerechnet ihm das Material geben wollte."

„Horge lächelt nicht", widersprach ich ihm. „Es mag so aussehen, er hat nur einen Schalk im Gesicht, der ist dort fest installiert. Es ist seine Mimik, genauer gesagt: Seine Augen strahlen Übermut und Fröhlichkeit aus." Noch während ich das sagte, musste ich mir eingestehen, dass es so nicht stimmte und Horge sich von einer Sekunde zur anderen in einen Mr. Hyde verwandeln konnte.

Lothar wurde ungeduldig: „Ja, meinetwegen – aber überreden Sie Ihren Freund, das Material schnellstmöglich abzugeben! Ihr habt das Zeugs schon jetzt viel zu lange. Weg damit!", er hielt einen Moment den Atem an und fuhr dann fort: „Scheiß auf das Geld ...! Nur mit der Veröffentlichung der Dokumente nehmen Sie sich aus der Gefahrenzone!"

„Warum haben Sie Horge die Akten zukommen lassen, wenn Sie solche Bedenken haben?"

Lohmann wurde lauter: „Es war Vaters Wunsch. Bis ich mit Ihnen gesprochen hatte, war es nur ein ungutes Gefühl, aber jetzt, nachdem Sie mir das von dem Motorradfahrer und Ihrem ungebetenen Besuch berichtet haben. Der Einbruch bei uns hätte ja noch Zufall sein können, aber das hier ..."

Wir gingen eine Weile stumm nebeneinander her und näherten uns langsam meinem Haus. Lohmann schlug meine Einladung auf eine Tasse Kaffee freundlich aus, er bedrängte mich und fragte, was ich in der Sache zu tun gedenke.

„Sie haben mich überzeugt", sagte ich nach längerem Schweigen. „Ich spreche mit Hinnerks, wir müssen raus aus der Geschichte."

„Wann sprechen Sie mit Ihm?"

„Mein Gott! Morgen, spätestens übermorgen."

Lothar Lohmann schien erleichtert. Wir verabschiedeten uns, auf halbem Wege zur Pforte blieb er stehen.

„Grüßen Sie den mit dem Schalk von mir!", frotzelte er. Dann kam er noch einmal zurück: „Wussten Sie, dass Hinnerks meinem alten Herrn vor Jahrzehnten mit einem lauten Pfiff das Leben gerettet hat?"

„Ja – sicher, ich erinnere mich gut." Ich winkte ihm zu. „Alles Gute für Sie, Lothar. Und besuchen Sie mich bei Gelegenheit!"

Lohmann ging ein paar Schritte und wendete sich noch einmal um: „Vorsicht, Herr Levgen, ich nehme Sie beim Wort! Versprochen!"

# Angriff auf den Schienen

Am folgenden Tage war ich am späten Nachmittag mit Horge verabredet. Nach längerem Läuten öffnete Teresa.

„Hi! Papa ist oben", sagte sie und verschwand in der Küche ihrer Großmutter. „Omi ist gestürzt!", klagte sie, ohne meinen Gruß zu erwidern. „Sie ist ausgerutscht …"

„Hoffentlich ist nichts gebrochen!"

Horge kam hinzu.

„Geh schon mal hinauf", sagte er. „Ich muss mich erst um Muttern kümmern, der Arzt ist unterwegs."

Eine kleine Taubenschar flog über die schwarzen Dächer der Schuppen, hinunter in den Hof. Von allen Seiten schlossen sich, wie verabredet, weitere an, gleich einer silbernen Wolke schoss die Vogelschaar dicht an den Fenstern der mehrstöckigen Wohnhäuser in die Höhe und besetzte First und Dachrinnen. Ich dachte daran, dass nach dem Kriege, in den Jahren des Mangels, manch Taubenzüchter den einen oder anderen seiner gefiederten Freunde klammheimlich in den Speiseplan aufgenommen hatte; sicher schweren Herzens, aber in froher Erwartung auf ein schmackhaftes Mahl. Wenn die Taubenesser tafelten, hatten die Zusammenkünfte immer etwas Konspiratives, Geheimbündelndes. Mein Onkel Gregor war Spezialist für die Zubereitung von Bluttauben, die so genannt wurden, weil sie durch Ersticken zu Tode gebracht wurden. „Dann bleibt das Blut im Körper", hatte er uns erklärt, aber irgendwie haben wir ihm das nicht geglaubt.

Horge kam: „Dr. Thorzen hat nur Prellungen festgestellt, schmerzhaft, aber unbedenklich", sagt er. Dann frotzelte er: „Ist was? Liegt dir was auf der Seele?"

Ich erzählte ihm von Lothars Besuch, von seinen Befürchtungen und dass er uns dringend geraten habe, das Material loszuwerden.

Horge reagierte verärgert: „Ach, das fällt ihm jetzt ein?!"

„Lohmann junior ist offensichtlich zu einer anderen Einschätzung gekommen", sagte ich. „Wie auch immer – wir müssen das Zeugs aus dem Haus bringen. Na ja, ich weiß nicht, ob er sich wirklich auskennt, aber die Gefahr scheint mir absolut real."

Horge hörte sich mein Unken schweigend an.

„Übermorgen!", antwortete er schließlich.

„Was *übermorgen*?"

„Übermorgen gebe ich die Unterlagen an die Redaktion", sagte er mit dem Gesicht eines Opferlamms.

„Warum übermorgen – und an welche Redaktion?"

„Ich habe mit einem Bruno Brammers einen Termin gemacht. Den hatte mir Gustav empfohlen. Ich hatte dir von ihm erzählt, er ist der Verlagsboss."

Jetzt wusste ich wieder, wen er meinte. Horge hatte mehrmals seinen Namen erwähnt, er war überzeugt, Brammers sei der richtige Mann für die Veröffentlichung der Lohmann'schen Geheimnisse. Als „vertrauenswürdig, seriös und mutig" hatte er ihn beschrieben, „ein Urgestein aus der oberen Etage des Konzerns" und gelobhudelt, er sei kompetent und absolut integer.

„Ja, gut, aber lasst uns solange diesen ‚Sprengsatz' aus dem Hause schaffen."

Horge schlug vor, den Koffer in einem Schließfach zu deponieren.

„Bank oder Bahnhof?", fragte ich.

„Bahnhof. Wir gehen bis zur Bahnhofstraße über den Bahndamm, dann hätten wir lauernde Belagerer abgehängt."

„Sehr gut." Ich fragte Horge, ob er sich die Akten noch einmal angesehn habe.

„Ja, um Mitternacht", sagte er, und dass er Stunden nicht davon habe lassen können. „… Es sind Puzzleteile. Komplexe Vorgänge, ich verstehe nicht alles, in manchen Fällen fehlen mir die Geschichten und Fakten dahinter … Für die Bluthunde von der Presse sind die Papiere fette Beute, da bin ich mir sicher."

Bevor wir das Haus verließen, schaute ich bei Mieke vorbei. Die Etagentür führte in ihre geräumige Küche. Es folgten ein großer Wohnraum und ein Schlafzimmer. Ich sah das dunkle, eichene Bett, in dem Horge einst mit der schönen Lydia die Nacht verbrachte. Auch der Nachtschrank mit der Alabasterlampe und das goldgerahmte Engelsbild waren erhalten geblieben.

Mieke lag auf dem Bett, sie hatte sich mit einem Laken zugedeckt. Mir fiel ein Grübchen am Kinn auf, das Alter hatte ihr einen Damenbart ins Gesicht gezeichnet, ein Leberfleck über der Oberlippe war das Markenzeichen, das sie an Teresa weitergegeben hatte.

„Ich freue mich, dich zu sehen", sagte sie und winkte mich mit gekrümmtem Zeigefinger zu sich heran. „Ich spüre, dass Horge in Schwierigkeiten ist."

„Ich wüsste nicht, Mieke", log ich.

„Der Bengel hat was angestellt!"

Ich streichelte ihre Hand.

„Der Bengel geht auf die Sechzig und wird wissen, was er tut, mach dir keine Sorgen … Komm schnell wieder auf die Beine, es wird alles gut."

Als ich zurückkam, stand Horge am Fenster und beobachtete die Szenerie vor seinem Haus. Wir nahmen die Hintertür und gingen über den Innenhof in den Schuppen. Horge zog den Handkoffer aus der Kartoffelkiste, dann stiegen wir die schmale Treppe hinauf zu den Taubenschlägen des Nachbarn und kletterten durch das gusseiserne Stallfenster auf das tiefer liegende Teerpappdach des angrenzenden kleinen Schuppens.

„Das lief früher geschmeidiger", klagte ich.

Mit einem Sprung hatten wir den schmalen Fußweg zur nahen Böschung des Bahndammgeländes erreicht.

Es war der 4. Oktober. Ein angenehm milder Spätherbsttag. Kein Hauch bewegte den Nebel, der um die Straßenlaternen kreisförmige, diffuse Lichtreflexe zauberte. Kein grelles Bunt störte die Harmonie der Silber- und Grautöne in der Dämmerung des frühen Abends. Es wurde rasch dunkler.

Horge reichte mir seine Stablampe. Der steile Hang hinunter zu den Schienen war vom Regen des Vortages durchweicht. Wir hielten uns bei jedem Schritt an den Stämmen und Ästen der jungen Bäume fest, um nicht auszurutschen. Unter dem vertrauten Knirschen der Schottersteine ging es auf die Schienen.

Nach wenigen Metern führte uns unser Weg über das Gleis durch den finsteren Durchlass der Husumer Brücke. Es roch nach vermodertem Laub. Bis ins Mark spürten wir die Kälte der Massen aus Beton und bröckelndem Mauerwerk. Schwere Tropfen fielen aus der Höhe und schlugen klatschend auf. Kein Geräusch war ohne Echo.

Ein plötzliches Rascheln: Eine aufgeschreckte Ratte flüchtete sich in eine der tiefen Mauerspalten.

Ich schaltete die Stablampe ein und richtete den Lichtkegel auf Schienen und Schwellen.

Wir traten aus dem kurzen Brückentunnel heraus, über uns an der Brüstung stand ein Pulk angetrunkener Jugendlicher. Sie beugten sich weit vor, riefen uns etwas zu, lachten und grölten. Plötzlich ging dicht hinter uns eine Flasche zu Bruch. Die Gruppe zog johlend weiter.

Horge wirkte auf mich sonderbar sorglos, nahezu übermütig, er balancierte auf einem Schienenstrang und summte die schwermütige Melodie eines plattdeutschen Liebesliedes.

Die nahezu blattlosen, nebelverhangenen Böschungen zu beiden Seiten der Gleise wirkten wie silberne Wolken. Den einzigen Kontrast setzten die schwarzbraunen Schienenstränge, sie wiesen uns den Weg durch das Halbdunkel des Bahndammtals und verschwanden mit zunehmender Entfernung in den dunklen Nebelschwaden.

Horge war einige Meter zurückgeblieben, hatte seinen Koffer abgesetzt und half einer trägen Kröte mit vorsichtigen Berührungen seiner Schuhspitze auf die Sprünge. Ich drehte mich zu ihm um und blieb stehen.

„Komm schon!", forderte ich.

Die Gebäude im Hintergrund waren nur noch in Umrissen zu erkennen.

Auf der Brücke hinter uns erschien eine Gestalt – ein Mann in langem Mantel, er blieb an der der Brüstung stehen und sah zu uns herunter. Es kam eine zweite Person, vielleicht eine Frau. Der Mann hielt inne, schien Horge auf dem Gleis entdeckt zu haben, verharrte einen Moment und verschwand dann. Die Frau blieb.

Ich mahnte zur Eile.

„Seltsam, dass du jetzt den Nerv hast, dich mit einer dicken Unke zu beschäftigen", muckte ich.

Horge ließ sich in seiner eigenartig heiteren Stimmung nicht beeinträchtigen. Ich dachte an Lohmann junior, der über Horge gesagt hatte, ihm fehle die Witterung für Gefahren, er lebe in einer anderen Welt.

„Ich hoffe, das Gleis ist tot", sagte ich. „Aber einmal im Jahr gibt es am Hafen ein Nostalgietreffen der Dampfgiganten: Schiffe, Lokomotiven und Dampfwalzen aus alter Zeit. Die Loks müssen dann über dieses Gleis."

Wenige Minuten später gaben Nebel und zunehmende Dunkelheit erste schemenhafte Umrisse einer weiteren, etwa baugleichen Brücke frei. Die *Schleswiger*, wie wir sie früher nannten. Wir passierten den Durchlass, lautlose schwarze Schatten schossen dicht an unseren Köpfen vorbei. Schwalben oder Fledermäuse?

„Die Schwalben sind längst in Afrika", meinte Horge und imitierte ihren Ruf.

Jenseits der Brücke erkannten wir rechts hinter dem Hang die Silhouette der Brauerei. In der Ferne, gerade noch vernehmbar, hörten wir ein Geräusch, wie das Echo unserer eigenen Schritte. Dann plötzlich drang vom Gelände der Brauerei unvermittelt ein ohrenbetäubendes Zischen. Ich zuckte zusammen.

„Das Druckventil eines Gährtanks", mutmaßte Horge.

Die danach einsetzende Stille war ebenso plötzlich. Für eine Sekunde waren Schritte deutlich hörbar und verstummten dann abrupt. Kein Zweifel – wir waren nicht allein auf den Schienen!

„Herr Hinnerks, warten Sie!"

Ich erschrak. Die rauchige Stimme kam aus unmittelbarer Nähe. Wir wandten uns um und sahen in einigen Metern Entfernung schemenhaft die Gestalt eines Mannes. Horge war für Sekunden wie starr, gab mir den Koffer, nahm die Stablampe und bedeutete mir mit Gestik und Fingerzeigen, über das Gleis vorauszulaufen. Ich lief, trat in der Dunkelheit immer wieder neben die Schwellen.

„Wir kennen uns", hörte ich den Mann noch sagen. Seine Worte klangen wie eine Drohung.

Ich stolperte, fing mich, lief weiter, strauchelte und stürzte auf die Schienen. Der Koffer glitt mir aus der Hand und rutschte ins Gestrüpp. Meine Atemlosigkeit hinderte mich, etwas anderes wahrzunehmen als meinen eigenen Herzschlag. Ich lief weiter, verfluchte meine schlechte Kondition und blieb schließlich unschlüssig auf dem Gleis stehen.

‚Was mache ich hier eigentlich?'

Einige unverständliche Gesprächsfetzen drangen an mein Ohr. Die beiden schienen zu streiten, ich hörte wütendes Fluchen und schließlich einen Schrei, gellend, tierhaft. Er ging in ein seltsam lang gezogenes Stöhnen über.

Dann war es still.

Aus einem der Fenster des angrenzenden Altenwohnheimes schimpfte eine Frau in die Dunkelheit hinein, unterstützt von dem Kläffen ihres Hundes.

Nach einer Weile waren Schritte auf den Schottersteinen zu hören. Die Person, wer immer sie war, hielt Selbstgespräche.

‚Es muss Horge sein!', dachte ich.

Die gestammelten Worte klangen wie verärgerte Kommentare, fluchend, geifernd, räsonierend.

Ich ging zurück, ihm entgegen. Mit Bangen suchte ich links und rechts der Schienen nach Hinweisen auf den Hergang des Geschehens, darauf gefasst, auf einen am Boden liegenden Toten oder Verletzten zu stoßen. Es war beklemmend still. Horge schien auf dem Wege zurück zu sein; er war weg. Ich war ratlos.

Auf der Höhe der Brauerei verließ ich den Bahndamm. Von der Brücke aus versuchte ich im Dunkel des Bahndammtals etwas zu erkennen, hörte dann plötzlich Horge rufen, anfangs unverständlich und hohl, dann unvermittelt deutlich akzentuiert.

„Henning – bring ihn um – bring ihn um!"

Seine Worte ließen mich schaudern.

‚Mein Gott – er ist irre!', dachte ich, ‚er ist wieder in diesem Zustand!'

In meiner Erinnerung mischten sich die Bilder der Ereignisse auf dem Schulhof mit den Szenen am Bahndamm nach dem Tod des Rottweilers. Ich formte die Hände zu einem Trichter.

„Horge! – Warte! Ich komme!"

„Lass mich!", hallte es zurück. „Bleib mir vom Hals!"

Er musste etwa achtzig Meter entfernt gewesen sein, schon in der Nähe seines Hauses. In den dunklen Nebelschwaden über ihm sprang der Lichtkegel der Stablampe fahrig hin und her; gleich würde er den Hang hinaufklettern, um über das Dach des Schuppens den Hinterhof zu Miekes Grundstück zu erreichen.

Ich lief hinunter zum Neumarkt, bog in die Husumer Straße und stand Augenblicke später vor Horges Haus. Die Eingangstür war nicht verschlossen. Durch das kleine Küchenfenster sah ich Mieke, im Dampf ihrer Kochtöpfe über den Herd gebeugt. Ich stürmte die Treppe hinauf, öffnete die Tür zu Horges Wohnung und rief in die Finsternis der Räume seinen Namen.

Keine Antwort.

Mit wenigen Sätzen sprang ich die Treppe wieder hinunter, hatte die Klinke der Haustür schon in der Hand, als ich von oben ein lautes Poltern vernahm, das in einen tiefen anhaltenden Basston überging.

‚Das Cello!', dachte ich. ‚Kein Zweifel, er wird in der Dunkelheit über sein Cello gestolpert sein!', rannte wieder hinauf und machte Licht.

Horge lag auf seinem Instrument, den Kopf auf das Griffbrett gestützt. Ein rosafarbenes Rinnsal aus Speichel und Blut lief aus seinem halb geöffneten Mund und hielt sich in Fäden an dem Hals des hölzernen Korpus fest.

Der tiefe Ton der vibrierenden Saite wollte nicht verstummen.

Er sah mich an, der stechende Blick ließ mich schaudern. Seine Unterlippe war geschwollen, über der Braue klaffte eine Wunde. In mir mischten sich Hilflosigkeit und Scham über das eigene Versagen zu einem Gefühl der Verzweiflung.

„Mein Gott, was ist geschehen? Horge, sag' etwas!"

Er antwortete nicht, hob den Arm und bedeutete mir mit geöffneter Hand, nicht näher zu kommen, so als wolle er mich vor seiner eigenen Gefährlichkeit warnen. Ich kannte diese Geste, diese innere Versteinerung, die Starre, das Schweigen. Er zog sich Sakko und Hemd aus. Bis auf die Blessuren an Kopf und Hals schien er unverletzt zu sein. Horge öffnete eine Schublade und reichte mir eine leere Medikamentenschachtel. Seinem Gesicht war keine Regung anzusehen.

„Fluvoxamin", las ich. „Soll ich dir das besorgen?"

Er nickte nur, ließ sich ins Sofa fallen und zog sich eine wollene Decke über den Kopf.

„Ich versuche es", sagte ich, und: „Kann ich dich allein lassen?"

Keine Antwort.


Ich fuhr zu meinem Apotheker, dem ehemaligen Schulfreund Horst Meggers, hoffend, er würde das Medikament auch ohne Rezept herausrücken. Es war lange nach Ladenschluss, als ich Meggers per Handy erreichte und ihn bat, mich in seiner Apotheke zu erwarten.

„Was ist los, Henning?", empfing er mich. „Geht's dir nicht gut?"

„Horge geht es schlecht!"

„Horge? Horge Hinnerks? Wusste gar nicht, dass er hier ist ... Was fehlt ihm?"

Ich reichte ihm die leere Packung.

„Meine Güte: ein starkes Psychopharmakon ... Damit könnte man Elefanten therapieren. Hat er das schon häufiger genommen?"

„Ich denke, ja."

Der Apotheker zog eine der vielen flachen Schubladen heraus und stellte das Medikament auf den Verkaufstresen.

„Ein Rezept hast du wohl nicht?"

„Nein."

Er nahm die Schachtel und legte sie zurück, ohne das geöffnete Fach zu schließen.

„Ich darf dir das Mittel nicht ohne Verordnung geben, aber manchmal wird einem auch etwas geklaut", sagte Meggers. „Viele Grüße an Horge. Mach's gut, Henning. Übrigens: Nicht mehr als drei über den Tag verteilt mit etwas Flüssigkeit, und keinen Alkohol, besser auch keinen Kaffee."

Er stapfte die wenigen Stufen zu seinem Büro hinauf und schloss die Tür hinter sich.

Ich nahm das Medikament und machte mich auf den Weg zurück.

Mein Kommen hatte Horge geweckt. Er riss mir die Schachtel aus den Händen, fingerte ungeschickt an den Stanniolverpackungen herum, warf sich zwei der Kapseln in den Mund und ließ sich in das Sofa fallen.

Wir schwiegen uns an.

In Horges Gesicht glänzten zwischen Oberlippe und Nase winzige Schweißperlen, in den Mundwinkeln hatten sich weißliche Schaumecken gebildet. Horge starrte an mir vorbei ins Unendliche.

Nach einer Weile schlossen sich langsam die Augenlider seines maskenhaften in Wachs gegossenen Gesichts.

Er war eingeschlafen, ich kritzelte ein paar Zeilen auf einen Zettel, legte ihn gut sichtbar auf den Tisch und ging.

# Neben dem Gleis

Am nächsten Morgen rief Teresa an. Sie war außer sich. Ich schilderte die Ereignisse auf den Schienen, so wie ich sie wahrgenommen hatte.

„Henning, komm bitte schnell", sagte sie. „Mir ist es unheimlich mit meinem Vater. Wir müssen etwas unternehmen."

„Ja, gewiss – aber erst am späten Nachmittag."

Sie legte grußlos auf.

Horge saß in seinem Sessel und starrte in eine bis zum Rand gefüllte Tasse Tee, die ein gutes Drittel über die Kante des kleinen Tisches hinausragte. Nur kaum wahrnehmbare Bewegungen seiner Lider zeigten an, dass ihm unsere Anwesenheit bewusst war. Teresa schien erleichtert, mich zu sehen. Wir standen wie abgestellt vor ihm, nach langem Schweigen bewegte er seine Lippen.

„Dieser Teufel", sagte er mit lallender Stimme.

„Der Teufel?", fragte Teresa ungläubig, ohne eine Antwort zu erwarten.

„… Er war plötzlich verschwunden", setzte Horge fort.

Teresa warf mir einen besorgten Blick zu.

„Was wollte der Mann von dir?", fragte ich.

Horge hob den Kopf, bewegte die Lippen.

„Ich verstehe dich nicht. Was wollte er von dir?"

Seine Starre löste sich. Er rang nach Erinnerungsfetzen.

„Das Scheusal ging", er stockte, „er ging mir an den Hals!" Horge flüsternd: „Er wollte mich töten."

Teresa schrie ihn an: „Und dann? Was ist geschehen?"

„Wer war der Mann?", setzte ich nach, versuchte ruhig zu klingen: „Ich habe noch gehört, dass er sagte, er würde dich kennen. ,Herr Hinnerks, wir kennen uns', hat er gesagt. Kannst du dich daran erinnern? Hatte er's auf die Dossiers abgesehen?"

„Ich weiß es nicht", schüttelte Horge den Kopf. „Ich weiß es noch nicht. Es war der Mann aus dem Kellerrestaurant, der mit den Narben – aber ich kenne ihn nicht. Er hat sich in Luft aufgelöst!", er sagte es seltsam monoton und versank von Neuem in Apathie.

„Hast du dich gewehrt?", versuchte Teresa es noch einmal.

Horge schwieg, aber machte mit offenen Handflächen eine Bewegung von sich weg.

„Er hat ihn zurückgestoßen", deutete Teresa eilig.

Horge wiederholte seine Geste, dann wich die Spannung aus seinem Körper, er sank in sich zusammen, nahm uns nicht mehr wahr und ließ sich in den alten geblümten Sessel zurückfallen.

Mir fiel der Koffer ein. Warum nur waren wir davon ausgegangen, dass der Unbekannte ihn gefunden und mitgenommen hatte?

„Möglicherweise liegt er noch im Gebüsch!"

Teresa sah mich kritisch an, fragte, ob es überhaupt noch wichtig sei.

„Ja, ist es! Es geht doch die ganze Zeit nur darum! Horge wird wieder gesund, und dann fragt er danach."

Teresa überlegte – ich griff nach meinem Mantel. Horge blieb in seiner fernen Welt. Ihr schien mein Vorschlag zu missfallen. Ich war schon an der Haustür, als sie mir hinterherrief:

„Warte, ich komme mit!"

Es war kühl, der Himmel bei einsetzender Dunkelheit verhangen.

„Ich mache mir Sorgen!", sagte Teresa auf dem Wege zum Auto und zupfte ihren Mantel in Form.

„Dein Vater wird sich schnell erholen."

„Ja, denke ich auch, aber das meinte ich nicht." Sie setzte sich ans Steuer und sah mich mit großen Augen ernst an, bewegte ihre Lippen, blieb aber stumm.

Wir fuhren in die nahe Helenenallee, von dort gab es einen schnellen Zugang zu den Gleisen.

An den Ästen der jungen Bäume zogen wir uns den kurzen Hang hinauf, überquerten die Schienen und standen nach wenigen Schritten vor einem Fliederbusch. Vor *dem* Fliederbusch? Ich war mir nicht mehr sicher.

Teresa verlor fortwährend einen ihrer Stöckelschuhe.

Ich nahm ihre Hand, geduckt näherten wir uns der Böschung, so als sei zu fürchten, der Metallkoffer könne die Flucht ergreifen. Sie lächelte gequält.

Dann war es viel einfacher als gedacht: Die silbrige Aluminiumoberfläche reflektierte das Licht einer der Straßenlampen. Der Koffer! Der Unbekannte hatte unsere Unterlagen nicht entdeckt!

Teresa schien enttäuscht. Dann wollte sie unbedingt wissen, an welcher Stelle sich das Drama ereignet hatte.

„Lass uns dort jetzt hingehen!" Sie sagte es in einem Ton, der jeden Widerspruch ausschloss.

Noch während ich den Sinn der Aktion zu verstehen versuchte, hatte sie den metallenen Koffer aus dem Gestrüpp gezogen, meine Hand ergriffen und mich auf die Schienen gedrängt. Ich zögerte, mit einem Rempler aus der Hüfte brachte sie mich auf Kurs.

Auf der Höhe der Bahnhofstraße ging es im Rhythmus der eichenen Schwellen über die Brücke. Sie stolperte einige Male und hakte sich bei mir ein. Kolkraben flogen auf. Nach wenigen Schritten sahen wir die Silhouette der Alten Brauerei. Auf dem Bürgersteig davor leuchteten die bunten Laternen einer Kindergruppe, die von zwei Frauen begleitet wurde und nur langsam vorankam.

*„Gehe aus mein Licht, gehe aus mein Licht, nur meine liebe Laterne nicht!"*

Wir waren jetzt in etwa dort angekommen, wo nach meiner Einschätzung der Angriff des Fremden erfolgt sein konnte. Teresa sondierte mit gesenktem Kopf und kreisenden Bewegungen die Umgebung. Dabei fiel ihr sekündlich eine Haarsträhne ins Gesicht, die sie immer wieder eilig hinter ihr Ohr hakte.

„Was suchst du hier eigentlich?", fragte ich. „Es ist ohnehin schon zu dunkel, du wirst nichts finden."

Sie ignorierte mich.

Ich ging auf und ab, nahm dabei große Schritte von einer Bahnschwelle zur übernächsten oder kleine Schritte von Schwelle zu Schwelle. Die kindischen Hopsereien gaben unserer mysteriösen Suchaktion auf den Schienen etwas angenehm Läppisches und nahmen mir die Anspannung.

Teresa bekundete ihr Missfallen mit einem Kopfschütteln, dann hob sie etwas auf und reichte es mir.

„Hier – kannst du deiner Frau schenken", stichelte sie und schob nach: „Wenn sie jemals zu dir zurückkommen sollte."

Es war ein antiker Ohrschmuck, auffallend und irgendwie besonders. Ein paar bunte Steine in barocken Fassungen.

„Potthässlich!", war Teresas Urteil.

Ich vernahm nur schwach den an die Kindheit erinnernden Gesang der Laternenprozession, sah eine große papierne Sonne in Flammen aufgehen, hörte ein Kind weinen und ein anderes rufen: „Guckt mal, dort unten ist jemand auf den Schienen!" Dann verschwand die Gruppe langsam, „... *Sonne Mond und Sterne ...*", hinter einer schwarzen Hauswand. Der Mond projizierte einen blassen Lichtkegel, unterschiedlich dichte Wolkenfelder zogen hindurch.

Endlich gab Teresa die Suche auf. Mir kam es vor, als sei sie erleichtert, nichts gefunden zu haben.

Die blanken oberen Flächen der Schienenstränge reflektierten das Mondlicht und markierten den Weg zurück. Noch bevor wir die Brücke über die Bahnhofstraße erreichten, fiel mir etwas Weißes ins Auge, wenig größer als eine Zigarettenschachtel, ein paar Meter neben dem Gleis. Ich zeigte darauf.

„Sieht aus wie ein Zettel", sagte Teresa.

Wir kamen näher. Das weiße Etwas lag auf kniehohen, fast blattlosen Hagebuttensträuchern, die sich parallel zum Gleis angesiedelt hatten. Wieder flogen Rabenvögel auf, beschimpften uns mit wütendem Krächzen und flüchteten in die Wipfel der Bäume. Nach wenigen Schritten konnten wir die Umrisse, die dunklen Schatten in den bizarren stacheligen Sträuchern und das hervorstechende runde Weiße zu einem Bild zusammenfügen. Es war eine grausige Entdeckung: Ein Mann lag rücklings in dem Dorngesträuch, Oberkörper und Kopf ins Buschwerk eingesunken, die Kleidung komplett schwarz, selbst die Krawatte, nur sein linkes Hosenbein gab über dem Schuh ein weiß bestrumpftes Fußgelenk frei.

Teresa erstickte ihren Schrei mit den Händen, die sie vor ihrem Mund gekreuzt gegen die Lippen gepresst hielt.

Mich packte das Grauen. Ich verspürte einen Ruck in der Brust, mein Herz begann zu rasen. ‚Der schwarze

Teufel!', wollte ich sagen, brachte aber kaum ein Röcheln hervor.

„Ich habe es gewusst!", schluchzte Teresa: „Ich habe es gewusst … Mein Vater hat ihn umgebracht, er hat ihn getötet!"

Ich nahm sie in den Arm, eine reflexhafte, hilflose Geste.

„Mein Papa bringt einen Menschen um, er ist wahnsinnig!"

Ihre Stimme war mehr anklagend als klagend.

„Nein, ist er nicht!", sagte ich beschwörend. „Wenn überhaupt: Horge hat sich verteidigt, es war eine Notwehrsituation! Er hat niemanden umbringen wollen!"

Teresa riss sich los und wurde laut.

„Henning Levgen, warum hast du das nicht verhindert? Du bist davongelaufen und hast deinen Freund einen Mord begehen lassen!"

Ihre Vorwürfe erreichten mich nicht. Mir war übel, mein Puls hämmerte, taumelnd ging ich die wenigen Schritte bis zur Brücke.

Teresa kam hinterher und lehnte ihren Rücken gegen die Innenseite der Brüstung, sank schluchzend in die Hocke.

Wie in Trance verfolgte ich das geschäftige Treiben auf der Straße unter uns, ohne es wirklich wahrzunehmen. Vor einer Baustellenampel bildeten sich immer wieder kleinere Staus.

Teresa fing sich wieder etwas.

„Was machen wir nur?" Nach Momenten quälenden Schweigens setzte sie nach: „Hey Henning! Was sollen wir nur tun? Müssen wir die Polizei rufen?"

Sie hatte sich aufgerichtet und kam dicht an mich heran.

„Polizei?", fragte sie.

Ich atmete tief ein, um etwas Zeit zu gewinnen.

„Ja, geht wohl nicht anders!"

Sie wandte sich ab.

„Und wenn wir nichts machen? – Mein Vater überlebt das nicht!", sagte sie leise. „Die stecken ihn in die geschlossene Psychiatrie ..." Nach einer Pause. „Solange, bis sie ihm den Prozess machen – mit Presse, Indizien, Gutachten, Wichtigtuern und alten Feindschaften, publicitysüchtigen Anwälten und überforderten Richtern – man liest es doch immer wieder! So etwas hält er nicht durch, das würde ihn vernichten!" Sie packte mich am Revers und sah mich fordernd an: „Du musst deinem Freund helfen! Hilf mir, wir müssen das verhindern!" Teresa pochte im Takt ihrer Worte mit ihrer kleinen Faust auf meine Brust. Und wieder: „Papa überlebt das nicht!"

Ich spürte, wie in mir etwas Kraft zurückkam.

„Es kommt darauf an, was vorgefallen ist", begann ich hilflos. „Vielleicht ist der Mann an einem Infarkt gestorben, wir wissen nichts ... Vielleicht ist das alles ganz anders als ... Ich muss gucken, ob er bewaffnet ist. Vielleicht lebt er ja noch."

„Warte!", sagte sie: „Im Wagen habe ich eine Taschenlampe", und war schon auf dem kurzen Wege zu ihrem Auto.

Ich blieb wie versteinert zurück. Doch bevor ich neuen Atem schöpfen und klare Gedanken fassen konnte, hörte ich Teresa bereits wieder zurückhetzen.

„Die habe ich mal von Oma bekommen", sagte sie, als sie zurück war, und gab mir ein olivgrünes eckiges blechernes Teil. „Da glaubten unsere Altvorderen noch an den Endsieg."

Das Ding funktionierte über einen Handdynamo, ein Hebel, den man unter Brummkreisel ähnlichen Geräuschen mit dem Daumen ständig auf und ab bewegte, erzeugte einen schwachen flackernden Lichtstrahl.

Es war inzwischen stockfinster.

Ich machte einen Bogen um die dornigen Büsche, kam nahe an den Kopf des Mannes heran und schwenkte den Lichtkegel der Lampe auf sein Gesicht. Mund und Augen waren weit geöffnet, die Haut bleich. Im Bereich von Nase und Lippen hatten die Schnäbel der Krähen Spuren hinterlassen. Vom Haaransatz in Stirnnähe waren aus einer Wunde Rinnsale von Blut über das Gesicht gelaufen und schwarzbraun angetrocknet. Ich fasste ihm in den Nacken und hob den Kopf etwas an. Sein Schädel war furchtbar zugerichtet.

„Zertrümmert!", entfuhr es mir. Ich erkannte ihn und zugleich schoss mir der Gedanke durch den Kopf, dass auch Horge ihn erkannt haben musste: Es war der Mann aus dem Restaurant, der „mit der Visage", wie Horge sich ausgedrückt hatte. Er war es.

Ein Auge des Toten war nach oben gerichtet, das andere seitlich ausgerichtet. Mir war, als würde der Mann jede meiner Bewegungen verfolgen. Er war etwas jünger als 60, schätzte ich, die dunklen Haare waren im Bereich der Schläfen silbern durchzogen. Immer wieder starrte ich auf das faustgroße Loch in seinem Schädel.

„Sag nichts!", rief mir Teresa resigniert zu. „Er ist tot." Und sie meinte sarkastisch, mein Freund Horge würde eben keine halben Sachen machen.

Wir standen wieder an der Brüstung und schauten herab auf die Straße.

„Wir können ihn doch hier nicht verbuddeln!", sagte ich.

„Warum nicht?"

Teresa schien erleichtert, erste praktische Lösungsvorschläge zu hören, und bot an, Spaten und Schaufel zu organisieren.

„Der Boden ist weich", setzte sie nach.

Ich verwarf den Plan.

Sie ging auf die Zehenspitzen, verschränkte ihre Hände in meinem Nacken und sah mir tief in die Augen. Unsere Nasenspitzen berührten sich.

„Henning, bitte lass dir etwas einfallen! Wir müssen das irgendwie hinbekommen", zitterte ihre Stimme.

Ihre körperliche Nähe war mir in dieser Situation unangenehm, ich löste mich taktvoll aus der Umklammerung.

„Lass uns diesen Ort verlassen und nach Hause gehen", schlug ich vor. „Wir kennen den Mann nicht und haben ihn nicht umgebracht. Was spricht dagegen, einfach abzuhauen?"

„Du stellst dich blöder als du bist! Sie werden mit einer Armada von Spurensuchern kommen, es ist nur eine Frage der Zeit, bis ihre Fährtenhunde meinen Vater stellen."

Unten auf der Straße bildete sich vor der Baustelle erneut ein Rückstau, er reichte bis unter die Brücke. Mir kam eine Idee; anfangs noch unscharf; ich hatte Mühe, den Gedanken festzuhalten.

„Wir könnten den Toten von der Brücke auf ein wartendes Fahrzeug herablassen", begann ich, „auf einen Lastwagen – noch besser, auf den hohen Anhänger eines Lastwagens. Der Brückendurchlass ist etwa vier Meter hoch, der Abstand von der Brüstung zu einem unter uns stehenden Lkw also wenig mehr als ein Meter. Wir agieren oberhalb der Lichtkegel der Straßenlaternen, man wird uns nicht sehen."

Teresa zog die Stirn kraus.

„Das Problem könnte das Stauende sein", nahm sie meinen Gedanken auf. „Der Verkehr nimmt ab. Wird es überhaupt bis an die Brücke heranreichen? Und wie groß ist unsere Chance, dass ausgerechnet ein Lkw unter uns zum Stehen kommt? Dennoch …" Sie schien erleichtert, überlegte und sagte schließlich: „Wir versuchen es!"

„Dazu müssen wir den Mann hierher schaffen."

Wir bahnten uns den Weg durch das Gestrüpp zu dem Toten. Teresa quälte aus ihrer Dynamolampe alles heraus.

„Leuchte ihm nicht ins Gesicht", mahnte ich, „er sieht furchtbar aus."

Der offene Mantel des Toten wurde in ganzer Fläche von dem stacheligen Buschwerk festgehalten, ich konnte die Leiche von dem seidenen Innenfutter herunterziehen; den Mantel ließen wir vorerst zurück. Teresa erkannte im Dunkeln die weißen Socken, packte ihn an den Fußfesseln und hob die Beine des Toten an. Ich hatte meine Arme unter dessen Achseln geschoben und die Hände vor seiner Brust verschränkt. Wir schleppten den Erschlagenen die dreißig Schritte in Richtung Brücke und legten ihn an der geschlossenen Innenfläche der Brüstung ab. Die Leiche sank in die Hocke und fand mit dem Rücken Halt an dem metallenen Geländer, der Kopf kippte vornüber, das Kinn drückte sich in seine Brust.

Außer Atem.

Es dauerte eine Weile, bis wir die Nähe des Toten ertragen konnten und unseren Atem wiederfanden. Er schien mir sonderbarerweise zunehmend einer von uns zu werden, unser stummer Komplize.

Teresa beobachte die Straße, verfolgte jede Ampelphase und wartete auf unsere Chance. Die Lage entwickelte sich unvermittelt günstig. Mehrere Taxen standen vor der

Ampel. Der 19:20 Uhr-Zug aus Altona würde bald einlaufen und die Fahrer strebten in Erwartung einträglicher Touren zum Bahnhof. Nur langsam baute sich die Warteschlange ab, die Gelegenheit zum Handeln kündigte sich an. Das Stauende kam uns mit jeder Ampelphase näher und hatte mit dem kleinen Lieferwagen einer Glaserei annähernd die Höhe unsere Brücke erreicht. Dann endlich! Es schloss sich ein großer Lkw an und befand sich mit der Ladefläche genau unter uns, ein Pole oder Tscheche, meinte ich.

„Henning, jetzt – das ist es!", rief Teresa.

Wir hatten die Handgriffe verabredet, packten den Toten und wuchteten ihn mit dem Rücken zur Straße auf die Brüstung. Ein kurzer Blick: Die Ampel war schon auf Grün gesprungen, die vorderen Fahrzeuge fuhren an, jetzt auch ganz langsam der kleine Glastransporter – und schon bewegte sich der Lastwagen unter uns.

In diesem Moment kippte der Tote mit dem Oberkörper gegen Teresas Gesicht und drohte seitlich wegzurutschen. Sie hielt mit ihrem Kopf dagegen, und ich konnte seine Position mit einem Ruck rasch korrigieren. In der späteren Erinnerung an diese Szene hatte es für mich so ausgesehen, als wolle er sich mit einer kurzen Umarmung von Teresa verabschieden. Sie gab angsterfüllte Laute von sich.

Der Moment, den Leichnam die knappen anderthalb Meter auf das hohe Dach des Lkw hinunterfallen zu lassen, war verpasst. Der Lkw fuhr an.

Zu unserem Entsetzen entglitt uns der Tote und stürzte über die Brüstung.

In banger Erwartung unseres Scheiterns sah ich ihn in meiner Vorstellung knapp hinter dem Laster auf das Straßenpflaster aufschlagen, dann kam unerwartet ein Anhänger des Fahrzeugs unter der Brücke zum Vorschein – er fing die Leiche auf.

Der leblose Körper landete rücklings auf der straff gespannten Plane des Hängers und geriet in den Lichtkegel der Straßenlaterne. Fassungslos sahen wir, wie der Mann sich zu bewegen begann! Er winkelte Arme und Beine an, so als wolle er sich aufrichten, wendete den Kopf und starrte uns an. Seinem linken Fuß fehlte der Schuh. Die schwarze Krawatte flatterte im Fahrtwind.

Teresa sah den Toten erstmals bei vollem Licht. Sie erstickte ihren Schrei in der vor den Mund gepressten Armbeuge.

„Er lebt", flüsterte sie, „er lebt!"

Ihr Gesicht zeigte den Ausdruck ungläubiger Panik.

Ich stand für Sekunden unter Schock, spürte nicht, wie sich ihre Fingernägel in meinen Unterarm gruben.

Dann kam mir die Erklärung für die plötzliche Mobilität der Leiche: Unter der Plane des Hängers müssen sich instabile Ladungsteile befunden haben! Sie waren unter der Last des Leichnams seitwärts und abwärts in Bewegung geraten, hatten auf dessen Körper eingewirkt und die Bewegungen ausgelöst. Ich spürte den Schuh des Toten unter meiner rechten Achsel. In angstvoller Verkrampfung hatte ich ihn beim Sturz der Leiche abgestreift.

Der Lkw mit unserem Toten entfernte sich langsam, nahm die Abzweigung in Richtung Autobahnzufahrt und verschwand aus unserem Blickfeld. Niemand schien uns bemerkt zu haben.

Wir entspannten uns, atmeten auf.

Teresa erwachte als Erste aus diesem Albtraum, sie nahm mir den Schuh ab, einen gepflegten klassischen Budapester mit traditionellem Lochmuster im Oberleder.

Mir war übel.

Der Nachthimmel öffnete sich, ein halber Mond schickte sein fahles Licht durch den Dunst der Wolkenschleier. In den nahegelegenen Häusern waren nur wenige Fenster erleuchtet. Aus einem der angrenzenden Wohngebäude kamen Stimmen, unaufgeregt, wie ich beruhigt wahrnahm, und aus einem der dunklen Hinterhöfe drangen die Klagelaute einer rolligen Katze. Wir sprachen nicht und verharrten noch einige Minuten.

Erst jetzt bemerkte ich den dunklen Blazer des Toten: Er lag neben Teresa am Boden, sie hatte ihn sichergestellt. Mir fiel der Mantel ein! Ich lief zum Fundort und entriss ihn den stacheligen Büschen. Dann gingen wir zurück zum Auto, warfen den Metallkoffer und die Sachen des Toten auf die hintere Sitzbank.

Die Fahrt durch die Straßen der Stadt kam uns vor wie die Flucht vor dem Eingeständnis unserer Tat.

‚Wie unsinnig, es muss schiefgehen!', dachte ich.

Ich fühlte einen Brechreiz und in meinem Kopf hämmerte das Blut. Aber mit jedem Meter, den wir uns vom Bahndamm entfernten, ließ die Anspannung nach.

Teresa begann zu weinen, sie schnaubte in ein Taschentuch und fragte mich, wohin wir fahren.

„Ist doch egal", sagte ich.

„Ja, ist egal."

Irgendwann, es war am Ostufer des Hafens, hielt ich in einer Haltebucht und stellte den Motor ab. Die defekte Leuchtreklame der nahen Spielhölle schickte unregelmäßige Blitze ins Innere des Autos.

Wir schwiegen.

Teresa sah mich mit ihren verheulten Augen an. Sie nahm meine Hand und küsste mich auf die Wange.

„Ich habe seine Sachen nochmals durchsucht", sagte sie. „Es kann doch nicht sein, dass er nichts bei sich hatte, keine Geldbörse, kein Ausweis, Schlüssel oder sonst irgendwas. Dieses ist verdammt noch mal das Einzige."

Sie hielt mir ein etwa postkartengroßes Schwarz-Weiß-Foto vor die Nase, in der Mitte gefaltet. Es zeigte einen Jungen und ein Mädchen vor einer kalkweißen Hauswand, beide mit einer Schultüte im Arm. *„Heide und ich"* stand ungelenk von Kinderhand geschrieben in großen roten Buchstaben im weißen Hintergrund des Fotos.

„Sonst nichts, komisch."

Das Foto legte ich ins Handschuhfach, fuhr los und hielt in der Wilhelmstraße an einem Textilcontainer. Teresa warf Mantel, Sakko und den Schuh des Toten hinein.

„Wo ist der Koffer?", rief sie aufgeregt.

„Unter meinem Sitz!"

Ein Betrunkener näherte sich dem Auto, schwenkte eine Weinflasche und machte Anstalten, uns Gesellschaft leisten zu wollen.

„Aber ich will noch nicht nach Haus!" protestierte Teresa, als ich den Wagen startete.

Einige hundert Meter weiter fanden wir Zuflucht in einer Parklücke unweit der St. Johanniskirche. Das mittelalterlich anmutende Viertel war zu dieser Stunde menschenleer. Hinter einigen Fenstern flackerten die nervösen Lichter der Fernsehgeräte. Teresa hebelte die Scheibe herunter.

„Volksbad", murmelte sie.

„Wie bitte?"

„Reinster Jugendstil, eine tolle Fassade."

Ich beugte mich vor und sah das alte Volksbad von 1905 vor mir. Friedrich und ich hatten es früher oft genutzt. In der Zeit unserer Kindheit waren Badezimmer in den Wohnungen die große Ausnahme. Toiletten befanden sich auf halber Treppe oder gar in Schuppen auf dem Hinterhof. Die Kinder badeten einmal in der Woche in den Waschküchen, die sich im Keller der Häuser befanden. Dazu wurde der eingemauerte Kessel mit Holzscheiten oder Briketts angeheizt und das heiße Wasser in eine Zinkwanne gegossen. Deshalb leisteten sich mein Bruder Friedrich und ich ab und an den Komfort eines öffentlichen Bades. In der Stadt gab es mehrere sogenannte Volksbäder. Wir reichten der Kassiererin ein Markstück, warteten, bis ein Baderaum hergerichtet war, und bekamen den Schlüssel mit der Kabinennummer. Der Saal mit den Männerbädern fasste etwa zwei Dutzend Kabinen. Die Innenwände der einzelnen Bäder begannen 30 cm über dem Boden und reichten gerade so hoch, dass man nicht darüber hinweg schauen konnte. In dem deckenhoch gefliesten Saal dampfte es aus allen Kabinen. Das geschäftige Treiben war von einer unangenehm hallende Akustik begleitet.

„Wie eine Wildschweinrotte", hatte Friedrich einmal gesagt und damit die Geräusche der wohlig grunzenden badenden Männer beschrieben.

Zwei Frauen erledigten den Service, sie reinigten die Zinkwannen, wischten die Böden und reichten frische Badetücher. Eine von ihnen war sie: Die etwa zwanzigjährige Hanna Schönfelder. Die Tochter unserer Hausschneiderin war erst vor wenigen Jahren mit den Eltern von Berlin nach Flensburg gekommen. Hanna hatte einen Passepartout-Schlüssel und konnte jederzeit auch in die von innen verriegelten Kabinen hinein.

Ich war gerade aus der dampfenden Wanne gestiegen, als sie plötzlich vor mir stand. Hanna schaute mit spöttischem Lächeln an mir herunter.

„Ach, der is' ja niedlich!"

Ich widersprach, so gut ich konnte: „Kommt immer darauf an!", sagte ich trotzig.

Sie ging nicht darauf ein und kam zur Sache.

„Ick glob, ick hab hier mein Ohrstecker verlohrn – haste wat jesehn, Hennig Levgen?" Sie suchte eine Weile und hielt plötzlich inne. Hanna knöpfte ihren grauen Kittel auf, und die ganze Farbenpracht ihres knallbunten geblümten Kleides wurde sichtbar. Das großzügig ausgeschnittene Dekolleté war prall gefüllt, ich hätte nicht vermutet, dass dort noch eine Hand hineinpassen würde. Hanna griff sich beherzt in den Ausschnitt, grub und fingerte mal links, mal rechts, quiekte kurz und zog mit spitzen Fingern den gesuchten Ohrstecker heraus. Sie kam wortlos näher, gab mir das Schmuckstück und hielt mir ihr Ohr hin.

„Kannste mal?"

Ihr Ansinnen brachte mich in Bedrängnis, brauchte ich doch inzwischen beide Hände, meine Blöße zu bedecken, und stand da wie ein Fußballer in der Abwehrmauer, nur leider ohne Trikot.

„Geht jetzt grad' nicht!", versuchte ich abzuwehren.

„Mach hinne, Henning, globste, ick hab' noch keen nackten Mann jesehn?"

„Guck mir ins Gesicht!", forderte ich und nestelte an ihrem Ohrläppchen.

Hanna war unfair und schaute mir schamlos aufs Genital.

„Na siehste – jeht doch. Kommt eben wirklich druff an", sagte sie, ging zur Tür, drehte sich zu mir um und lachte. „Det nehm ick als Kompliment. Tschüss Henning, grüß deinen hübschen Bruder von mir, und nix für unjut."

Als ich in den Vorraum des Volksbades zurückkam, sah ich Friedrich vor einem Automaten hocken. Er ließ sich für zwei Groschen Warmluft gegen die nasse Frisur pusten und massierte sich danach eine halbe Tube Frisiercreme der Marke Brisk ins Haar. Legte mit dem Kamm letzte Hand an und formte sich einen Schwalbenschwanz an den Hinterkopf.

„Du wirkst so absent", sagte Friedrich affig. „Ist was gewesen?"

„Nö, was soll passiert sein? Hanna lässt dich grüßen."

Teresa riss mich aus meinen Erinnerungen.

„Auf zwei Beinen stehe, oben sei ein Kopf, eile nun und gehe mit dem Wassertopf", und wir zusammen dann unisono: „Walle, walle manche Strecke, dass zum Zwecke Wasser fließe, und mit reichem vollen Schwalle zu dem Bade sich ergieße."

„Schiller!?"

„Nein, der andere von beiden – siebte oder achte Klasse."

Teresas Lächeln gefror. Sie klappte den Spiegel herunter, trocknete ihre Tränen mit meinem neuen Carcleaner-Tuch und schnaubte hinein. Mein Missfallen bereitete ihr Vergnügen. Sie neigte sich zu mir.

„Schade, dass du schon ein alter Knochen bist." In ihren Augen funkelte Übermut.

„Abstand!", mahnte ich.

Es muss wie ein Flehen geklungen haben. Teresa rückte weiter heran, schaute mir auf den Mund, neigte den Kopf und öffnete unmerklich die Lippen. Ich fühlte mich bedroht, eine falsche Bewegung und ich wäre verloren.

„Feigling", sagte Teresa, warf sich zurück in ihren Sitz und grollte: „Alter Spießer, fahr jetzt, ich will zu Papa."

Während der Fahrt griff sie mir ins Gesicht, kniff mir an die Nase oder zog feixend an meiner Wange.

„Hör endlich auf damit", flehte ich, „was habe ich dir getan?"

Sie war einen Augenblick still und sagte dann leise: „Nichts!"

Horge wachte auf, als wir seine kleine Wohnung betraten. Teresa beugte sich zu ihm hinunter und tätschelte seine Wange.

„Na, mein Papa, geht es dir etwas besser?"

Er war nur körperlich anwesend, schwieg. Uns war recht, dass er nichts hinterfragte – nicht unser langes Fortbleiben oder den Verbleib des Koffers. Er blickte mit geweiteten Pupillen teilnahmslos in eine leere Ecke des Zimmers, den Mund leicht geöffnet, die Lippen blutleer.

In dieser Nacht tat ich kein Auge zu. Die Ereignisse am Bahndamm und die Suche nach einer Rechtfertigung für unser Handeln beherrschten mein Denken.

Horge hatte dem unbekannten Angreifer den Schädel zertrümmert? Welch ein Exzess! „Einen Notwehr-Exzess" hatte es Lehrer Golke damals, nach der Sache mit Willem, genannt und behauptet, Horge sei von Dämonen besessen. Aber womit hatte er es getan? Mit einem Stein? Ja, nichts anderes war denkbar: Horge war in Bedrängnis geraten, hatte einen Stein genommen und seinen Widersacher erschlagen. Das Detail ließ mir keine Ruhe.

Am frühen Morgen ging ich zum Bahndamm, suchte nach Antworten auf meine Fragen und nach einem Stein, einen von ausreichendem Gewicht bei noch handlicher Größe. Endlich helles Tageslicht. Alles sah ernüchternd unspektakulär aus, fast beschaulich. Ich hatte den in Betracht kommenden Abschnitt des Bahngeländes in gedachte Planquadrate eingeteilt und suchte ihn minutiös nach Gegenständen ab, die geeignet erschienen, einen Schädel zu zertrümmern. Ich fand nur Unrat: den abgebrochenen Stil eines Spatens, einen nassen Filzhut, eine entsorgte Kaffeemaschine sowie mehrere Spritzen und Kanülen.

# Fahrstuhl ins Nichts

Die Wachphasen der kommenden Nacht füllten sich mit Erinnerungen, sie waren inspiriert von dem Wiedersehen mit den Kumpanen aus der Kindheit. Ich dachte an die Lastwagenkolonnen, die sich in jenen Zeiten durch die engen Straßen der Stadt zwängten, am Hafen entlang und schließlich durch unseren südlichen Ortsteil. Die Steigung der Schleswiger Straße forderte den weiß-roten Nachkriegskolossen aus den dänischen Nordseehäfen das Äußerste ab. Das Dröhnen ihrer Dieselmotoren ließ die Fensterscheiben in den Wohnungen erzittern, schwarze Auspuffwolken trafen die Häuserfronten. In den Sommern schwitzten die triefenden, mit Heringen und Kühl-Eis beladenen Konvois ihr Tauwasser auf das Granitpflaster der Straßen. Die antrocknende Fischlake bildete in den Rinnsteinen eine silbrig schillernde, tranige Spur. Sie markierte die Route durch die Altstadt, bis sie irgendwann ein kräftiger Regen in die Gullys schwemmte.

Horge und ich machten am Beginn der Steigung die langsamsten unter den Lkw aus, sprangen aufs Fahrrad und dockten am hinteren Teil eines Anhängers an. Wie träge Schildkröten arbeiteten sich die dröhnenden Kolosse die 200 Meter Steigung hinauf, ihre Auspuffwolken zogen sie wie einen Trauerflor hinter sich her. Auf der Höhe der Bahnhofsbrücke klinkten wir uns aus und genossen die rasante Fahrt bis hinunter zum Neumarkt.

Als einmal eines der mit Fässern und Bierkästen beladenen Pferdefuhrwerke von der nahen Brauerei unsere

Talfahrt kreuzte, brachte der Kutscher seine Kaltblüter mit einem Aufschrei zum Stehen; wir konnten ausweichen und entkamen dem Unglück. Die stämmigen Männer mit den Lederschürzen und Kapitänsmützen galten als kauzig, aber gutmütig; mit Peitschenknallen und wütenden Flüchen nötigten sie ihre Kaltblüter die Steigungen hinauf. Die dampfenden Hinterlassenschaften der Pferde wurden von den Anwohnern alsbald weggeräumt und landeten früher oder später in den Erdbeerbeeten der Schrebergärten an den Peripherien der Stadt.

Ich erwachte im Morgengrauen. Mit Zeter und Mordio hatten die Vögel im Garten die Ankunft des Marders angekündigt, seine Rückkehr von der blutigen Jagd. Eine Minute später hörte ich von der Zimmerdecke über mir das gewohnt dezente Tapsen seiner samtweichen Pfoten. Der Marder war unser Geist, nie hatten wir ihn zu Gesicht bekommen.

Noch vor dem Aufstehen stand mein Entschluss fest, unverrückbar und ohne den Hauch eines Zweifels an seiner Richtigkeit.

Gleich nach dem Frühstück machte ich mich daran, die Telefonnummer des Journalisten Bruno Brammers zu ermitteln, Brammers, von dem mir Horge so hoch lobend erzählt hatte.

Es war nicht einfach, den prominenten Verlagsleiter ans Telefon zu bekommen. Ich wurde hin und her verbunden, die Prozedur erinnerte mich an Karl Valentins Nummer mit dem *Buchbinder Wanninger*. Noch bevor ich entnervt aufgab, passierte es:

„Brammers – Hallo!"

Ich hatte Mühe, ihn von der Qualität unserer Informationen zu überzeugen. Brammers unterbrach mich ständig, ließ durchblicken, dass er seine Zeit nicht gestohlen habe und ich bitte zur Sache kommen solle.

„Ja, ich hatte einen Termin mit Ihrem Freund Hinnerks", schimpfte er, „den hat der Herr platzen lassen."

Ich versuchte Erklärungen. Brammers wurde etwas zugänglicher, seine Stimmung kippte, ich spürte förmlich, wie er Witterung aufnahm. Gönnerhaft ließ er mir dann die Zeit, ihm meine Geschichte zu erzählen.

„Sind Sie noch dran?", fragte ich unsicher.

„Aber sicher, mein Lieber – reden Sie!" Mit angenehm säuselnder Stimme versuchte er eine Wiedergutmachung seiner vorangegangenen Barschheit. „Das klingt äußerst interessant. Ich schlage vor, dass Sie gleich morgen zu mir ins Büro kommen", meinte er wohlwollend.

„Entschuldigen Sie, Herr Brammers, ich kommen heute oder gar nicht", antwortete ich trotzig und erreichte damit den Durchbruch.

„In Gottes Namen, kommen Sie sofort!", fuhr es aus ihm heraus. „Sie haben Recht, Herr Levgen, kommen Sie sofort! Wie lange brauchen Sie hierher?"

„Mindestens zwei Stunden."

„Gut. Ich bin sehr gespannt. Seien Sie vorsichtig!"


Wenig später fuhr ich auf die A7 in Richtung Hamburg, hielt an, sicherte wie ein scheues Reh und schlug Haken. Die Ereignisse der vergangenen Tage hatten mich gelehrt, jederzeit mit allem zu rechnen. Die Vorstellung, es würde mir gelingen, die Papiere unbehelligt ins Verlagshaus zu bringen, schien mir unrealistisch, ja geradezu abwegig zu sein. Und doch: Meine Fahrt zum Verlagshaus blieb ereignislos.

Der Parkplatz vor dem gläsernen Medienpalast war besetzt, nur bei einem der für die Direktion reservierten

Stellplätze gähnte eine Lücke für ein wuchtiges Modell der Luxusklasse. Ich nahm den Aktenkoffer und betrat das Gebäude. Eine mollige Empfangsdame ging so entschlossen auf mich zu, dass ich vermutete, sie wolle mir ein Bein stellen.

„Guten Morgen, kann ich Ihnen behilflich sein?"

Am Revers der resoluten Wuchtbrumme baumelte ein Hundemarken ähnliches ovales Namensschild. Ich fasste mich kurz.

„Guten Morgen, Frau Carsten, mein Name ist Levgen, ich bin mit Herrn Brammers verabredet."

„Einen Augenblick bitte." Sie telefonierte kurz und sagte: „Vierzehnter Stock bitte, die Fahrstühle sind gleich um die Ecke. Der Chef erwartet Sie."

Es gab zwei Aufzüge, an einem hing ein Schild mit der Aufschrift *Außer Betrieb*. Ich betrat die leere, mit glänzendem Stahlblech ausgekleidete, geräumige Fahrstuhlkabine und drückte die Taste 14.

‚Geschafft! Jetzt kann nichts mehr passieren.'

Im zweiten Stock stieg ein schmächtiger Mann in kakifarbenem Anzug hinzu. Seine Physiognomie erinnerte mich an den Reichspropagandaminister. Der Aufzug setzte sich geräuschlos in Bewegung. Der Schmalschultrige summte und betrachtet meinem silbernen Koffer, wie ich glaubte, mit gespieltem Interesse.

Im vierten oder fünften Stockwerk hielt der Fahrstuhl erneut, ein bulliger Typ mit rotem Gesicht und zu engem Kragen stieg hinzu; ein Schwellkörper, der sich breitbeinig in die Mitte der Kabine stellte, mich fixierte, die Arme vor der Brust verschränkte.

Goebbels atonales Summen wurde impertinenter.

Die beiden reckten die Hälse und verfolgten die gelb leuchtende Stockwerkanzeige über dem Kabinenaustritt.

In mir wuchs ein Unbehagen und ich nahm mir vor, beim nächsten Halt hinauszugehen, und für den Rest die Treppe zu nehmen.

Die Türen öffneten sich, ein etwa 40-jähriger Athlet in Overall und schwarzen Turnschuhen stürmte auf mich zu, alle drei packten mich und zwangen mich nieder. Einer fixierte meine Arme auf dem Rücken. Mein Stöhnen steigerte sich zu einem Brüllen. Die Männer pressten mein Gesicht auf den Boden der Kabine, meine Unterlippe schwoll an, der Geschmack von Blut mischte sich mit den Ausdünstungen des Gummis. Das Gewicht der Angreifer ruhte auf meinen Halswirbeln, ich fürchtete, sie würden mir das Genick brechen. Plötzlich verspürte ich einen Stich im Oberarm.

‚Eine Injektionsnadel!', dachte ich, sah gerade noch, wie sich die Türen der leeren Kabine schlossen, und verlor das Bewusstsein.


„Oh Gott!"

Der Ausruf einer Frau öffnete den samtenen Vorhang vor meinen Augen. In einer Ecke des leeren Fahrstuhls kauernd, blinzelte ich durch die offenen Türen in das grelle Licht des Flures, sah türkisfarbene Stöckelschuhe und das dazu gehörende makellose Beinpaar. Ich wollte den Blick heben, um die ganze Erscheinung zu erfassen – ein testosterongesteuerter Reflex, der in meiner jämmerlichen Lage keinen Sinn ergab. Mein Kopf fiel auf den grauen, genoppten Gummiboden der Kabine zurück und meine Wahrnehmungen erloschen wie das Licht in einem Filmtheater vor Beginn der Vorführung.


Im obersten, 14. Stockwerk hatte man mich auf ein komfortables Ledersofa gebettet. Um mich herum stand eine

Handvoll Medienleute, salopp gekleidet oder seriös beschlipst. Ich konnte das Konzert der vielen Stimmen nicht entwirren, geschweige denn verstehen. Eine fürsorgliche Fee reichte mir ein Glas Wasser und schob mir eine Kapsel in den Mund.

„Das wird Sie auf die Beine bringen."

Dann wollte sie wissen, ob ich was am Herzen hätte, sagte, sie sei Betriebsärztin und ob mir so etwas schon einmal passiert sei.

Ich musste lange nachdenken, jeder der Umstehenden hörte aus meiner gelallten Antwort etwas anderes heraus.

Ein jüngerer Mann sagte leise: „Ulla, hol mal 'ne Schüssel, der kotzt uns hier alles voll!"

„Selbst ist der Mann", wehrte die Angesprochene ab.

Eine Tür wurde aufgerissen, ich erkannte die Bassstimme Bruno Brammers.

„Was ist denn hier los?", und ohne die Antwort abzuwarten: „Wo bleibt denn dieser Levgen, der müsste doch längst hier sein."

Their Masters Voice ließ alle verstummen.

„Sind Sie Herr Levgen?", fragte mich einer der Umstehenden raunend.

„Chef, der liegt hier ... hat ein Problem – einen Herzkasper oder so was."

Ich versuchte mich aufzurichten, fiel aber zurück ins Sofa.

„Man hat mich überfallen!"

Ich verstand mein eigenes Gestammel nicht und wiederholte den Satz mehrmals.

Die Gruppe um mich wurde still. Keiner schien so recht an meine Version zu glauben.

„Hier? Bei uns im Haus?", fragte Brammers ungläubig.

„Im Aufzug, ja, im Aufzug – die Unterlagen sind weg!"

„Meine Güte, Levgen, was sagen Sie da?!", und an einen seiner Mitarbeiter gewandt: „Werner, frag mal unten bei der Carsten nach, ob er einen Koffer oder so was dabei hatte, als er ins Haus kam!"

Die Taktlosigkeit seiner Worte wurde ihm bewusst.

„Entschuldigen Sie, Herr Levgen, aber ich muss sicher sein. Der Vorgang ist einfach ungeheuerlich."

Alle schwiegen und beobachteten Werner, der mit der molligen Concierge telefonierte.

„Ja!", sagte er, „sie dachte, er sei Fotograf. Er hatte einen Handkoffer mit, so einen silbernen."

Brammers explodierte.

„So eine Scheiße! Wo leben wir eigentlich? Was ist das für ein Staat?!" Und nach einer Weile: „Dieser Sauhaufen da unten am Empfang, was machen die eigentlich für ihr Geld? Die schaffen es nicht einmal, uns solche Verbrecher vom Hals zu halten?"

Inzwischen saß ich aufrecht auf dem büffelledernen Designersofa. Irgendjemand fragte, ob er die Polizei rufen solle.

Der Chef reagierte ungehalten. „Ich weiß nicht ... Das müssen wir Levgen fragen."

„Ich bin nicht daran interessiert. Es würde auch nichts bringen", sagte ich und stellte mir die vielen Fragen vor, die man uns stellen würde.

Brammers schien erleichtert: „So, Kinners, zurück an die Arbeit – da ist uns gerade ein dicker Fisch vom Haken gesprungen, sage ich euch. Davon hätten wir ein Jahr lang zehren können!"

Die ratlosen Mitarbeiten konnten mit der Bemerkung nichts anfangen.

„Jetzt müsst ihr euch selbst etwas einfallen lassen", legte er nach. „Gerti, kümmer' dich um Herrn Levgen, und wenn's ihm besser geht – bitte noch mal zu mir!", sprach's und verschwand fluchend hinter seiner gepolsterten Bürotür.

Zwei Stunden später zeigte mir Brammers einige Videos aus den Überwachungskameras des Eingangsbereichs.

„Wenn wir auch nur einen der Banditen identifizieren können, sollten wir die Kripo einzuschalten", schlug er vor.

Die Mühe war vergebens, keine der gezeigten Personen konnte ich zuordnen. Brammers begleitete mich hinunter.

Nach einer Stunde, die ich in einem Café verbrachte, trat ich den Heimweg an.

Noch an diesem Nachmittag besuchte mich Teresa. Sie reklamierte die Unordnung in meinem Hause und kündigte an, bei Gelegenheit beim Aufräumen zu helfen. Ich widersprach nicht, brühte einen Kaffee und suchte in den Küchenschränken nach vergessenen Keksen.

„Hattest du Damenbesuch?", scherzte sie, als ich den Kaffee brachte. Sie spielte auf meine geschwollene Unterlippe an.

Ich erzählte ihr von dem Überfall im Verlagshaus.

Teresa tat eine Weile bekümmert, konnte dann aber ihre Freude nicht länger verbergen – die Tatsache, dass wir die Dossiers los waren, erleichterte sie.

„Ich bin froh!" sagte sie, und unterstrich es mit einem langen Seufzer.

Horges Zustand hatte sich gebessert. Er war geerdeter, in seinen guten Stunden an den Vormittagen telefonierte er mit seinen Kunden, „um am Ball zu bleiben", wie er sagte. Über das Geschehen am Bahndamm und den Verbleib der geheimen Akten verlor er mir gegenüber keine Silbe.

Bruno Brammers hatte die Attacke im Fahrstuhl in einem seiner Magazine veröffentlicht, in unangemessen dezenter Aufmachung, aber ohne Namensnennungen.

Tante Mieke verbrachte einige Tage Liebesromane lesend in ihrem Ohrensessel.

„Es wird kaum besser", klagte sie und meinte die Schmerzen in der Hüfte, dabei hob sie den Rock und zeigte Mitleid heischend ihre bunt schillernden Hämatome am Oberschenkel. Bei Windbeuteln und schwarzem Tee erzählte sie aus ihrer Jugendzeit.

Ich hing meinen Gedanken nach und hörte erst wieder hin, als der Name „Dellenbach" fiel. Mieke war mit Lydias Mutter befreundet gewesen. Sie hatte sie für eine Weile bei sich aufgenommen, nachdem sie Tage nach ihrer Affäre mit einem Schupo aus ihrer Wohnung raus musste. Kriegswitwen wurden damals von verheirateten Frauen auf Abstand gehalten, zu groß war in jenen Jahren der Männerunterschuss und die Furcht vor Nebenbuhlerinnen. Frau Dellenbach jedoch hatte hübsche Beine und konnte im Sinne des Wortes einen Zipfel des ersehnten Liebesglücks erhaschen. Der Auserwählte, ein verheirateter Polizist, musste die Liaison nach einigen Monaten beenden. Die Ehefrau war dem Liebespaar nach dem entscheidenden Hinweis einer moralisch empörten Nachbarin auf die Schliche gekommen: Die berüchtigte Karla Girke von Nummer 14 hatte sich auf ihre Beobachtungen hin den richtigen Reim gemacht.

Mieke sagte später, auch Lydia habe kein Händchen für Männer.

Ich warf einen demonstrativen Blick auf die alte Pendeluhr.

„Oh, schon so spät."

173

Ich umarmte Mieke und verließ das Haus. Es goss Bindfäden, die Lichter der Laternen spiegelten sich in dem regennassen Granitpflaster der Straße. Wie immer in diesen Tagen warf ich einen bangen Blick auf die Reihen der parkenden Autos in der Husumer Straße. Der MG war nicht zu sehen.

# Wer war der Tote?

Nach dem Abendessen fand ich einen der Zigarillos, vor denen mich Ruth hatte bewahren wollen und die sie deshalb an immer neuen Plätzen vor mir versteckt hielt. Beim Durchblättern der Tageszeitung blieb ich bei den Traueranzeigen hängen, wohl weil mir ein flüchtiger Gedanke wieder in den Sinn gekommen war: Der unbekannte Tote an jenem Tage könnte an einer Trauerveranstaltung teil genommen haben. Es war nur eine vage Vermutung, eher noch eine Ahnung, aber seine konsequent finstere Bekleidung und der schwarze Binder, der nur als Requisit für eine Beerdigung taugte ...

Ich sortierte die älteren Ausgaben der regionalen Tageszeitung und suchte nach Inseraten, in denen der Beisetzungstermin für den 4. Oktober avisiert war – dem Tage des Dramas am Bahndamm. Ich machte mir Mut, hoffte, über die Namen von Hinterbliebenen auf eine Spur zu treffen.

Es hatte drei Bestattungen gegeben, die Namen der Verstorbenen sagten mir nichts: Dr. Wemmeling, Heidelinde Wallert und Hinrich Benjamin. Schnell war ich die Reihen der Angehörigen durchgegangen – nichts, keine Besonderheiten, kein Hinweis.

An diesem Abend fiel mir das Einschlafen schwer. Immer wieder musste ich an die Todesanzeigen denken. Die Namen der Angehörigen hatten in mir ein sonderbar dissonantes Gefühl ausgelöst, eine Irritation, ein Missbehagen, das mir suggerierte, ich hätte etwas übersehen oder falsch bewertet.

Im Traum sah ich offene Gräber, Heerscharen von Trauernden und dutzende Kondolenzbücher, auf deren Seiten ich nur meinen Namen lesen konnte. Neben mir in der vordersten Reihe der Friedhofskapelle sitzt wie selbstverständlich Willem – unser Kumpan Willem, der Lügenbaron, der in jedem Schuppen, in jeder Lagerhalle unseres Viertels schon Beute gemacht hat. Er stößt mich an, will mir etwas zeigen und zieht ein großes, eng gewickeltes Knäul glänzenden Kupferdrahts unter der Sitzbank hervor.

„Mensch, Willem – woher?", frage ich.

„Gefunden – das bringt pro Kilo 12 Mark!", sagt er.

Aus seiner schwarzen Anzughose guckt ein nackter Fuß heraus. Willem grinst und zupft an meinem Pyjama. Erst jetzt wird mir bewusst, dass ich im Schlafanzug an der Trauerfeier teilnehme, es ist der flauschige, beigefarbene mit dem hellblauen Streifen, den mir Ruth vor Jahren für den Schwedenurlaub gekauft hatte. – Mir schießt die Schamröte ins Gesicht – wie peinlich! Ich wundere mich, dass niemandem meine unpassende Bekleidung auffällt.

„Wer liegt in dem Sarg?", frage ich flüsternd.

„Horge", erwidert Willem – und blinzelt mich grinsend an.

‚Jetzt hat er wieder gelogen', denke ich, ‚er hat geblinzelt!' Ich drehe mich um, will sehen, ob Horges Mutter Mieke unter den Trauernden ist. Nein, zum Glück nicht. Sechs Männer in weiten schwarzen Gewändern, mit bleichen, schaurig grinsenden Masken tragen den eichenen Sarg durch den Mittelgang der Kapelle. Die Angehörigen der vorderen Reihen schließen sich an. Der Trauerzug wächst. Willem und ich reihen uns ein und schreiten mit gesenktem Kopf dem Ausgang entgegen. Keiner nimmt Anstoß an meinem Schlafanzug. Der Organist spielt „Ich hat' einen Kameraden ...". Eine Menschenmenge erwartet die Trauergemeinde vor der Kapelle, frenetischer Applaus. Plötzlich wird es still. Ein Mann trägt ein kleines Kind auf seiner Schulter, es hält sich mit der Linken an der Stirn des Vaters fest, seine andere Hand zeigt auf mich und es ruft: „Da – da – da!" Die Blicke aller richten sich auf mich.

Sofort war ich hellwach. Der absurde Traum hatte die verschwommenen Erinnerungen der Vergangenheit geschärft. Ich war dem jungen, vielleicht 14-jährigen Willem begegnet, hatte in seinem Gesicht gelesen, seine für ihn so typischen Gesten erkannt und seine Stimme gehört. Ich warf mir einen Morgenmantel über und setzte mich an den Schreibtisch. Unter dem grellen Licht der Leselampe betrachtete ich noch einmal das Foto aus der Westentasche des Toten: die zwei Kinder mit ihren großen Schultüten im Arm, das Mädchen in die Kamera lachend, den unglücklich dreinblickenden Jungen und die in kindlichen Krakeln in den weißen Hintergrund geschriebene Zeile – *Heide und ich* –, gerade noch lesbar. Ich suchte in dem Gesicht des etwa Siebenjährigen nach Ähnlichkeiten und Übereinstimmungen mit dem Willem, der mir in dieser Nacht im Traume begegnet war.

Niemals danach habe ich mir schlüssig erklären können, warum ich in diesem Moment in dem kleinen Jungen Willem vermutet hatte.

„Es könnte sein", hörte ich mich sagen, „verdammt, der kleine Junge könnte Willem gewesen sein."

Es war noch vor Mitternacht, ich setzte meinen angerauchten Zigarillo in Brand und nahm noch einmal die Zeitungen zur Hand.

*Nach langer schwerer Krankheit verstarb Heidelinde Wallert – in Dankbarkeit und Liebe nehmen wir Abschied von unserer lieben Mutter, Großmutter, Tante, Schwester und Cousine. Du wirst immer einen Platz in unseren Herzen behalten.*

Und unter den zahlreichen Trauernden lese ich immer wieder in unterster Zeile: *Bernhard und Willi. Die Trauerfeier findet am 4. Oktober um 15 Uhr in der Kapelle zum Friedenshügel statt.*

Der 4. Oktober war der Tag des Überfalls am Bahndamm. So what?

Mein Blick fiel noch einmal auf den fett gedruckten Namen der Verblichenen. *Heidelinde Wallert!* ... Und dann sprang der Funke!

„Du Schwachkopf!", brach es aus mir heraus. ‚Die verstorbene Heidelinde könnte *Heide* sein, die kleine Heide mit der zu großen Schultüte. Und Willem? – Ja, sie könnten ihn „Willi" genannt haben, Heide und die anderen aus der Familie. War Willem einer der trauernden Angehörigen, vermutlich ein Cousin der Verstorbenen? Aber das hieß dann auch ...' „Mein Gott! Er ist der Tote vom Bahndamm. Horge hat Willem umgebracht! Ja, im Affekt oder in Notwehr."

Die Erkenntnis traf mich wie ein Schlag. Alles passte zusammen. Aber was wollte Willem am Bahndamm, warum war er uns auf die Schienen gefolgt? Hatte er es auf die Dokumente abgesehen?

In mir kamen Zweifel auf, ich stellte meinen Verdacht infrage. Vielleicht hatte ich mir die Übereinstimmungen der Gesichter nur eingeredet. Das des Knaben mit der Schultüte, das Gesicht des Toten auf dem Gleis, das Bild, das mir von ihm aus der Kindheit in Erinnerung geblieben war und mir der Traum so beklemmend realistisch zurückgeholt hatte? Ich erinnerte mich an die Bildergalerie unseres Mathematiklehrers Brägen. Beim alten Hansen hatte ich das Mannschaftsfoto unserer Fußball-Schulauswahl gesehen. Willem war mir nicht aufgefallen, ich hatte auch nicht nach ihm gesucht. Als bester Linksaußen müsste er dabei gewesen sein.

Es war kurz nach 22 Uhr, als ich anrief.

„Margarete Hansen."

„Guten Abend, Frau Hansen, entschuldigen Sie die späte Störung!"

Ich bat sie, das Foto der Schulmannschaft bei ihr fotografieren zu dürfen.

„Ja, sicher", sagte sie. „Sie können das Foto bei Gelegenheit mitnehmen, ich räume gerade alles aus – mein Vater ist verstorben."

In meinem Eifer vergaß ich zu kondolieren und setzte nach: „Kann ich jetzt gleich kommen?"

Margarete Hansen wirkte konsterniert, es entstand eine peinliche Pause.

„Ja, dann kommen Sie, wenn es so dringlich ist!"

Wenig später stand ich vor dem Monokelhaus. Margarete Hansen war gefasst. Ich sprach ihr mein Beileid aus. Sie erzählte von ihrem Vater, dass er eine entbehrungsreiche Kindheit gehabt habe, und von seiner Hingabe und Begeisterung für den Lehrerberuf. Beim Abschied sagte sie, es habe ihr gut getan, mit einem seiner Schüler gesprochen zu haben. Das Foto nahm sie aus dem Rahmen und gab es mir.

„Behalten sie es als Erinnerung. Auf Wiedersehen, Herr Levgen!"

‚Die Lupe ist immer in der zweiten Schublade von unten! Ja, ja, Ruth', dachte ich, ‚da sollte sie sein.'

Nach langem Kramen fand ich sie: in der zweiten von oben. Es war noch die von meinem Großvater, mit der Horge und ich als Kinder in der Frühjahrssonne Schnürsenkel angekokelt hatten ... Und dann grinste mich Willem an, in achtfacher Vergrößerung.

„Er hatte schon immer etwas Gemeines im Gesicht", murmelte ich und war mir inzwischen fast sicher: „Ja, es wird so sein: Der Tote ist Willem Schollfi!"

Trotz aller Unruhe, die mir die Ereignisse bescherten, musste der nächste Tag Ruths Uhrenversand gehören; vieles war in den letzten Tagen liegen geblieben, ein Berg an Post und Aussendungen musste bearbeitet werden. Vielleicht war das auch gut so, denn die Arbeit lenkte mich ein wenig ab. Vorher jedoch rief ich Teresa an und erzählte ihr von meinen Recherchen.

„Ja, Willem Schollfi, den Namen hat mein Vater oft erwähnt", sagte Teresa.

Als ich ihr die schwierige Beziehung der beiden erläutern wollte, fiel sie mir ins Wort: „Weiß ich doch, hat Papa mir alles haarklein erzählt."

„Wie geht es Horge heute?", fragte ich.

„Er schläft noch. – Ich habe ein gutes Gefühl, er wird bald wieder der Alte sein. Obwohl ..."

„Obwohl was?"

„Es kann auch wieder schlechter werden, Papa hat schon einige solcher Phasen durchlitten. Keine war wie die andere."

# Wild mit Preiselbeeren

Tage vergingen. Immer nachdrücklicher kündigte Horge seine Rückkehr nach Hamburg an: Er könne seine Auftraggeber nicht länger hinhalten, müsse noch einiges ordnen, bevor Janette aus Kanada zurück sei.

Seinen Entschluss nahm ich zum Anlass, ihn und Teresa zu einem Abschiedsessen einzuladen. Vor Tagen hatte mir ein Freund einen Rehrücken hereingereicht. „Selbst geschossen", hatte er gesagt und hinzugefügt: „Mach' was draus, mein Lieber, und lad dir ein paar hübsche Frauen ein!" Dann lachte er. „Nee – besser nur eine!"

Die Zubereitung traute ich mir nicht zu und war froh, als Horge sich anbot, die Sache zu übernehmen. In der Küche gab es Gerangel, Horge nannte mich einen Banausen, weil ich die Filets vor dem Garen salzen wollte, und drängte mich, die Zeit bis zum Servieren Zeitung lesend im Kaminzimmer zu verbringen.

Als Teresa kam, war das Haus erfüllt von dem herben Duft des in Wacholderbutter angebratenen Wildfleisches.

Horge übernahm auch den Service, sagte, der einzige Vorteil an einem frauenlosen Haushalt bestünde darin, dass beim Auftragen der heißen Schüsseln und Pfannen keine Kerzenhalter, Silberputten oder Blumenvasen im Wege stünden.

Er zelebrierte das Festmahl wie eine Andacht. Wir genossen die Köstlichkeiten, das Wirsing-Schaum-Süppchen, den Rehrücken mit Kartoffelklößen und einer raffiniert abgeschmeckten dunklen Soße mit eingelegten

Preiselbeeren. Nach jedem Gang nötigte Horge uns Lobeshymnen auf seine Kochkunst ab.

Die Anwesenheit des Freundes aus Kindheit und Jugend rief mir die frugalen Speisen aus den kargen Fünfzigern ins Gedächtnis, als es Steckrübenmus mit Schweinerippchen gab, *Speck in de Pann*, Pfannkuchen oder *Arme Ritter*. An den Sonntagen saß die Familie um den großen, runden Esstisch. Unsere Mutter sprach ein Tischgebet. Sie trug dann ein dunkles, festliches Kleid mit rosa-weißem Spitzenkragen und zeigte bei festlichen Anlässen gern ihr großzügig ausgeschnittenes Dekolleté.

„Komm Herr Jesu, sei unser Gast und segne, was du uns bescheret hast!" Ihr Blick war auf die gefalteten Hände fixiert.

Vater nutzte ihre geistige Entrücktheit für eine grimassierende Pantomime und sah ihr mit heruntergezogenen Mundwinkeln tief in den Ausschnitt. Meist war es Gerda, die nicht an sich halten konnte und losprustete. Noch bevor seine Frau Amanda das „Amen" gesprochen hatte, kaute Vater an dem ersten Bissen, nuschelte mit vollem Mund sein „Guten Appetit allerseits!" und demonstrierte damit seine Abneigung gegen religiöse Rituale.

Ich erinnere mich, dass mein älterer Bruder Friedrich an einem dieser Sonntage nach dem Anrichten der Teller das Wiehern eines Pferdes nachahmte. So überzeugend, dass Schwester Gerda seinen Hinweis sofort richtig deutete und angewidert ihre Roulade zurücklegte.

„Ich esse kein Pferdefleisch!", sagte sie und zog ein Gesicht.

Als Friedrich sich mit seiner Gabel über den Tisch streckte, um sich das Bratenstück seiner Schwester zu sichern, streifte ihn Mutters strafende Hand am Hinterkopf.

„Du bist so gemein", schimpfte Gerda.

Friedrich kicherte verlegen und rückte eilig seine lädierte pomadig glänzende Frisur zurecht.

„Nicht noch einmal, Bürschchen!", warnte Vater.

Nach dem Rehrücken griff Horge nach meinem Taschenrechner, zog den von unserem Lehrer Brägen beschriebenen Zettel heraus und wollte die Rechenkünste des Alten überprüfen. Sein anfängliches Feixen steigerte sich, bis er in schallendes Gelächter ausbrach.

„Friede seiner Asche, aber das alte Schlitzohr hat geblufft! Keine der Aufgaben hat Brägen richtig gelöst, er hat beliebige Zahlen hingekritzelt!"

Tatsächlich verbrachten wir einen fröhlichen Abend, niemand verlor ein Wort über die Ereignisse der vergangenen Tage.

Gegen Mitternacht wurde Horge sentimental, wollte wissen, wo die Freunde aus der Kindheit geblieben seien.

„Bist du denn niemals einem von ihnen begegnet?", fragte er ungläubig, fast vorwurfsvoll.

„Sie sind einfach weg", sagte ich. „Roland und Lydia hast du gesehen, Christine wird sich wohl noch melden. Viele von unseren Kanuten leben an anderen Orten und arbeiten, wie du auch – und Meggers, dem Apotheker …"

„Meggers gehörte nicht dazu", reklamierte Horge, „der kam aus der Oberstadt!"

„Unser ganzes Viertel hat sich verändert", setzte ich nach. „Den Neumarkt haben sie schon in den Siebzigern abgeräumt. Er besteht nur noch aus Ampeln und Verkehrsinseln."

„Wir werden auch bald weggeräumt", meinte Horge larmoyant.

„Papa, bitte!", Teresa suchte nach den Themenwechsel.

„Wir könnten deine Lydia besuchen", schlug sie vor, hoffend, es würde ihn aufrichten.

„Ja!" Horge war begeistert. „Henning, hast du ihre Adresse?"

„Sie hat mir ihre Visitenkarte auf die Untertasse gelegt, als wir bei Krebskopf waren."

„Gleich morgen!", schlug er vor.

„Ja, wenn du willst, gleich morgen."

Beim Abschied schlug er mir in alter Gewohnheit freundschaftlich die Hände gegen die Oberarme. Teresa umarmte mich und flüsterte mir ein „Danke" ins Ohr.

„Habt ihr Geheimnisse?", witzelte Horge, und sie verschwanden winkend und wankend in der Nacht.

Mein Wissen um die Identität des Toten hatte ich ihm noch verschwiegen.

# Lydias Beichte

Wir nahmen den scheppernden antiken Aufzug in die vierte Etage. Horge zeigte schmunzelnd auf das mit Blümchen und Herzen eingerahmte Türschild, las „*Gunilla Gromberg* und *Lydia Dellenbach*". Er läutete. Hinter der Etagentür brach Hektik aus.

„Jaa! Komme gleich! Einen Moment noch!"

Und dann stand sie plötzlich in der offenen Tür. Lydia war noch – oder wieder – im Morgenmantel, erschrak ein wenig, sie hatte offensichtlich jemand anderen erwartet, und lächelte verlegen.

„Wir wollen wirklich nicht stören, wenn es grad schlecht passt", begann ich, doch schon unterbrach sie mich.

„Horge und Henning!", rief sie überrascht. „Kommt kurz herein!"

Sie umarmte uns, Horge wie immer etwas leidenschaftlicher als mich, und ging voran ins Wohnzimmer.

„Ich habe heute einen Arzttermin und will mich noch anhübschen. Ihr müsst unbedingt noch mal wiederkommen, wenn ich mehr Zeit habe."

„Ist Gunilla deine Mitbewohnerin?", fragte Horge.

Sie war auf die Frage gefasst, es brach aus ihr heraus: „Ich sag's lieber gleich: Wir sind ein Paar!"

„Mensch Lydia – du bist konvertiert?", lachte Horge und nahm sie in den Arm.

„Ja, hab' mich in Sicherheit gebracht …"

„… ans andere Ufer!", ergänzte ich.

Sie knuffte mich in die Seite: „Ich bin noch nicht festgelegt."

„Dann haben wir ja 'ne Chance!", meinte Horge.

„Ihr seid unverschämter denn je", schimpfte sie, stellte Gläser auf den kleinen Couchtisch und murmelte: „So, jetzt wisst ihr es."

Lydia war aufgedreht, fragte immer wieder, ob sie uns dieses und jenes nicht schon bei unserem Ausflug nach Haveby erzählt habe, und beschrieb mit masochistischer Liebe zum Detail die Charaktere ihrer Verflossenen und die Stationen der Odyssee auf der Suche nach ihrem kleinen privaten Glück.

„Jonny Lakritz war schon nicht der Richtige", meinte Horge dröge.

„Ja, es stimmt. Aber der nach ihm kam, war schlimmer."

Ich erinnerte Lydia daran, dass wir uns vor Jahren in einer Strandgaststätte begegnet waren.

„Ich hatte den Eindruck, es ginge dir gut", sagte ich.

„Ja – das war eine tolle Zeit, damals im *Seestern* am Kliff. Die Arbeit machte mir Spaß und weit und breit war niemand, der mich drangsalierte. Leider musste ich das Restaurant aufgeben, die Saison hier oben im Norden ist einfach zu kurz."

Ihr Blick hing an dem leeren Sherryglas, das sie am Stil hielt und zwischen Daumen und Zeigefinger drehte. Sie war plötzlich abwesend, ihr Gesicht verriet Trauer, ihre Züge krampften, sie weinte.

Horge legte seine Hand auf ihre Schulter: „Was ist?"

Lydia rieb sich mit dem Handballen die Tränen aus den Augen, holte tief Luft und blies eine Locke aus ihrem Gesicht.

„Ach, nichts – vielleicht ein anderes Mal!"

Sie schenkte sich das Glas halb voll und nippte daran.

„Ich sorge mich um Gunilla, sie hat ein Riesenproblem und ich kann ihr nicht helfen." Dann schaute sie zur Uhr und sprang auf. „Ich muss mich sputen!"

Sie verschwand im Bad, kam noch einmal zurück, rief, es würde nicht lang dauern und ob wir sie ein Stück mitnähmen.

„Ja, natürlich!"

„Da wollte sie uns etwas nicht erzählen ...", grummelte Horge.

Die mondän eingerichtete Wohnung hatte einen einzigartigen Blick hinunter in die Toosbuystraße, die gesäumt von stattlichen Jugendstilhäusern steil zum Hafen führt. An der Wand hinter dem Sofa hing ein Porträt. Das Gemälde hielt mich eine ganze Weile gefangen, es zeigte eine ältere Dame, etwas an ihr kam mir vertraut vor. Sie war keine Schönheit, eher eine streng blickende, biedere Hausfrau aus vergangenen Zeiten, ihr Blick scheu, das Dekolleté schmückte eine schlichte Perlenkette. Die eigentliche Faszination des Gemäldes bestand in der außergewöhnlichen malerischen Qualität des Gemäldes.

„Mensch Lydia, du siehst super aus!", rief Horge, als sie zurückkam.

„Alter Schmeichler, so etwas hast du vor 30 Jahren schon einmal gesagt – damals hat es schon nicht gestimmt."

„Spielst du Golf?", wollte Horge wissen.

„Nein – die Schläger im Flur gehören Gunilla."

„Handicap?"

„Dreizehn, glaub' ich."

„Wer ist die Frau auf dem Bild?", fragte ich, stand auf und trat näher heran. Die Signatur des Malers war nicht zu entziffern.

„Gunillas Großmama. – Viele sagen, sie sei ihr sehr ähnlich. Ist ein echter Husen."

„Wir werden deinen Schatz noch kennenlernen", meinte Horge.

„Ja. Bestimmt. Sehe ich noch verheult aus?"

„Alles bestens. Kommt, lasst uns aufbrechen."

Wir fuhren in die Innenstadt und setzten Lydia vor der Arztpraxis ab.

„Wir müssen noch einmal zusammenkommen, bevor sich Horge wieder davonmacht!", rief sie uns zu und verschwand in der Eingangstür.

„Lydia wird irgendein dunkles Geheimnis mit sich herumtragen", sagte Horge. „Wenn wir sie nicht danach fragen, wird sie es uns irgendwann verraten."

Er steuerte das Auto ziellos durch die Straßen, vom Hafen hinauf zur St.-Jürgen-Kirche über die Bismarckstraße hinunter zur Teufelsbrücke.

‚Es wird seine Art sein, sich von der Stadt Abschied zu nehmen', dachte ich.

„Montag fahr ich", sagte er plötzlich, als habe er meine Gedanken erraten.

„Montag schon?"

„Hm!"

Wir parkten am Wildschweingehege des Stadtwaldes.

„Es war ein Fehler, dass ich dich in diese Sache mit hineingezogen habe."

„Das Ganze war eine Nummer zu groß für uns", erwiderte ich. „Aber – beinahe hätten wir es geschafft."

„Ja, beinahe", antwortete er. „Das Meiste in meinem Leben hätte ich beinahe geschafft."

„Sei froh! Und vergiss den Blödsinn. – Wann kommt deine Janette zurück?", wollte ich ablenken.

Er antwortete nicht, meine Frage hatte ihn in eine Art Entrücktheit versetzt. Mit den Händen seiner gestreckten Arme griff er in die Maschen des Drahtzaunes und zerrte daran. Die Rotte wurde unruhig. Als sich der Keiler näherte, zog ich Horge zurück und wir gingen weiter.

„Janette macht gerade eine Absetzbewegung", sagte er unvermittelt. „Sie hat da drüben einen Lover." Er bückte sich, zog an der Schleife seines Schnürsenkels und band sie neu. „Sie fliegt rüber, besucht für ein paar Tage ihre Mutter und fährt dann zu ihrem Kanada-Mann."

„Ist das eine Vermutung oder traurige Gewissheit?"

Er überlegte lange.

„Es ist so!"

„Weiß Teresa davon?"

„Sie ahnt es und ist unglücklich. Wir haben nie darüber gesprochen, deshalb können wir so tun, als wäre alles in Ordnung."

„Tut mir sehr leid, Horge."

Er lächelte mich etwas gequält an und tätschelte mir die Wange.

„Bist ein Guter", spottete er, „meinen anderen Freunden würde ich mit dieser Nachricht eine Freude bereitet haben."

# Der Ohrschmuck

Als ich am Nachmittag aus dem Haus gehen wollte, fiel mir etwas aus der Manteltasche, ein Schmuckstück: Der Ohrhänger vom Bahndamm hatte sich in meinen Handschuh verhakt.

„Potthässlichen" hatte Teresa ihn gefunden, ich könne ihn Ruth schenken, wenn sie jemals zu mir zurückkäme.

‚Freches Luder! Er ist gar nicht hässlich', dachte ich und sah ihn mir genauer an, grübelte, ob ich ihn vor Kurzem gesehen hatte. Ja – natürlich am Bahndamm, aber gestern noch einmal, vielleicht. Bei Lydia!

„Genau, bei Lydia!", rief ich aus, und mir fiel das Porträt ein. Die alte Dame hatte einen ähnlichen Schmuck getragen. Mir kam Lydias Bemerkung in den Sinn: ‚Husen. Das dürfte in etwa passen. Sie hatte so stolz konstatiert, das Gemälde in ihrer Wohnung sei ein echter Husen. Ewald Husen, einer der bekanntesten Künstler unserer Region, im Ersten Weltkrieg bei Verdun gefallen. Ewald Husen – Ewald Husen – da habe ich doch etwas im Hause.'

Die pure Neugier ließ mich in einem meiner Bildbände nach ihm suchen. „Die Maler zwischen den Meeren", Husen waren mit zwei imponierenden Landschaften und dem Porträt eines Bürgermeisters vertreten. Der hintere Schwarz-Weiß-Teil des Bandes zeigte Holzschnitte und Skizzen, auch einiges von Husen. Neben drei Detailstudien eines Frauenkopfes entdeckte ich die Reproduktion einer Bleistiftskizze: Sie zeigte ein Ohr mit einem Schmuckstück, meinen Ohrhänger?

„Fast identisch!", entfuhr es mir.

Unter der Abbildung stand in winziger Kursivschrift: *Porträtskizze – Inga Gromberg, Gattin des Bahnhofvorstehers.* Es war offenbar eine Vorstudie für das Bild, das in Lydias Wohnung hing.

‚Das ist abwegig!', schalt ich mich für den Gedanken, eine Verbindung zwischen dem Schmuck und dem Drama auf dem Gleis herzustellen – und doch … Ein sonderbarer Zufall? Möglicherweise waren viele dieser Ohrhänger im Umlauf, Repliken oder Serienexemplare einer Manufaktur. ‚Das müsste sich feststellen lassen', Onkel Kurt war Goldschmied, er hatte einen winzigen Laden in der Altstadt und reparierte nebenbei Ruths Uhren-Rückläufer, Kurt würde mir weiterhelfen.

„Moin Henning!", rief er und raunte mir zu: „Einen Augenblick, ich habe gerade einen Kunden am Haken – einen Zauderer, der nichts mehr fürchtet als seinen Hochzeitstag."

Es dauerte eine Weile, bevor der Mann ging, er hatte sich wieder nicht entscheiden können. Ich reichte Kurt den Ohrschmuck.

„Das Original dürfte Ende des neunzehnten Jahrhunderts entstanden sein", antwortet er auf meine Fragen, klemmte sich seine Lupe ins Auge. „Ist eine Replik – übrigens schlecht gemacht. Ich ahne, wer das verbrochen hat – meine Güte, welch ein Dilettant …"

Ich war erleichtert, das Ohr der alten Dame kombinierte ich, würde nur das Unikat geschmückt haben, ich könne meine abstrusen Verdächtigungen vergessen.

Onkel Kurt drehte das Teil und suchte nach einer Bestätigung. Die fand er: „Der Scharlatan schämt sich nicht, seine Werkstücke auch noch mit einer Duftmarke zu versehen. Schau her: Hier hat er ein winziges *HM* eingraviert, HM wie *Heinz Mölke*, sein Laden befindet sich ganz in der Nähe."

Mölkes Geschäftsräume waren größer, geschmackvoller und mondäner eingerichtet als die von Onkel Kurt, außerdem hatten sie eine bessere Lage. Die Eingangstür erzeugte beim Öffnen ein unangenehm rasselndes Glockenspiel. Mölke kam in seinem grauen Kittel aus dem hinteren Kabuff in den Laden gestürmt, so als wolle er mich in flagranti beim Stehlen erwischen. Der Goldschmied war ein älterer Mann, die randlose Brille hatte er auf seine Stirn geschoben. In Erwartung eines Auftrages griff er frohlockend nach dem Schmuck.

„Der andere ist verloren gegangen?"

Ich behauptete, meine Tochter habe den Ohrhänger gefunden und würde ihn gern der Besitzerin persönlich übergeben.

„Hoffend auf eine kleine Belohnung", schob ich nach, „Sie verstehen."

Mölke lachte: „Ja ja, das verstehe ich schon. Aber woher wissen Sie, dass ich …"

„Ich vermutete es", unterbrach ich ihn. „Die Gravur *HM* und die Qualität der Ausführung …"

„Richtig, da haben Sie aber genau hingesehen. Ich freue mich, dass es noch Menschen gibt, die eine gute Arbeit erkennen und zu schätzen wissen."

Mölke nahm sein Notizbuch aus dem Regal.

„Ich glaube, ich erinnere mich, könnte etwa ein Jahr her gewesen sein, die Dame hatte einen ihrer Ohrhänger verloren, ein Familienschmuck. Es ist ein Jammer, wenn so etwas passiert, aber dafür gibt es ja unsere Zunft. Hier, ich hab's."

Er schrieb die Anschrift seiner Kundin auf einen Zettel.
„Vielen Dank!"
Ich zupfte ihm die Notiz eilig aus der Hand und stürmte aus dem Laden. Neben Datum und Anschrift las ich: Lydia Dellenbach.

„Ich helfe Papa gerade beim Packen", sagte Teresa, als ich sie anrief.
„Hat er dir von unserem Besuch bei Lydia erzählt?", fragte ich.
„Ja, mit drei Worten. Du kennst ihn doch."
„Erinnerst du dich an das Schmuckstück vom Bahndamm?"
„Ja, natürlich, den grauslichen Ohrhänger, was ist damit?"
„Er gehörte Lydias Freundin."
„Wahnsinn! Das gibt es nicht! Woher willst du das wissen?"
„Komm zu mir, ich erklär es dir."

Sie kam am späten Nachmittag und warf sich erschöpft in den Sessel. Ich fragte Teresa nach ihrem Vater, wie es ihm ginge und ob es beim konkreten Abreisetermin geblieben sei. Sie verzog keine Mine und schwieg.
„Also geht es ihm wieder schlechter", meinte ich.
Sie fixierte mich trotzig, machte ihr gouvernantiges Gesicht und brachte keinen Ton heraus. Ich ließ mich auf das stumme Duell ein, stützte meinen Kopf mit zu Fäusten geballten Händen und hielt ihrem Blick stand. Ihre Augen wurden feucht und füllten sich, eine Träne rann die Wange hinunter, die Statik ihrer Mimik brach ein, Teresa begann zu schluchzen und vergrub ihr Gesicht in den Händen.

„Ich habe Papa alles erzählt", begann sie, „das mit diesem Willem …"

„Wa?", ich ahnte, was kommen würde.

„Dass wir seine Leiche am Bahndamm gefunden und dann auf den Lkw geworfen haben."

„Das war keine gute Idee, Teresa, und das Gegenteil von dem, was wir verabredet hatten."

Sie fand schnell zu ihrem Trotz zurück, schniefte und stürzte hastig den Wein hinunter.

„Ja, tut mir leid, besonders um meinen Vater. Es geht ihm beschissen."

„Wundert mich nicht", sagte ich trocken und spürte den Zorn in mir. „Solche Wahrheiten verträgt Horge noch nicht, er ist ein Seismograf … Er wusste noch nicht einmal, dass er am Bahndamm eine Leiche zurückgelassen hat."

Teresa hielt sich demonstrativ die Ohren zu.

„Er hat eine schlaflose Nacht verbracht", erklärte sie dann, „nicht gefrühstückt, sitzt Stunden am Fenster, und starrt vor sich hin. Vater will in die Klinik, er hat Dr. Walter angerufen."

„Wer ist das?"

„Ein guter Bekannter, Neurologe, er leitet eine Klinik in …"

„Wie kommt er dahin, wann kommt er dahin?"

„Papa fährt mit dem Zug, morgen." Sie rieb sich die verschränkten Oberarme. „Mir ist entsetzlich kalt. Kann ich duschen?"

„Ja sicher, wärm dich auf. Im Bad sind Handtücher und ein sauberer Bademantel."

Ich fand in meinem Kühlschrank ein paar Schmankerl, Oliven, gefüllte Weinblätter, eine Dose Krebsfleisch und einen Camembert, drapierte alles mit Baguette und kühlem Wein auf dem Esstisch im Wohnzimmer.

Teresa kam aus der Dusche und warf einen begierigen Blick auf den gedeckten Tisch. Sie trug einen zu großen weißen Morgenmantel, um ihre nassen Haare hatte sie einen Turban aus Frotteetuch gewunden.

„Friert es dich noch?"

„Ich fühle mich besser", sagte sie, „aber ich habe einen unbändigen Appetit."

‚Was für ein hübsches Weib', dachte ich – und unversehens hatte mich meine Mimik verraten.

„Ich möchte zu gern wissen, was jetzt in deinem Kopf vorgeht", sagte sie misstrauisch, aber lächelnd und griff sich instinktiv an den Hals, um zu verhindern, dass der Bademantel auseinanderfiel.

„Ich weiß nicht, was du meinst", frotzelte ich und intonierte das Liede von den Gedanken, die keiner erraten kann. Teresas Anwesenheit hatte in mir ein Gefühl der Melancholie ausgelöst, mich daran erinnert, dass ich schon zu lange allein war.

Sie steckte sich eine Unmenge an Oliven in den Mund und ließ die Kerne nacheinander durch die gespitzten Lippen in ihre Handfläche fallen, legte sie auf den Tellerrand und rieb sich die klebrigen Hände in der Serviette.

In diesem Moment läutete das Telefon.

‚Ruth, endlich!', dachte ich, und gleichzeitig: ‚Es passt gerade schlecht.'

„Hallo Ruth, nett, dass du anrufst."

Teresa blieb sitzen und setzte sich in Pose. Ich floh vor ihr ins Nebenzimmer; sie ging mir feixend hinterher. Ruth fragte nach der Adresse eines Kunden, bat mich, danach zu suchen, sie würde abends noch einmal anrufen.

„Hast du Besuch", fragte sie barsch.

„Ich, Besuch? Ach was, nein! Warum fragst du?"

„Du klingst so anders ... Also dann bis heute Abend!"

„Feigling", höhnte Teresa, „bin ich etwa kein Besuch?" Sie hatte mich erwischt.

„Soll ich meiner Frau sagen, dass mir eine halbnackte Nymphe gegenübersitzt?"

Sie riss sich das nasse Handtuch vom Kopf und jagte mich kreischend um den Tisch, war schneller, blieb mit dem Fuß an irgendetwas hängen und stolperte in meine Arme. Teresa erschrak, ich spürte, dass ihr Körper krampfte. Sie stützte sich auf mich, ihre geschliffenen Fingernägel gruben sich schmerzhaft in meine Haut und ich spürte ihre nassen Haare in meinem Gesicht. Mit der geöffneten rechten Hand hielt ich Teresas Rücken, er war warm und nackt, der weiße Morgenmantel lag am Boden. Wir verharrten eine ganze Weile, ohne uns zu rühren.

„Ich mach die Augen zu", schlug ich vor.

„Sei nicht albern", Teresa schupste mich zurück, bückte sich gelassen nach dem Frotteemantel, hüllte sich hinein und warf mir einen lauernden Blick zu.

Nach dem Essen räumte ich Geschirr und Bestecke auf ein Tablett. Teresa wollte helfen. Ich würde es schon machen, sagte ich, und dass sie sich derweil anziehen könne.

„Warum?", lächelte sie kokett.

„Weil ... vielleicht ... Weil dir sonst wieder kalt wird", sagte ich. „Oder du in dieser Kledage einen älteren Herrn nur unnötig nervös machst."

„Akzeptiert!", lachte sie.

Als ich Minuten später ins Wohnzimmer kam, saß Teresa in Gedanken versunken auf dem Sofa. Ich erzählte ihr von meinem Besuch beim Juwelier.

„Also muss Lydia die Replik ihres Ohrhängers am Bahndamm verloren haben", schlussfolgerte sie. „Kannst du dir darauf einen Reim machen?"

„Es war Gunillas Schmuck, Lydia wird beim Juwelier die Replik in Auftrag gegeben haben, wahrscheinlich war es ein Geschenk an Gunilla. Dort auf den Gleisen wird heftig gedealt", fiel mir ein „vielleicht hat sie sich dort Stöffchen besorgt."

„Hm, was glaubst du?", fragte sie. „Hat sie wirklich etwas damit zu tun?" Bevor ich antworten konnte, legte sie hastig nach: „Ich wünsche mir so sehr, dass Papa den Mann nicht getötet hat."

„Wir haben keine Ahnung, was genau passiert ist; es reicht für nichts, wir wissen nicht einmal, ob und wann Lydia den Schmuck dort verloren hat … Andererseits …" Ich schwieg.

„Andererseits was?"

„Es wäre schon ein unglaublicher Zufall. Sie muss eine Verbindung zu unserem Fall haben."

„Sicher hat sie das!", machte sich Teresa Mut.

„Seltsam, dass wir bei dem Toten nichts gefunden haben, nur dieses Kinderfoto. Und – wo siehst du die Verbindung zwischen Willem und Gunilla?"

„Lass es mich herausfinden!", sagte ich.

Teresa lächelte: „So gefällst du mir! Als James Bond bist du gescheitert, jetzt versuch 's noch mal als Knatterton!"

„Ich halte ihr den Schmuck vor die Nase. Mal sehen, wie sie reagiert."

# Horge reist ab

Er war nur körperlich anwesend, hatte uns den Rücken zugewandt und guckte teilnahmslos aus dem Fenster.

„Papas Zug geht um Zehnvierzig", sagte Teresa.

Ich legte Horge meine Hand auf die Schulter, er wendete langsam den Kopf, sein Blick tastete sich über den ausgestreckten Arm und verfing sich in meinen Augen. Mich sah eine traurige Maske an, blass, hohlwangig mit dunkel geränderten Augen. Ich lächelte ihn an. Nur für einen kurzen Moment erhellte sich sein Gesicht.

Teresa reichte ihm ein Glas Wasser und legte zwei Tabletten auf den Tisch.

„In diesem Zustand nimmt er sie nicht freiwillig, das kenn ich schon", sagte sie.

Mich irritierte, dass sie über ihn sprach, als sei er nicht im Raum, wollt wissen, wie schnell das Zeug wirkt.

„'ne halbe Stunde", antwortete sie, ohne aufzublicken, und presste die Scharniere des überquellenden Reisekoffers in die Schlösser.

„Ich werde dich besuchen", sagte ich ihm, als wir die Stufen hinauf zu den Bahnsteigen nahmen.

„Nein, muss nicht sein, ich bin in dem Spital unter meinen Leidensgenossen in guter Gesellschaft."

Der Zug stand bereit, alle Türen geöffnet; erste Reisende wuchteten ihre Koffer hinein.

„Wir sind zu früh, komm noch mit rein!", meinte Horge aufmunternd!"

‚Das Medikament hat gewirkt', dachte ich und war erleichtert.

Wir fanden ein freies Abteil. Er versprach, sich noch einmal von der Klinik aus zu melden.

„Dann tauche ich ab", sagte Horge.

„Wie lange wirst du bleiben?"

„Kommt darauf an … Wenige Wochen, denke ich, es liegt nicht in meiner Hand, vielleicht auch länger."

Ich half ihm, den Koffer zu verstauen. Er beugte sich zum Fenster und beobachtete das Treiben auf dem Bahnsteig. Es gab eine quäkende, unverständliche Lautsprecherdurchsage.

„Ich habe heute Nacht etwas zurückholen können …", begann er zögerlich.

„Was meinst du?"

„Die Nacht auf den Schienen."

Es kamen Reisende auf der Suche nach einem freien Platz, blieben zögernd im Gang vor unserem Abteil stehen. Sie sahen in unsere abweisenden Gesichter und stolperten mit ihren Taschen und Koffern weiter.

„Er ist wie ein tollwütiger Hund auf mich los und würgte mich."

Ich spürte, dass Horge die Erinnerung an jene Nacht zu schaffen machte.

„Horge, damals – auf dem Schulhof, du weißt …"

Er fiel mir ins Wort: „Ja ja, ich weiß!"

„Hast du damals in den Tagen und Wochen danach auch diese Amnesie ge…?"

„Ja, hab ich", sagte er, mehr abwehrend rufend als sprechend, das Thema gefiel ihm nicht. Dann sah ich, dass es in ihm arbeitete, und ich hoffte, er würde Weiteres erinnern. „Ich strauchelte und ging zu Boden", sagte Horge endlich, er bewegte die Lippen heftiger, als es seine Worte erfordert hätten, es wirkte wie in einer schlecht synchronisierten Film-Szene. „Willem griff in sein Jackett, ich war in Panik, glaubte, er würde ein Messer herausholen."

Eine Gruppe ging an der offenen Abteiltür vorbei. Er unterbrach, wie ein Redner, der seinen Text vergessen hat.

„Ich hab ihn zu Fall gebracht", setzte er dann sehr langsam fort.

„Wie denn?", ging ich dazwischen.

„Hab meinen Fuß hinter seinen rechten gehakt und ihn dann mit einem Schubs gegen das andere Bein zu Fall gebracht, so wie wir das früher am Strand geübt haben." Horge atmete schwer. „Ich sah, dass er im Fallen eine Pistole in der Hand hielt … Die Bestie wollte mich umbringen! Willem knallte rücklings auf die Schienen, brüllte wie ein Stier … Danach war es still. "

Horge wandte sich ab und verfolgte das Treiben auf dem Bahnsteig.

Ich ging ans Fenster, sah junge Leute, die lachten, andere winkten eher traurig. Ich warf einen Blick auf die Bahnhofsuhr.

„Ich muss raus, der Zug fährt an!"

Horge rief mir ein „Tschüß Henning!" hinterher, „ich rufe dich an!"

Ich riss die Tür auf und sprang auf den Bahnsteig. Mit grotesken Sprüngen, nahm ich das Tempo heraus. Meine Fußsohlen brannten wie Feuer. Ein uniformierter Bahnbediensteter rügte mich mit verständnislosem Kopfschütteln.

„Ging doch!", keuchte ich.

„Aber wie?", grummelte er.


Auf dem Wege zurück nahm ich die Abkürzung vorbei an der alten Brauerei. Auf der Höhe der ehemaligen Seefahrtschule, nahe einem unserer Bahndammzugänge, fiel mir ein beigefarbener MG ins Auge, diagonal unter Kastanienbäumen wild geparkt, so wie es Politessen nicht mögen.

Ich hielt an.

Hinter dem Scheibenwischer flatterten drei Strafzettel, der unterste war vom 5. Oktober, dem Tag nach dem Drama auf dem Gleis, und plötzlich war ich mir sicher: Der MG hatte Willem gehört, es war nicht der Wagen des ominösen Anrufers Steinert, es war Willems Mitbringsel vom Hamburger Kiez.

‚Dann ist die späte Schönheit mit den Botox-Lippen vielleicht seine Geliebte, eine Varieté-Tänzerin, eines seiner *Mädels* ...?'

# Der Bär im Präsidium

Das ansehnliche Jugendstilgebäude am Hafenufer, ehemals eines der nobelsten Hotels der Stadt, war noch vor Beginn des Krieges während eines Raubzugs der Nationalsozialisten konfisziert worden. Es diente seither als Polizeipräsidium.

„Tötungsdelikte? Zimmer 123, zweiter Stock", sagte ein Beamter auf meine Frage. Wohl in der Befürchtung, ich könnte es mir anders überlegen, begleitete er mich.

Kriminaloberinspektor Peters hatte die Statur eines Preisboxers, seine tapsigen Bewegungen hatte er einem Bären abgeschaut. Er hörte sich meine ersten Sätze kommentarlos an, unterbrach mich dann abrupt und kündigte an, meine Aussage auf einem „Tonträger" festhalten zu wollen. Übers Telefon rief er einen Kollegen hinzu.

„Jochen, komm mal rüber, wird gerade interessant."

Ein schlanker etwa Dreißigjähriger kam ins Zimmer, nickte freundlich und setzte sich dazu. Sein Vorgesetzter war in die angrenzende Küchenecke getapst und hatte einen Beutel Kräutertee in seinen dampfenden Becher getaucht. Mir reichte er wortlos eine Tasse Kaffee. Mit einem Lächeln, das auch ein Zähnefletschen hätte sein können, ließ er sich in den Bürostuhl fallen.

‚Bären haben keine Mimik', dachte ich, ‚sie sehen immer harmlos drein, man weiß nie, wann sie angreifen.'

„Gut für Sie, dass Sie gekommen sind", unterbrach er mich, als ich ihm die Ereignisse am Bahndamm zu schildern begann. „Wir waren Ihnen ohnehin dicht auf den

Fersen", und er verriet, dass man den Toten sehr früh entdeckt habe. Der polnische Fahrer des Lkw habe noch in der Stadt übernachtet, sei erst am Vormittag nach unserer Tat auf die Autobahn gefahren.

„Bei Tageslicht also."

Ein Jogger habe den auf dem Anhänger liegenden Toten von einer Brücke aus entdeckt und die Polizei gerufen.

„Wo war das?", fragte ich.

„Kurz vor …", er hielt inne, „… noch in unserem Zuständigkeitsbereich." Peters verschränkte die Arme über der Brust und beschrieb mit seinem Oberkörper kleine kreisende Bewegungen, wechselte einen Blick mit dem Kollegen und schwieg. Mit einem kaum wahrnehmbaren Nicken bedeutete er mir, ich solle mit meinem Bericht fortfahren. ‚Spuck es aus!', las ich in seinem Gesicht.

Während meiner Aussage wurde er unruhig, sagte dann, ich würde von Straftaten berichten, die ich selbst begangen hätte, es liefe wohl auf ein Geständnis hinaus. Unser Gespräch werde ein Verhör sein, da hätte ich das Recht, meinen Anwalt hinzuzuziehen, er müsse das der Ordnung halber erwähnen.

Ich lehnte ab – voreilig, wie ich mir danach eingestehen musste. Meine Wahrheiten hatten graue Flecken.

Der Profi ließ dann meine Schilderungen über sich ergehen, ohne ein einziges Mal nachzuhaken. Sein Kollege hatte die Prozedur schweigend beobachtet und gelegentliche Zweifel an meiner Aussage mit einem Zucken einer Augenbraue kommentiert.

Nach einer knappen Stunde schien die Tortur überstanden. Ich fühlte mich, wie nach einem Erbrechen: besser als vorher, aber irgendwie nicht besonders.

„Was haben Sie sich nur dabei gedacht?", begann der Grizzly seine Standpauke. „Ihre kleine Freundin muss ja sehr hübsch sein, wenn sie einen Mann Ihres Alters zu so einem Blödsinn anstiften kann."

„Sie ist nicht meine kleine Freundin!", widersprach ich trotzig.

„Ja – toll!", er wurde lauter. „Dann haben Sie nicht einmal *diese* Ausrede!", und sagte, nachdem er sich beruhigt hatte: „Wir haben 17 Brücken ausgemacht, unter die der Lkw-Fahrer hindurchgefahren sein könnte. Nach der Auswertung der Spuren an dem Toten haben wir drei von ihnen ins Visier genommen. Unsere Spürhunde wurden dann hier am Bahndamm fündig. Wir kennen den genauen Tatort." Peters nahm einen Schluck von der trüben Salbeibrühe. „Wir müssen die genaue Lage des Toten rekonstruieren, dazu brauche ich Ihre Hilfe. Sie können also von dem, was Sie am Bahndamm verbockt haben, wieder etwas gut machen."

Ich nickte und löste bei ihm ein selbstzufriedenes Grummeln aus.

„Willem Schollfi war übrigens einer unserer treuesten Kunden. Die Obduktion hat ergeben, dass er mit einem schweren metallenen Gegenstand erschlagen wurde. Glauben Sie immer noch, Ihr Freund Hinnerks hätte seinen alten Kumpel in Notwehr getötet?"

„Selbst das kann ich mir nicht vorstellen", wandte ich ein, „außerdem hatte er kein Mordwerkzeug bei sich."

„Sie sind nicht auf dem neuesten Stand", er sagte es mit sichtlichem Vergnügen, verbarg seinen Triumph nur unvollkommen. „Wir haben am Bahndamm etwas sehr Geeignetes gefunden, nur einen Steinwurf vom Tatort entfernt. Noch heute wird uns die Spurensicherung verraten, ob es die Tatwaffe ist." Er machte eine Pause, wartete auf meine Reaktion, die ausblieb, und spöttelte: „Jetzt müsste eigentlich die Fabel von dem großen Unbekannten kommen. Wenn es nicht Hinnerks war, dann haben Sie ihn umgebracht, Levgen. Sie gaben ihm den Rest und das hübsche Fräulein Teresa ging Ihnen zur Hand!" Er sprang auf und ging hinter mir auf und ab, ich spürte seinen Blick in meinem Nacken kleben. „Sie können es sich jetzt sehr einfach machen. Die Indizien lassen ohnehin keinen anderen Schluss zu."

Und auf und ab, und auf und ab.

„Spielen Sie Rilkes Panther?", fragte ich gereizt.

Hauke Peters parierte: „*Es ist, als ob es tausend Stäbe gäbe, und hinter tausend Stäben keine Welt ...* Geben Sie Acht, dass Sie nicht hinter solche Stäbe geraten! Ihre Geschichte von den geheimnisvollen Akten ist so abwegig, dass sie meinen Verdacht gegen Sie nur bestätigt."

„Nein, der Bahndamm ist ein Dorado für finstere Existenzen, besonders nächtens", wehrte ich ab. „Einer von denen kann es gewesen sein, Dealer, Junkies ... Oder einer seiner Banditenfreunde, von denen viele Schollfi lieber tot als lebendig gesehen haben werden."

Peters wollte etwas einwenden, ich wurde lauter und setzte nach: „Vor Jahren hat es dort schon einmal einen Mord gegeben, es war ein Messerstecher aus dem Milieu."

„Nicht *dort* mein Lieber Levgen", konterte der Bär.

„Dann eben an anderer Stelle", brüllte ich, „aber dennoch am Bahndamm!"

„Hm", brummte er kleinlaut, sagte dann, ich solle kurz warten, und ging mit seinem Kollegen aus dem Zimmer. Nicht einmal eine halbe Minute später kam er schon wieder zurück und beteuerte, er würde in alle Richtungen ermitteln. „... ergebnisoffen!"

Der stumme Kollege kam mit der Kaffeekanne, schenkte mir nach. Sein aufgesetztes Schmunzeln war eher belästigend als tröstend.

Ich dachte an die Tatwaffe. Zu gern hätte ich gewusst, welche Art von Mordinstrument der Oberinspektor im Sinn gehabt haben könnte.

„Und was jetzt?", wollte ich wissen. „Muss ich doch einen Anwalt anrufen?"

Die Antwort ließ auf sich warten.

„Na, Sie sind ja einer!", sagte er und schmunzelte süßsauer. „Ihre Aussage geht an die Staatsanwaltschaft, die entscheidet dann, wie's weitergeht", und er bemerkte kaum hörbar: „Was sind Sie nur für ein Heuchler, Levgen, sind tief verstrickt und riskieren eine dicke Lippe."

„Verstrickt?"

„Ja, als Täter oder Mitwisser. Dazu kommen zahlreiche andere Straftatbestände: Vertuschung eines Kapitalverbrechens, Behinderung polizeilicher Ermittlungen wie z. B. Vernichtung von Beweismitteln, Störung der Totenruhe …"

„Mitwisser?", empörte ich mich.

Peters stach mit seinem Zeigefinger Löcher in die Luft.

„Sie wissen, wer Ihren alten Kameraden umgebracht hat."

„Nein – weiß ich nicht!"

„Wo ist denn unser Hauptverdächtiger? Hinnerks, dieser Totschläger, das Sensibelchen von der schreibenden Zunft?", fuhr er fort. „Warum ist Ihr Freund abgehauen, wo hat er sich verkrochen, Sie wissen es, raus damit!", forderte er mit schneidender Stimme.

„Schon gut, regen Sie sich ab", sagte ich, „ich weiß nicht, wo sich Horge Hinnerks aufhält, die Sache hat ihn umgehauen, er ist in psychiatrischer Behandlung."

„Ja, ja, ja, für so etwas gibt es solche Anstalten … Das wird ihm nicht helfen, die Fahndung nach Hinnerks läuft!"

Eine Beamtin wagte sich nach zaghaftem Klopfen zögernd ins Zimmer, pirschte sich von hinten an den Bären heran und legte ihm wie zur Beruhigung die Hand auf die Schulter.

„Gaby, was ist?"

Sie tat geheimnisvoll, beugte sich vor, flüsterte ihm etwas zu und ließ einen grünen Schnellhefter auf den Tisch fallen. Gestik und Körperhaltung betonten das Konspirative ihres Auftritts. Begierig öffnete Peters die Mappe, während mich die Frau mit einem Blick musterte, der wohl bedeuten sollte, „So sieht also ein Mörder aus". Peters räusperte sich und schob die Brauen hoch, er schien zufrieden. Gaby nahm den Weg zur Tür. Ihr wiegender, leicht ungelenker Gang verriet, dass sie sich von drei Augenpaaren beobachtet fühlte. Das Telefon klingelte.

„Ja?" Der Grizzly verzog das Gesicht. „Ich schicke Jochen zu Ihnen, reicht das? Nein, hm, gut, wir kommen." Peters drückte eine Taste, sagte: „Gaby? Komm noch mal rüber, Jochen und ich müssen kurz zum Chef." Sie schien zu protestieren. Er schaute mich an und lachte frech. „Keine Angst, Gaby, der ist harmlos", legte auf und verließ mit seinem Kollegen den Raum.

Die angeforderte Aufpasserin konnte augenblicklich zur Tür hereinkommen; ich traute mich dennoch und warf eilig einen Blick in den Schnellhefter. Die erste Seite bestand aus einer technischen Zeichnung, die laut Untertext einen Wagenheber darstellte. Ein Teil der Grafik war von Hand mit einem roten Filzstift umrandet, er markierte das Rohr, das beim Heben des Fahrzeugs als Stütze dient, eine Aussparung zeigte das innen liegende Schneckengewinde aus Edelstahl.

„Die Tatwaffe", murmelte ich, „das Stützrohr eines Wagenhebers."

Die Länge des Teils war mit 64 cm angegeben. Ein Foto fiel aus der Mappe, eher die schlechte Kopie eines Fotos vom Bahndamm, ein gekrakeltes Kreuz markierte den Fundort, einen Schritt vom Gleis entfernt.

Gaby kam herein, der Schnellhefter lag wieder an seinem Platz. Sie setzte sich ans andere Ende des Tisches, beobachtete mich mit gouvernantenartigem Gesicht.

„Auf Wiedersehen. Sie hören von uns", sagte Peters, nachdem er das Protokoll gelesen und ich unterschrieben hatte. „Wir bleiben im Geschäft, Herr Levgen, Ihre Geschichte wackelt beträchtlich. Horge Hinnerks ist unser Favorit, aber Teresa Hinnerks und Sie sind noch lange nicht aus dem Schneider. Eins noch!", er zog mich am Ärmel zurück ins Büro: „Wo ist der Schuh geblieben? Schollfi fehlte der linke Schuh."

„Den haben wir mit dem Mantel und dem Blazer in einen Textilcontainer gestopft", sagte ich.

Er wollte wissen, wo der gestanden hat, und beauftragte einen Kollegen, den Inhalt zu sichern. Peters legte seine Tatze auf meine Schulter und kam mit seinem Gesicht so nahe an mich heran, dass mir das seifige Salbei-Aroma in die Nase stieg.

„Sie haben den Watson gespielt, damit muss Schluss sein!", sagte er nachdringlich, fast beschwörend. „Ich muss alles wissen, der Fall hat das Potenzial für weitere Katastrophen."

Ich war schon auf dem Flur, als er mir hinterherrief: „Levgen, rufen Sie mich an, wenn Ihnen noch etwas einfällt! – Sagen Sie Ihrer Freundin, ich erwarte sie hier."

„Sie ist nicht meine …!"

„Schon gut, schon gut! Wann kommt Teresa Hinnerks zum Rapport?"

„Sie wird Sie vorher anrufen – ist das o.k.?"

„Nee. Ich will sie morgen um Zehn hier sehen! Wenn sie nicht kommt, holen wir sie, sagen Sie das dem Früchtchen!"

Noch am selben Nachmittag rief ich Teresa an und berichtete von meinem Verhör bei der Kripo. Sie reagierte panisch, wollte wissen, was sie aussagen solle.

„Wenn du mit allem bei der Wahrheit bleibst, kannst du dich nicht verhaspeln", sagte ich, und dass die Polizei die Tatwaffe gefunden hätte. „Den Teil eines Wagenhebers. Ein langes Metallrohr, das haut rein!"

„Warum haben wir das nicht gefunden?"

„Es hat in einer Wasserpfütze neben dem Gleisbett gelegen", antwortete ich und fragte, ob ich sie zum Verhör begleiten solle.

„Nein, das schaffe ich allein", sagte sie tapfer.

„Die fahnden nach Horge", fiel mir noch ein, und dass sie wohl unsere Telefonate abhören würden. „Da bin ich sicher! Es wird richtig ungemütlich für uns!"

Ich sagte ihr, wo sie einen Zweitschlüssel für mein Haus finden kann. „... Wann immer du willst."

# Reifenpanne

Am Morgen hielt Teresas Twingo vor meinem Fenster, sie hupte mich heraus. Wir fuhren hinauf zum Burgfried und fanden nach einigen Irrfahrten einen Stellplatz. Vor dem vierstöckigen Haus stand der dunkle Citroën. *Dusty mauve* sei ihre Lieblingsfarbe, meinte Teresa. Von dem schwarz-violetten Untergrund strahlte ein cremefarbener Schriftzug in filigraner englischer Schreibschrift: *Gunillas Kosmetik- und Nagelstudio.*

„Ist die Luft rein?", fragte Teresa.

Dann stieg sie aus und ging zum Citroën, machte sich an dem Ventil des linken vorderen Reifens zu schaffen. Nach einer gefühlten Ewigkeit war der endlich platt. Wir zogen uns in eine Toreinfahrt zurück und erwarteten den Auftritt der beiden.

„Mein Gott, das dauert", quengelte Teresa und kaute nervös an ihrem Bubbelgum.

Die Haustür gab laut nach, Lydia und ihre Freundin traten heraus und gingen über die Straße zu ihrem Auto. Gunilla verlor beim Einsteigen ihren rosaroten Stöckelschuh, beugte sich herunter und bemerkte die Havarie.

„Scheiße!"

Teresa und ich standen uns gegenüber, den Rücken gegen die Laibungen des Hauseinganges gelehnt. Ich drückte mich in die Nische, wollte nicht erkannt werden, Teresa beschrieb mir die Szene.

„Was machen die beiden?"

„Lydia öffnet den Kofferraum, sie wuchten den Ersatz-reifen heraus … Gunilla rollt ihn nach vorn, lehnt ihn gegen den platten Vorderreifen. Sonderbar – sie geht zurück ins Haus, Lydia ruft ihr etwas zu."

„Was ruft sie?", frage ich.

„Ich verstehe nichts." Teresa triumphierte: „Henning, ich sage dir, die haben dieses Dingsbums nicht – keinen Wagenheber! Zumindest nicht komplett. Lydia wartet auf ihre Freundin. Jetzt kommt sie aus dem Haus. Meine Güte, ist die aufgedonnert! Ein dicker Mann stiefelt hinterher, Typ Hausmeister, wahrscheinlich ein Nachbar. Er geht zum Auto und wirft einen Blick auf das Vorderrad, jetzt verlässt er die beiden – er kommt näher."

Der Mann hatte seinen Wagen nur wenige Schritte von uns entfernt geparkt. Er öffnete den Kofferraum und hievte nörgelnd seinen Wagenheber heraus. Er keuchte und schlurfte zurück zu den Frauen, verzweifelt bemüht, seine Holzschuhe an den Füßen zu halten.

„Du glaubst nicht, wie rabenschwarz Gunillas Haare sind."

„Ist doch jetzt nicht wichtig – sag mir lieber, was machen sie?"

„Gunilla tätschelt den Nachbarn – ist dankbar, er fuchtelt mit den Armen und schwadroniert, macht sich wichtig und gockelt um die beiden Schönen herum – jetzt bückt er sich und versucht sein Glück mit dem Wagenheber."

„Das reicht. Teresa, komm, wir hauen ab!"

Im absoluten Halteverbot neben der Marienkirche fanden wir einen Parkplatz.

„No risk no fun – wir bleiben ohnehin nicht lang!"

Im Café am Nordermarkt nahm ein auffallend gut aussehender junger Mann unsere Bestellung auf. Ich hatte

Lust auf ein Baiser mit geschlagener Sahne und bestellte dazu einen Espresso. Teresa errötete, als er sie ansprach, und versuchte ihn mit der Frage nach grünem Tee und Dinkelplätzchen etwas länger am Tisch zu halten.

„Nee, tut mir leid, so was haben wir nicht", sagte er, und dass grüner Tee nicht wirklich gut schmecken würde. „Eher wie das Tauwasser eines überlagerten Zanderfilets."

„Aha", grantelte Teresa. „Ich nehme das Gleiche wie mein Onkel", sie lachte mich dabei frech an und rief ihm hinterher: „Ohne Sahne!"

Mit der Kuchengabel brachte Teresa das Baiser zum Implodieren, einige Trümmer verteilten sich über den zu kleinen Tisch. Bei den Aufräumarbeiten schwappte ihr Kaffee über.

„Alles in Ordnung?", fragte der Kellner. Um nicht eingreifen zu müssen, flüchtete er zum Nachbartisch. „Haben die Herrschaften gewählt?"

„Wie geht es jetzt weiter in unserer Mordgeschichte?", fragte Teresa leise.

Die näheren Umstände müsse die Kripo ermitteln, antwortete ich, und dass es Zeit würde, reinen Tisch zu machen. „Wir sind keine Detektive, das ist Sache der Polizei."

„Du willst die beiden also bei der Polizei verpfeifen?", fragte Teresa.

Ich spürte Zorn in mir aufkommen: „Zuvor noch hast du dir so sehr gewünscht, dass dein Vater nicht für den Tod Willems verantwortlich wäre."

Sie wollte etwas erwidern, aber ich setzte nach.

„Weil du Ermittlungen gegen deinen Vater verhindern wolltest, habe ich mich darauf eingelassen, den toten Willem von der Brücke zu werfen und auf die Reise ins Nirwana zu schicken. Dafür werden wir uns noch verantworten müssen, und wenn die Kripo die wahren Täter nicht ermitteln kann, ist sie auch mit uns zufrieden, also – schimpf mich nicht einen Denunzianten! Ich bin wütend! – Zahlen, bitte!"

Wir verließen das Café und gingen über den Nordermarkt. Teresa interessierte sich für den Brunnen mit der Neptunfigur, deren Dreizack wieder einmal einen Liebhaber gefunden hatte. Die goldene Krone des Meeresgottes strahlte gegen den inzwischen blauen Himmel. Mich traf eine Handvoll Wasser im Nacken.

„Das war die Strafe für deine cholerische Standpauke", frohlockte Teresa. „Du bist übrigens genau wie Papa."

„Danke, ich wollte schon immer so sein!"

Wir erreichten den Vorplatz der Marienkirche. Teresa wollte sich die Bleiglasfenster ansehen.

In der Kirche war es kühl und dunkel. Sie war beeindruckt.

„Käthe Kollwitz?", fragte sie.

„Falsch – Käthe Lassen. Sie hatte ihr Atelier in einem der Höfe der Altstadt."

Die Hände und Augen der Figuren kämen ihr zu groß vor, meinte sie.

„… Hast ja auch keine Ahnung von Kunst."

Sie setzte mich vor meinem Haus ab.

„Ich sollte Lydia und ihre Freundin überreden, sich zu stellen", sagte ich."

Teresa bot vorsichtig an, mich zu ihnen zu begleiten.

„Nein, mir reicht's: Ich mach das allein, – noch heute Abend. Und du hast jetzt deinen Termin bei der Kripo."

# Ritter der Tafelrunde

Ich war mit Gunilla allein. Lydia würde etwas später kommen, sagte sie, und dass sie viel von uns erzählt habe und ob ich schon zu Abend gegessen hätte.

„Ja, hab' ich. Bitte keine Umstände."

Gunilla war deutlich jünger als Lydia, eine imposante Erscheinung, etwas maskulin, aber attraktiv. Ihr Raubvogelblick war nach meiner Einschätzung der Effekt spezieller Kontaktlinsen, sicher aus dem Waffenarsenal des eigenen Kosmetikstudios. Der kurze, strenge Schnitt der blauschwarzen Haare ließ sie aussehen wie Prinz Eisenherz oder einem Ritter der Tafelrunde. Gunillas grobmaschiger, silbergrauer Wollpullover hatte zudem etwas von einem Kettenhemd, und anstelle eines Schwertes konnte ich mir an ihrem ausgestreckten Arm den Tubus eines Wagenhebers vorstellen. Sie hatte von mir abgelassen, um die auf dem Dielenboden ausgebreiteten Magazine und Prospekte in ein Regal zu ordnen.

„Magazine auf dem Teppich sind Lydias tägliche Hinterlassenschaft", sagte sie, ohne dass ein Vorwurf herausklang. Sie schreckte auf, als das Telefon läutete und warf einen Blick auf das Display. „Großer Bruder," flüsterte sie erleichtert, huschte ins Nebenzimmer und zog die Tür hinter sich zu.

Ich nutzte den Augenblick, stach eine feine Nadel in das Porträt der Gattin des Bahnhofvorstehers, zog den Schmuck aus meiner Hosentasche und hängte ihn der alten Dame ans Ohr.

Gunilla kam zurück.

Kurz darauf hörte ich die Etagentür zuschlagen und dann Lydias Stimme.

„Hallo, ich bin's!"

Sie freute sich, mich zu sehen, und fragte nach Horge. Er wäre abgereist aber käme wohl sehr bald wieder.

„Ich glaube nicht", hielt sie entgegen, ohne sich das geringste Bedauern anmerken zu lassen, küsste flüchtig ihre Freundin und warf sich in einen Sessel. „Hui – das war wieder ein Tag!"

Lydia schaute mich an, las in meinem Gesicht, fühlte meine Anspannung, warf ihrer Freundin einen fragenden Blick zu.

„Ist irgendetwas?"

Ich brachte vorerst nur ein Räuspern hervor. Dann starrte sie an mir vorbei auf das Gemälde. Sie erschrak, rang nach Luft und senkte den Kopf, ohne mich aus den Augen zu lassen. Lydia umfasste ihren Hals, als müsse sie die Kehle vor dem Biss eines Raubtieres schützen.

Gunilla folgte dem entsetzten Blick der Freundin und starrte ungläubig auf das Porträt ihrer Großmutter – der alten Dame mit dem geheimnisvoll scheuen Lächeln – und dem funkelnden Schmuck des Juweliers Mölke am Ohr.

Beim Öffnen meiner Haustür stieß ich einen Seufzer aus. Es zog mich in die Küche, mehr aus Gewohnheit riss ich die Tür des Kühlschranks auf. Das halbe Huhn erschreckte mich, ich würde nichts herunterbekommen. Das Gefecht mit Lydia und Gunilla hatte mir den Appetit verdorben und mich meine gesamten Serotoninvorräte gekostet.

‚Es wäre schlauer gewesen, Teresa mitzunehmen', dachte ich und setzte mich vor die Glotze. ‚Damit du schon mal atmen kannst', sagte ich der Flasche Rotwein, zog ihr den Korken heraus und schaltete den Fernseher ein. Ich wollte die unangenehme Erinnerung wegzappen.

Eine attraktive, aber hagere Moderatorin mit schneckenförmig drapierter blonder Locke berichtete gut gelaunt von „mindestens 300 Monsuntoten" irgendwo in Indonesien. ‚Die flimmernden Bilder sind ohne Ton besser zu ertragen', dachte ich, schaltete ihn weg und verschaffte mir mit jedem Schluck des guten Roten etwas Linderung.

Teresa rief an, fragte, wie meine Mission gelaufen sei, und behauptete, ich würde lallen.

„Furchtbar!", gab ich zu. „Es war die Hölle, wärst du nur dabei gewesen. ‚Dieser Schwanz will unser Leben zerstören!', hat Gunilla geschrien. Mit Schwanz meinte sie mich."

Teresa feixte: „Henning, warum erzählst du mir alles am Telefon, du …"

Ich war entnervt und fiel ihr ins Wort: „… weil du mich jetzt am Telefon danach fragst!"

„Ja, sicher, aber ich möchte noch so vieles wissen. Kann ich vorbeikommen?"

„Ja, komm' nur, aber beeile dich, ich bin nicht mehr lange vernehmungsfähig!"

„Bis gleich!", sagte sie und legte auf.

Ich beseitigte die gröbste Unordnung im Zimmer, ging noch einmal zum Kühlschrank, packte das Huhn und füllte mir mit einem Biss den Mund, würgte alles hinunter und goss einen Schluck aus der Colaflasche hinterher. Einen Banausen hätte Ruth mich geschimpft.

Einige Minuten stand ich an der geöffneten Haustür und genoss die kühle Abendluft, dann kam Teresa, sie marschierte im Stechschritt, Fragen stellend an mir vorbei ins Wohnzimmer.

„Und? Wer von den beiden hat ihn getötet?"

„Frag mich nicht, ich weiß es nicht!"

„Warum nicht?", eiferte Teresa.

„Die beiden haben panisch reagiert, waren wie fauchende Wildkatzen und haben auf direkte Fragen nicht geantwortet", sagte ich. „Wenn ich nicht vorzeitig gegangen wäre, hätten sie mich rausgeschmissen."

„Hast du ihnen verraten, dass wir das mit dem Wagenheber wissen?", fragte Teresa.

„Ja, was denkst du? Das hat ihnen nicht gefallen; auch dazu haben sie nichts gesagt."

„Gut! Dann haben wir es geschafft", meinte Teresa.

„Nein, es war kein Geständnis! Kapierst du das? Sie sind meinen Fragen stammelnd ausgewichen. Aber ich bin sicher: Sie waren es!"

„Oder eine von ihnen?"

„Ja, oder eine von ihnen."

Teresa war noch nicht zufrieden, biss sich auf die Nägel.

„Was haben sie denn überhaupt zugegeben?"

„Dass das Stützrohr ihres Wagenhebers verloren gegangen ist und der Ohrschmuck von ihnen stammt."

Teresa krauste die Stirn.

„Von Gunilla?"

„Ja, es ist Gunillas Schmuck, Lydia hatte die Replik wahrscheinlich beim Juwelier herstellen lassen und ihr zum Geburtstag geschenkt."

„Und jetzt? Wie geht's weiter?", fragte Teresa. „Glaubst du, dass sie sich der Polizei stellen?"

„Vielleicht. Ich habe sie bekniet, es zu tun."

„Und wenn nicht?"

Ich zuckte mit den Schultern.

„Noch Fragen, Frau Oberstaatsanwältin?"

Teresa machte ein strenges Gesicht.

„Ja: Warum trinkst du so viel?"

Ich musste lachen.

„Ja, das musst du meinen Arzt fragen, der hat es mir geraten. Aber vielleicht habe ich ihn falsch verstanden."

# Wo ist Lydia?

Teresa rief am nächsten Morgen wieder an. Ihre Stimme verriet Unternehmungslust.

„Lass uns zusammen frühstücken!", schlug sie vor und wollte wissen, ob ich alles im Hause hätte.

„Ich muss vorher zur Post, wann möchtest du kommen?"

„Irgendwann, aber nicht später als elf", antwortete sie und sagte, sie hätte ohnehin einen Schlüssel und könne jederzeit ins Haus.

Als ich zurückkam, stand sie in der offenen Tür.

„Lydia ist verschwunden." Ihre Stimme überschlug sich beinahe, es klang wie ein Vorwurf. Sie drängte mich in die Küche.

Ich war überrascht: In der Mitte des Raumes stand Gunilla, starr wie ein Klotz, bleich wie ein Leinentuch, die Arme trotzig verschränkt.

„Was heißt das: Lydia ist verschwunden?", fragte ich.

Gunilla begann zu weinen, wich einen Schritt zurück, suchte Halt an der Messingreling des alten Küchenherds, hob den Kopf und sah mich mit unverhohlener Verachtung an.

„Sie hat eine Pistole mitgenommen, sie wird sich etwas antun."

Ich schwieg, überlegte, welche Pistole sie meinen könnte und ob sie vielleicht bei Willem die Waffe gefunden habe, die Pistole, mit der er Horge erschießen wollte.

„Wann war das?", fragte ich.

„Gestern Abend. Wir haben uns wieder gestritten." Gunilla nahm ein Taschentuch und wischte sich die Tränen aus den Augen. Über dem Rand der Kaffeetasse sah ich in ein stahlgraues Augenpaar, das mal Teresa und mal mich fixierte.

,Sie sichert', dachte ich, ,sucht in unseren Gesichtern nach Zustimmung, fürchtet, wir könnten ihr nicht glauben.'

„Ich gehe", sagte sie unvermittelt, „ich muss sie finden."

„Wenn Sie fürchten, dass sich Lydia etwas antut, sollten Sie die Polizei alarmieren", hielt Teresa ihr entgegen.

„Nach einer Nacht ist man noch nicht verschwunden, so was interessiert die Polizei nicht", rief ich hinterher, aber Gunilla war schon gegangen.

Gunillas Kosmetikstudio befand sich im dritten Stock eines mehrstöckigen Hauses am Marktplatz. Vor dem Parfümduft im Treppenhaus floh ich in den Fahrstuhl, er brachte mich direkt in den Salon.

Mit meinem Erscheinen verstummte das Stimmendurcheinander, die Damen hatten mich als Fremdkörper erkannt, manches hier Gesprochene war vielleicht nicht für Männerohren gedacht.

Ich wagte mich einen Schritt hinein, sah in glühende Kleopatra-Augen, umrandet mit bläulich-silbrigen Schatten und Wimpern, lang wie die Beine eines Maikäfers. Das Gesicht einer Kundin war als Quarkspeise hergerichtet, die aufgelegten Gurkenscheiben hatten sich unter der Wärme des Strahlers in Bewegung gesetzt und wässrige Schneckenspuren hinterlassen. Mir stellte sich eine der Angestellten in den Weg.

„Kann ich Ihnen helfen?"

Sie fixierte mich mit gnadenlosem Blick, überlegte offenbar, was an mir zu machen sei.

„Hm, ich möchte nicht stören", sagte ich: „Ist Lydia Dellenbach zu sprechen?"

„Sind sie ein Freund?"

„Sagen wir, ein guter Bekannter. Es wäre sehr wichtig. Ich habe sie in ihrer Wohnung nicht angetroffen."

Sie überlegte kurz.

„Es tut mir leid, Lydia ist heute nicht gekommen, sie hätte Dienst gehabt ..." Sie wandte sich den auberginefarben bekittelten Kolleginnen zu. „Wisst ihr, wo Lydia sein könnte?"

Das Echo war ernüchternd.

„Nee, nein, keine Ahnung." „Gunilla ist auch nicht da heute." „Weiß nicht ..."


Ich saß bereits wieder im Auto, als eines der Salonmädchen winkend auf mich zu kam.

„Sind Sie Herr Levgen?"

Ich nickte, sie reichte einen kleinen Zettel durch das einen Spalt geöffnete Fenster.

„Grüßen sie Lydia von mir, ich bin Rosa!", sagte sie und huschte über die Straße zurück ins Haus.

*Kirkebjerg 7, Sönderhaff* – eine Adresse in Dänemark, nicht weit von der Grenze, direkt am südlichen Fördeufer, auf der Höhe der kleinen Ochseninseln. Ich hatte Lydias neuen konspirativen Wohnsitz! Neben der schönen Aussicht war der Ort wegen seiner legendären Hotdog-Bude bekannt.

Durch Dänemark zu fahren, sei wie ein Mittagschlaf, hatte mein Bruder Friedrich einmal konstatiert, Blutdruck und Pulsfrequenz würden gegen Null gehen. Ja, irgendwie ist es mir auf meiner Fahrt über die Dörfer tatsächlich so vorgekommen. Eine asphaltierte, schmale Straße führte die bewaldete Anhöhe hinauf zum Kirkebjerg. Oben standen kleine, schmucke ochsenblutrote Holzhäuser.

Ein dicker Mann öffnete die Tür des Hauses, das zu der Adresse auf dem Zettel gehörte, und fixierte mich abweisend, beinahe feindselig. Um seine Beine drehten sich zwei kleine, kläffende Wadenbeißer undefinierbarer Rasse, deren Bellen wie ein trockener Husten klang. Ich fragte nach Lydia. Der Dicke antwortete nicht, tat so, als würde er kein Deutsch verstehen. Nach mehreren Versuchen schrieb ich eine Nachricht auf einen Zettel, den ich ihn bat, an Lydia weiterzugeben.

Minuten später war ich zurück auf der Hauptstraße, fuhr wenige Kilometer und parkte neben *Annes Hotdog-Bude*, der Biker-Kultstätte. Gegenüber, direkt am Strand gelegen, befand sich ein Café. Ich setzte mich an den letzten freien Tisch und bestellte eine Trinkschokolade.

Lydia kam eine halbe Stunde später.

„Wer hat dir meine neue Anschrift verraten?", wollte sie wissen.

Ich zuckte mit den Schultern. „Viele Grüße von Rosa", sagte ich. „Setz dich, Lydia, wir müssen reden!"

Sie sah blass aus.

„Hast du schlecht geschlafen?"

Ihr gelang ein Lächeln. „Danke. Du siehst auch schlecht aus", konterte sie.

„Wer war der Dicke in deinem Domizil?", fragte ich.

„Tykke. Er ist der Mann meiner Cousine, heißt eigentlich Olaf Olseson, ein ganz Lieber."

„Lässt er sich aber nicht anmerken."

Lydia sagte, sie wolle schon mal vorgehen. „Hier hört jeder mit, wir könnten am Wasser entlang spazieren und uns ungestört unterhalten."

Lydia ging zu einem kleinen Ruderboot, zerrte daran.

„Das gehört Tykke. Er versteckt es immer in den Hagebuttenbüschen."

„Lasst uns dicht am Ufer bleiben, das Wasser ist eiskalt", mahnte ich.

„Ja, ja. Kleiner Feigling!"

Ich war ungeduldig, wollte endlich alles wissen, alles verstehen können. Doch im Boot bugsierte ich erst die Riemen in die Dollen, und wir ruderten ein paar zig Meter hinaus. Sie wollte rüber zu einer der Ochseninseln.

„Das haben Gunilla und ich immer gemacht, wenn wir Elsa und Tykke besucht haben."

Ich hatte keine Lust zu dieser Ochsentour, maulte. „Warum hast du dich hierher geflüchtet?", fragte ich.

Lydia nahm sich Zeit.

„Ich brauche den Abstand", antworteten sie schließlich, „zumindest ein paar Tage oder bis ..." Sie stockte. „... bis sich alles geklärt hat."

„Gunilla sucht dich, sie macht sich Sorgen. Du hättest eine Pistole mitgenommen, sagte sie."

Ich kam mit dem Boot nicht zurecht, die Riemen sprangen immer wieder aus den Dollen und die Ruderblätter patschten auf die Wasseroberfläche.

„Die Waffe hab ich im Bücherschrank versteckt. Gunilla ist labil, ihre Anwesenheit ängstigt mich. Sie nimmt mir die Luft zum Atmen, nichts ist wie vorher ... Seit dem ..."

„Seitdem was?"

Lydia zögerte. „Seitdem sie mit diesem Mann rummacht. Auch einer von Willems schrägen Freunden. Gunilla trifft sich gelegentlich mit ihm ... ,Ich liebe ihn nicht, aber wir sind seelenverwandt!', sagt sie auf meine Vorhaltungen. Der Typ ist ein Spinner, will mit ihr ans Ende der Welt."

„Wie bist du an Gunilla geraten, wie habt ihr euch kennengelernt?"

Sie wirkte abwesend, sprach dann sehr schnell, als müsse sie die Zeit wieder aufholen.

„Es war vor etwa einem Jahr, ich hatte mich in ihrem Kosmetikstudio beworben. Wir mochten uns. Monate später zog sie zu mir, wir hatten eine gute Zeit. – Gunilla hat gelegentlich als Kosmetikerin für die Mädels in diesem Etablissement gearbeitet", schilderte Lydia. „Sie hat sie für den Job aufgebrezelt: Frisur, Make-up, Nägel … Das ganze Programm."

Ich war überrascht.

„Der Puff in der Schützenchaussee?", fragte ich.

Sie nickte, wir schwiegen.

„Ich hab' davon gehört", sagte ich schließlich, „eine Villa mit dicken Limousinen im Vorgarten, ein privater Klub. Wem gehörte der Schuppen?"

Lydia wusste es nicht, die Eigentümer seien nie in Erscheinung getreten, aber sie erzählte, dass sie dort einen fürs Grobe gehabt hätten.

„Willem Schollfi?", fragte ich dazwischen.

Lydia nickte.

„Er hatte sich damals an Gunilla rangemacht – nicht so, wie du denkst, da wäre er ohne Chance gewesen. Aber diesem Schurken ist es gelungen, sie für sich einzunehmen." Aus Lydias Antlitz sprach Verachtung. „Er machte kleine Geschenke, und wenn es Stress gab, stand er ihr bei", fuhr sie fort. „Irgendwann hat sie ihn für einen netten Kerl gehalten."

Wir näherten uns einem kleinen Boot, es war an einer Boje festgemacht und schaukelte etwas kräftiger, als man es der Flaute zugetraut hätte. Aus dem Inneren schnellten zwei Köpfe hervor, die uns erschrocken anstarrten.

Nachdem das Pärchen uns geortet hatte, duckte es sich kichernd weg. Lydia lächelte und forderte mich auf, abzudrehen.

„Willem wusste von Gunillas Traum: einem eigenen Kosmetikstudio. Er vermittelte einen windigen Geldverleiher aus seinem Dunstkreis. Eine Tänzerin aus dem Klub hat ihr später verraten, dass der an dem Bumsladen finanziell beteiligt war. – Das Studio lief anfangs schlecht, Gunnilla konnte die Zinsen nicht aufbringen, der Kredit platzte. Da machte Schollfi Druck, behauptete, er habe gebürgt. Er nötigte sie, für ihn zu arbeiten."

„Du meinst, Gunilla musste Liebesdienste in dem Bordell ...?"

„Das war furchtbar ... Es begann ja vor meiner Zeit mit ihr. Sie war eine Art freie Mitarbeiterin, hatte nur zwei oder drei Kunden, zu denen sie fuhr ...", fiel ihr ein. „Deshalb erfuhr ich es lange auch nicht ... Einen mochte sie sogar: Der hieß Christian, in den war sie verknallt, ein reicher Däne, deutlich jünger als sie, soll irre gut ausgesehen haben. Gunilla kam schnell aus diesem Job heraus, ihr Laden lief plötzlich. Dann merkte sie, dass Willem ihre Vögel-Honorare nicht weitergegeben hatte, der Schweinekerl hat alles einbehalten."

„An wen nicht weitergegeben?", fragte ich.

„An den Kredithai! Aber sie hatte Glück: Einer ihrer Freier half ihr aus der Patsche. Schon verrückt: Die hatte Schollfi ja alle angeschleppt. Ich denke, der Mann war in Gunilla verschossen."

„Ist das der seelenverwandte Spinner, von dem du sprachst?"

Lydia überlegte. „Kann sein. Es ging alles über Willem. Na, wie auch immer. Der Mann hatte offenbar keine Angst vor Willem."

„Stopp!", rief ich: „Wie hieß der generöse Freier?"

„Wie soll ich das wissen?"

„Kennst du den Namen ‚Lohmann'? Sagt dir das irgendwas?"

Lydia versuchte, sich zu erinnern, und rieb sich die Schläfe: „Ich weiß nicht, möglich, ich bin nicht sicher, sie hat immer von einem Gustav gesprochen."

„Unser Gustav ...", sagte ich zu mir selbst, denn jetzt ergab alles Sinn! Mir fielen die Worte der alten Frau Lohmann ein: Ihr Sohn habe sich mit einem ‚Weibsbild herumgetrieben'. Und Lothars Bemerkung, sein Vater habe ihm von einer dubiosen Gestalt erzählt, dem ‚nützlichen Banditen', mit dem er sich in Haveby getroffen hatte. „Mit Willem! Das ist doch nicht möglich!"

Lydia schaute mich verständnislos an.

„Und dann?", ermunterte ich sie.

Sie zog die Lippe herunter.

„Gunilla hatte nur kurz Ruhe vor Willem. Er wurde massiv, rückte ihr auf den Pelz, forderte Geld oder Naturalien, du weißt schon ... und drohte ihr."

„Hatte sie überhaupt noch Schulden bei ihm?"

„Nein, ich glaube nicht. Aber er erpresste sie."

„Womit?", fragte ich.

„Sie wollte damit nicht rausrücken. Ich denke, das Übliche: Fotos von Gunilla und den Freiern; dass sie anschaffen gegangen war ... Seine Drohungen haben sie jedenfalls krank gemacht. Sie tat mir so leid."

Ich wartete, bis Lydia sich beruhigt hatte.

„Wie konnte Gunilla wissen, dass Willem in dieser Nacht wehrlos neben dem Gleis liegen würde?"

Lydia wischte sich eine Träne von der Wange. „Sie konnte es nicht wissen", sagte sie barsch. Ich sah, dass der Zorn in ihr aufkam. „Glaubst du etwa, dass Gunilla ihn umgebracht hat?", fragte sie sichtlich empört und setzte nach: „Warum nicht ich? Ich wusste nämlich, dass Willem dort unten am Gleis lag." Lydia atmete tief.

Ich war überrascht und überlegte, ob das jetzt ein Geständnis werden könnte.

„Woher wusstes du …"

„Willem hatte mich angerufen", hatte sie sich gefangen.

Wir sahen zum Ufer und erkannten Tykke, der mit den Armen fuchtelte.

„Was will er?"

„Weiß nicht!", sagte Lydia.

Ich drehte das Boot in Richtung Ufer und machte eine paar Ruderschläge.

„Er hat angerufen? Wie ging es weiter?"

„Etwa um Mitternacht ging das Telefon; ich sprang aus dem Bett, Gunilla war nicht im Haus. Willem war am Apparat, seine Stimme klang fremd. Seltsamerweise fragte er als Erstes: ‚Wer ist dran?', das irritierte mich. Seine Stimme war verzerrt …"

„Schmerzverzerrt?"

„Er rang nach Luft, ich glaube, es ging ihm schlecht. Er stammelte, beschrieb, wo er lag, und sagte, dass er schwer verletzte sei. Er wollte, ich solle seinen Bruder Berhard anrufen, ‚der muss mich hier wegholen', meinte er und wenn ich nicht spurte, würde ich es auf ewig bereuen. ‚Keine Polizei!', schrie er immer wieder ins Telefon. Es hörte sich so an, als ob das Handy neben ihm auf dem Gleis lag. Alles klang so hohl, entfernt eben."

„Warum hat er seinen Bruder nicht selbst angerufen?"

„Hab ich ihn auch gefragt. Er könne nichts sehen, sich nicht rühren, habe nur die Wahlwiederholung gedrückt."

Lydia schwieg; ich machte ein paar Ruderschläge Richtung Ufer. Dann brach es aus mir heraus:

„Hast du ihn umgebracht?"

„Nein", sagte sie ruhig, „ich war es nicht – aber es wird ganz schwer sein, das zu beweisen."

Es gluckste im Boot. Durch eine kleine Leckage im Boden drang Wasser ein, Lydia hatte nasse Füße bekommen.

„Deswegen ist Tykke so nervös", murmelte sie.

Ich stemmte mich in die Riemen, wir nahmen Fahrt auf.

Das Boot rutschte knirschend auf den Sandstrand. Ich verstand Tykkes dänische Schimpfkanonade nicht. Er hatte wohl gefürchtet, wir könnten absaufen. Lydia heulte, er nahm sie in den Arm. Später zogen wir das Boot gemeinsam aus dem Wasser. Tykke warf Lydias Fahrrad auf die Ladefläche seines Fahrzeugs.

„Komm mit!", rief er mir durchs offene Fenster zu, „wir solln sehn und kriegen en god Kop Kaffe!"

Ich hätte ihm gern in seiner Sprache geantwortet, aber von dem, was mir Bruder Friedrich im Dänischen beigebracht hatte, waren mir nur ein paar zotige Reime in Erinnerung.

Lydia setzte sich zu mir ins Auto. Tykke lenkte seinen Kastenwagen schaukelnd über holpriges, mit Gras und Strandhafer bewachsenes Ufergelände und erreichte die Asphaltstraße. Ich blieb am Thema.

„Wie ging es in der Nacht weiter Lydia!"

„Bernhards Telefon war immer besetzt. Ich hab mir einen Sherry eingeschenkt und überlegt, was ich tun soll. Dann kam ganz langsam der Wunsch in mir auf, ihn umzubringen. Es war wie ein Verlangen und ich hatte nicht das Gefühl, dafür einen Menschen töten zu müssen. Mit einem Schlag konnte ich mich einer tödlichen Krankheit entledigen, so fühlte es sich an."

Ich unterbrach sie: „Wo war Gunilla in dieser Zeit?"

„Weiß ich nicht – wahrscheinlich bei ihrem heimlichen Lover. Den Spinner habe ich nie zu Gesicht bekommen", schimpfte Lydia, „er hat sie ausgenutzt und ihr das Paradies auf Erden versprochen. – Also … ich bin dann zum Bahndamm gefahren."

„Mit dem Wagenheber?"

„Ja, blöde Frage, den haben wir doch immer im Auto. Je näher ich ihm kam, umso größer wurde mein Hass auf diesen Teufel."

„Du hattest doch gar keinen Anlass, ihn zu hassen", sagte ich und war auf ihren Widerspruch gefasst.

„Er hat Gunilla gequält, das reichte mir, sie hätte das nicht länger ertragen!", schrie sie mich an.

„Weiter!"

„Ich fand ihn nicht in der Dunkelheit, bin umhergeirrt, dann klingelte sein Telefon, nur ein paar Meter von mir entfernt. Gleichzeit kamen diese Schritte näher, da war plötzlich noch jemand auf den Schienen." Lydia holte tief Luft und ließ sie mit flatternden Lippen in einem Seufzer heraus. „Ich war in Panik, hatte eine Todesangst, ich bin einfach davongelaufen."

„Das mit dem unbekannten Dritten glaubt dir keiner", sagte ich und nahm ihre Hand.

„Ich weiß, das ist jetzt mein Problem."

„Als ich in die Wohnung zurückkam, war Gunilla da. Sie hatte sich Sorgen gemacht. Ich hab ihr alles erzählt. Sie nahm mich in den Arm und sagte, sie würde mich nie verraten. Das mit diesem Typen auf den Schienen hat sie mir also nicht abgenommen."

„Lass mich raten", sagte ich, „und dann ist Gunilla nochmal zum Bahndamm gefahren?!"

„Woher weißt du …?"

„… weil sie irgendwann dort ihren Ohrschmuck verloren haben muss."

„Genau", sagte Lydia, „wir wussten nicht, was mit Willem war, ob er tot war."

„Wollte sie ihm den Rest geben?", fragte ich.

„Ja, vielleicht, ich weiß nicht, aber in jedem Falle fuhr sie dorthin, um seine Sachen zu holen, sonst würde mir die Polizei allein über Willems Handy auf die Spur kommen."

Meine Haustür ließ sich nicht öffnen, von innen steckte ein Schlüssel.

‚Ruth ist zurück', war mein erster Gedanke. Ich freute mich, läutete und dachte mit Schrecken an die Unordnung in den Räumen, denn irgendwie war alles im Hause so, wie sie es sich nicht wünschen würde.

Teresa öffnete.

„Hallo, du kommst spät", sagte sie beinahe vorwurfsvoll.

„Ja, ich war bei Lydia, sie ist für ein paar Tage zu ihrer Cousine nach Dänemark."

Ich erzählte Teresa von dem Bootsausflug und dem Gespräch mit Lydia. Teresa war erleichtert.

„Hab' uns was zu essen gemacht", sagte sie unvermittelt und meinte, dass es sich um eine Köstlichkeit handeln würde.

„Das ist lieb, ich muss nur noch schnell meine Mails checken."

Während ich in meinem Mail-Postfach herumstocherte, deckte Teresa den Tisch.

Ihre Zwiebelsuppe war misslungen, reichlich süß, es fehlten Schärfe, Safran und Weißwein.

„Wirklich lecker", lobte ich taktvoll.

# Aufgaben

Ein einziger zu Boden gefallener kleiner Zettel hatte in
mir eine Kettenreaktion an Wahrnehmungen ausgelöst
und ich erkannte plötzlich das über Wochen gewachsene
Chaos in meinem Haus – es würde mich Stunden kosten.
Auch der blinkende Anrufbeantworter signalisierte Ungemach. Ja, es hatte sich auch dort einiges angesammelt:
Uhrenbestellungen und Reklamationen, zum Schluss die
barsche Stimme von Kommissar oder Inspektor Peters,
der mich ins Revier bestellte und seine Ansage mit den
Worten schloss:

„Es eilt, Sie wollen doch sicher vermeiden, dass wir Sie
persönlich herschaffen."

Das klang nicht gut. Ich rief Lydia an, versicherte mich,
ob sie, wie vereinbart, heute um 11 Uhr vor dem Präsidium sein könnte.

Nicht einmal zehn Minuten später trat ich in das Büro des
Kriminaloberinspektors. Er hatte sich in der Küchenecke
sein grünes Getränk gebraut und kam, den zu vollen Becher balancierend, zu mir an den Tisch. Er wirkte übel-
launig.

„Unser Hinnerks hat sich verkrochen! Ärztlich nicht
vernehmungsfähig. Aber Sie werden jetzt endlich mit uns
reden, Herr Levgen, sonst wird es eng für Sie!", sagte er,
und ich war sicher, diesen Satz schon einige Male von ihm
gehört zu haben. Er trug Pantoffeln, sah mir meine Ver-
wunderung darüber an und meinte entschuldigend: „Ja,

mein Lieber, ich weiß! Aber wenn Sie meine Füße hätten …" Dabei rührte er mit seinem Salbeilöffel in meiner Kaffeetasse und setzte sie vor mir ab.

„Sie finden die fehlenden Teile des Wagenhebers in einem Renault Twingo, zugelassen auf Gunilla Gromberg." Ich nannte das Kfz-Zeichen und die Anschrift.

„Sie haben also in unseren Akten herumgeschnüffelt", sagte der Grizzly bissig.

„Es bot sich an Herr Peters. Es war ja auch sinnvoll."

„Wahnsinn!", entfuhr es ihm, wurde dann doch misstrauisch und holte den grünen Schnellhefter aus der Schublade. Er blätterte und verglich, raunzte zustimmend und kam mir dann unangenehm nahe. Das Weiß in seinen Augen war gelblich und von kleinen rotbraunen Äderchen durchzogen. „Dazu müssen Sie mir jetzt aber eine Geschichte erzählen, Levgen, sonst könnte ich auf die Idee kommen, dass Sie der Täter sind und mit dieser Nachricht die Ouvertüre zu einem umfassenden Geständnis anstimmen!"

Der Kriminaloberinspektor schlurfte zum wiederholten Male nach nebenan. Durch die große Glastür sah ich ihn im Gespräch mit einem mürrisch dreinblickendem Fatzke. Der geschniegelte jüngere Mann wirkte wie ein beleidigter Tangotänzer. Sie steckten die Köpfe zusammen, kungelten und warfen mir verstohlene Blicke zu. Mir schien, als würde Peters Direktiven entgegennehmen. Er kam zurück.

„Ist das Ihr Chef?", fragte ich, ohne wirklich eine Antwort zu erwarten.

„Man könnte es so sehen", brummte der Bär, „er ist hin und wieder der Chef, mal von dem einen, mal von dem anderen von uns."

„Aha, vielleicht einer vom BKA", murmelte ich.

Peters rieb sich das Ohr und schwieg beredt. Ich nahm einen Schluck von dem salbeiverunreinigten Kaffee und erzählte Peters von dem Ohrschmuck, den Teresa neben den Schienen gefunden hatte, schilderte ihm, wie es zu dem ersten vagen Verdacht gegen Gunilla Gromberg und Lydia Dellenbach kam und dass uns der Juwelier Mölke mit seinem Hinweis diesen Verdacht erhärtet hatte.

Es verschaffte Peters Freude, mir zu widersprechen.

„Keinen Beweis", korrigierte er, „bestenfalls ein Indiz. Der Schmuck könnte den Damen abhandengekommen und danach Unbekannten auf dem Gleis verloren gegangen sein."

„Ja, ja, Herr Peters, deshalb haben wir eben noch den Lackmus-Test gemacht …"

„… und gecheckt", fiel er mir ins Wort, „ob der Wagenheber der beiden noch komplett ist. Chapeau!"


Das Gespräch mit dem Kriminaloberinspektor zog sich hin. Peters ließ sich alles haarklein erläutern. Nichts sei unwichtig genug, dass ich es ihm verschweigen dürfe, sagte er und fragte irgendwann:

„Und was glauben Sie, welche der beiden Damen den armen Willem Schollfi gekeult hat?"

„Gunilla hätte ich es zugetraut", sagte ich ohne Umschweife. „Sie hat das kleinere Handicap und mehr Testosteron im Blut."

„Aha, Madame Gromberg spielt Golf. Sie glauben also, sie hat des Nachts auf dem Gleis den Aufschlag geübt?"

„Ja. So könnte es gewesen sein, aber es war ganz anders."

Peters wurde bissig.

„Die Dellenbach ist genauso verdächtig wie ihre lesbische Freundin."

Wir schwiegen uns eine Weile an.

„Lydia Dellenbach kommt heute zu Ihnen", sagte ich.

„Aha, gut, sie will sich stellen", triumphierte er.

Ich widersprach: „Nein, sie will ihre Aussage machen, sie ist Ihre Zeugin."

„Woher wissen Sie das?"

„Sie hat es mir gesagt."

„Wann kommt Sie?"

„In einer Stunde ... Darf ich bei dem Gespräch dabei sein?"

„Nee, auf keinen Fall!", er grinste: „Es sei denn, Sie haben eine Zulassung als Strafverteidiger und das Mandat der Beschuldigten."

„Ich gehe gleich!", sagte ich und dachte, dass es ihn ärgere, Teresa und ich könnten mit unserer Recherche erfolgreich gewesen sein. Ich nuckelte an meinem Kaffeebecher, stand dann auf und ging hinaus.

Unten vor dem Portal mit seinen übermächtigen Sopraporten kam mir Lydia entgegen und wir gingen hinein.

„Haben Sie etwas vergessen?", fragte mich ein aufmerksamer junger Beamter.

„Nein, im Gegenteil, ich möchte Herrn Peters etwas bringen ... einen Schatz."

Lydia tat mir den Gefallen und lächelte.

„Hauke Peters ist ein Grobian par excellence", flüsterte ich, als wir vor seiner Tür standen, „lass dich nicht einschüchtern."

„Nö, wird schon", meinte sie tapfer. „Ich melde mich bei dir, wenn ich das hier hinter mir habe, o. k.?"

Lydia verschwand in Peters Büro; durch die Tür hörte ich seinen polternden Bass, konnte aber nichts verstehen und ging.

Zuhause kümmerte ich mich um Berge unerledigter Aufgaben. Dabei sann ich darüber nach, wie Peters auf Lydias Aussage reagieren würde. Erst am späten Nachmittag rief Lydia an – vom Präsidium.

„Die haben mich vorläufig festgenommen", sagte sie, „neben mir sitzt ein Beamter und belauert mich." Lydia wirkte gefasst, sagte, sie habe damit gerechnet, hätte alles ausgeplaudert und hoffte, dass es ihr nützt. „Mein Ohrclip hat ihn interessiert. Er wolle seiner Frau auch solche schenken, hat er gelogen und gefragt, wo's die zu kaufen gäbe. Dann musste ich ihm einen in die Hand geben, und er hat mit seinen Wurstfingern mein Ohrläppchen angetatscht. Ob ich keine Ohrlöcher habe, fragte er scheinheilig, und plötzlich schwante mir, dass es um den Ohrschmuck ging, den Gunilla am Bahndamm verloren hatte."

„Du hast also gar keine Ohrlöcher für den Schmuck?"

„Nein."

„Warst du mit dem Grizzly allein in der Höhle?"

„Nein, er hatte so einen Typen dazugeholt."

Ich bot Lydia an, ihr einen Anwalt zu besorgen. Sie habe schon einen, sagte sie, der sei zu ihr unterwegs; ich solle sie möglichst bald besuchen und Horge mitnehmen.

„Das werden sie nicht zulassen", gab ich zu bedenken.

Beim Durchblättern der Tageszeitung fand ich am nächsten Morgen endlich einmal eine Meldung, die unseren Fall betraf. Sie irritierte mich, kam mir vor wie eine vom Pressesprecher der Polizei lancierte Falschmeldung: „… auf dem Gleis wurde ein toter 56-jähriger Mann gefunden. Der im Milieu bekannte Willem S. sei vermutlich auf den Schienen ausgerutscht und habe sich tödlich verletzt. Hinweise auf ein Fremdverschulden lägen nicht vor. Eine Nachfrage unserer Redaktion bei der Flensburger Kripo blieb erfolglos." Keine Zeile über die aktuellen Erkenntnisse, nichts von der Festnahme Lydias. Sehr richtig schrieb aber der Redakteur, dass noch viele Fragen in diesem mysteriösen Fall offenen seien. Das sah ich genauso.

Horge hatte sich, wie versprochen, aus der Klinik gemeldet und gesagt, er könne es dort nicht länger aushalten – was ein gutes Zeichen sei. Er werde deshalb in wenigen Tagen in die Welt der ‚unsensiblen Normalen' zurückkehren. Dann erzählte er, dass die Polizei bei ihm gewesen sei, er seinen Anwalt angerufen habe, und der würde ihm vorerst den Rücken frei halten.

„Was gibt's bei dir Neues?", fragte er und klagte, dass Teresa so wortkarg sei. Er vermutete, dass sie ihm etwas verschweigen würde. „Das traue ich dir auch zu."

„Ja, Horge", gab ich zu. „Wir haben einiges für uns behalten. Soll ich jetzt eine Beichte ablegen?"

Er seufzte.

„Nee, lass mal. Ich will's gar nicht wissen."

Es verging einige Tage, in denen ich mich meinem Alltag widmen konnte. Ruths Versand lenkte mich wunderbar ab; außerdem gab er mir Anlässe, sie anzurufen, und ich gaukelte ihr vor, dass mir die Plage mit den Uhren über den Kopf wachsen würde, und beschwor sie, endlich zu mir zurückzukommen.

Meine Hilflosigkeit amüsierte sie, dann wurde sie ernst.

„Ich muss dir etwas sagen", begann sie, „ich habe da jemanden kennengelernt und …"

„Was?" Ich war schockiert. „Wie ist dir das gelungen? Hast du ihm ein Bein gestellt und ihn ins Haus gezerrt?

Bestimmt ist er Flugkapitän der Lufthansa? Die werden von gewissen Damen immer wieder gern genommen, bis der Schwindel auffliegt ..."

Sie hatte aufgelegt. Ich rief zurück, um mich zu entschuldigen. Die erwartete Rüge blieb aus, im Gegenteil, meine eifersüchtigen Ausfälle hatten Ruth gute Laune bereitet. Das mit dem neuen Bekannten wäre noch nichts Richtiges, wiegelte sie ab, aber von dem guten Menschen könne ich mir eine Scheibe abschneiden und müsse wissen, dass ich nicht der einzige Mann auf der Welt sei.

„Ja, ja, ja!", sagte ich – nachdem ich aufgelegt hatte.

Irgendwann hatte sich dann Teresa von einer Autobahnraststätte gemeldet, sie wäre auf dem Wege nach Hamburg.

„Ich muss mich um Papa kümmern, es gibt schlechte Nachrichten."

„Geht's ihm nicht gut?", fragte ich.

„Nein, das ist es nicht", sagte sie, das Problem sei ein gänzlich anderes, sie würde es mir morgen erzählen, dann wüsste sie Genaueres.

Tatsächlich rief sie mich noch einmal an und eröffnete mir, ihre Mutter hätte Horges Abwesenheit dazu genutzt, ihre persönlichen Sachen aus der gemeinsamen Wohnung zu holen, dann sei sie wieder „abgehauen ... zu ihrem Lover nach Montreal".

„Dein Vater hat mir von dem Kanada-Mann erzählt", sagte ich. „Hat deine Mutter keine Nachricht hinterlassen?"

„Doch, hat sie – den üblichen Schmu. Ich fliege rüber und mache ihr die Hölle heiß, das sag ich dir! Aber erst einmal ziehe ich bei Papa ein."

„Der ist doch in der Klinik", wand ich ein.

„Nein, wie hätte er sonst merken sollen, dass sie weg ist? Mein Vater ist abgehauen und nach Hause."

„Du willst zu ihm ziehen – wie findet er das?", fragte ich und ließ damit durchblicken, dass Horge vielleicht lieber allein wäre.

„Was soll die Frage? – Hätt' ich dich nur nicht angerufen."

„Schon gut, Teresa, entschuldige!"

Sie tat, als ob sie weinen würde, verzieh mir zügig und versprach, sich noch einmal zu melden.

# Geisterstimmen

Anfang November nahm unser Fall eine unerwartete Wende. Horge hatte sich für einige Tage bei mir einlogiert, meinen Schreibtisch besetzt, um, wie er sagte, „dringliche Angelegenheiten" zu erledigen. „Davon hast du ohnehin keine Ahnung", hatte er angemerkt, als ich ihm mit meiner Neugier zu nahe gekommen war.

Dieser Tag begann mit einer Überraschung: Oberinspektor Peters stand plötzlich im Flur, er hatte seinen stummen Kollegen Jochen im Schlepp und behauptete, er habe mehrmals an der Tür geläutet.

„Hausdurchsuchung?", fragte ich und war auf alles gefasst.

„Aber, Herr Levgen, wo denken Sie hin? Wir haben nur ein kleines Anliegen", sagte er ungewohnt verbindlich.

Ich führte die beiden ins Wohnzimmer, wo sie sogleich unaufgefordert Platz nahmen und beherzt in eine mit Nüssen gefüllte Schale griffen. Horge begrüßte die Eindringlinge und setzte sich dazu.

„Der Fall ist kompliziert", begann Peters.

„Der Fall Dellenbach?", fragte ich eilig dazwischen.

„Sagen wir mal … der Fall Schollfi", erwiderte er kleinlaut. „Wir haben das Handy des Opfers gefunden und darauf etwas sehr Interessantes entdeckt, etwas, das die Verdächtigte entlasten könnte." Peters legte ein kleines Gerät auf den Tisch. „Unsere Elektronikspezialisten haben das technisch aufbereitet: Es handelt sich um eine Audioaufnahme von Schollfis Mailbox; mit seiner Stimme und der eines Unbekannten – der mit hoher Wahrscheinlichkeit sein Mörder ist."

Mir stockte der Atem.

„Dann ist Lydia nicht …?"

„Wir stehen vor einem Rätsel", sagte er in einem Tonfall, der das ganze Ausmaß seiner Ratlosigkeit verriet. „Frau Dellenbach steht weiterhin unter dringendem Verdacht."

Jochen gab laut: „Wir suchen den Mann zu der Stimme, vielleicht haben Sie eine Idee."

Peters legte seinen gestreckten Zeigefinger auf die Starttaste des Gerätes und wartete, bis er sich unserer Aufmerksamkeit sicher war.

„Moment noch", sagte ich: „Wie ist es zu dieser Nachricht gekommen?"

„Er wurde angerufen, vielleicht um ihn zu orten, mehr nicht", antwortete Peters. „Der mutmaßliche Täter konnte ihn in dem unübersichtlichen Gelände eventuell nicht finden, es war stockfinster. Also: Der Klingelton führte den Mörder zu seinem Opfer. Schollfi konnte oder wollte das Gespräch nicht annehmen, nach 15 Sekunden schaltete die Mailbox-Funktion auf Aufnahme. Das hat der Täter nicht bedacht, steckte sein Telefon wieder in die Westentasche. Das Telefon aber begann, die Stimmen und Geräusche des Tathergangs auf Willems Mailbox zu senden, genau 30 Sekunden lang."

„Bis zum Piepton", ergänzte der sonst so schweigsame Kollege Jochen und grinste böse. Peters startete die Tonaufzeichnung. Sie begann mit der automatisierten Ansage. Es folgte ein Rauschton und ein dumpfes rhythmisches Pochen. „Das Herz des Täters", flüsterte Jochen.

Wir hörten die Stimme eines Mannes, erregt, undeutlich, nur in Teilen verständlich.

„Ausgeburt der Hölle!" verstand ich, und „Mörder …
du hast mich getötet!". Ein Widersinn in sich! Wieder
unverständliches Gemurmel, dann die Stimme Willems,
gepresst, gestöhnt, verworren. Es folgte ein klingendes
Geräusch, als würde etwas Metallenes auf den Schienenstrang fallen.

„Die Stange", warf Peters ein.

Schritte über den Schotter, kleine hastige Trippelschrit-
te, die sich entfernen.

„Sie haut ab", kommentierte Jochen und wiederholte:
„Lydia haut ab."

Peters rügt ihn mit einer abwehrenden Handbewegung
für seine Geschwätzigkeit.

Ein paar Sekunden Stille, in denen man nur das Herz-
pochen des vermeintlichen Täters hörte, etwas schneller
als zuvor. Dann ein Ächzen und unangenehme Geräusche, wie die von wuchtigen Schlägen beim Holzhacken.
Vor jedem Schlag ein tiefes Einatmen. Zwischen den
Schlägen hörte ich Flüche, wahrgenommen wie durch
eine geschlossene Tür. Ein Pfeifton setzte das Signal für
das Ende der „Mitteilung".

Wir hatten einer Hinrichtung beigewohnt. Ich bekam
kein Wort heraus.

„Meine Herren, noch einmal?", fragte Jochen und bevor wir antworten konnten, startete er die Mailbox-Auf-
zeichnung erneut. Die Wiederholung erschien noch quä-
lender.

Peters beäugte uns misstrauisch, sein Blick verhakte
sich in meine Pupillen.

Die Beamten sahen uns nach der Aktion fragend an.
Ich zuckte mit der Schulter.

„Nein, tut mir leid … Da kann ich Ihnen nicht helfen",
sagte ich, „an der Stimme kam mir nichts bekannt vor."

Ihre Blicke richteten sich auf Horge. Er war kreidebleich, wirkte angezählt, brachte keinen Ton heraus und schüttelte den Kopf.

Peters flüsterte seinem Kollegen etwas zu. Sie standen auf und gingen, wortlos, grußlos. Durch das Fenster sah ich sie wild gestikulierend im Auto sitzen. Nach Minuten zwängte sich Peters heraus und kam zurück. Er wird etwas vergessen haben, dachte ich und kam ihm entgegen.

„Sie sollten eines wissen", grollte er: „Ich bin sicher, dass Ihr Freund Hinnerks die Stimme erkannt hat, er weiß genau, wer Schollfi erledigt hat!"

Ich versuchte einen Widerspruch: „Wie kommen Sie darauf?"

„Das habe ich ihm angesehen. Nach 30 Jahren Erfahrung mit Verbrechern und Lügnern habe ich dafür ein Organ entwickelt, das fehlt nie!"

„Sie liegen richtig, ich habe die Stimme erkannt", sagte Horge plötzlich, zögerte dann aber, weiter zu sprechen.

„Reden Sie, Mann!" Peters wurde ungeduldig.

Horge bewegte die Lippen und flüsterte: „Es war die Stimme eines Geistes", und sagte beschwörend, bei jedem Wort lauter werdend: „Es war ein Geist!"

Peters schwieg, sah ihn eine nicht enden wollende Weile mit versteinerter Miene an.

„Aha, ein Geist also?!", wiederholte es, schüttelte ungläubig den Kopf, stand auf und ging.

Horge, sah mich an, als habe er ein Unrecht begangen, kauerte schwankend auf seinem Stuhl, dann nestelte er aus der Westentasche seines Jacketts einen knisternden Medikamentenblister, führte ihn zum Mund und biss eine Kapsel heraus. Ich sorgte mich um ihn, die Situation war bizarr. Er ging stumm die Treppe hinauf und verschwand im Gästezimmer.

Am Morgen wählte ich Peters' Nummer. Es war wie ein Zwang, ich wollte etwas erfahren, etwas, das mir das bleierne Gefühl der Ratlosigkeit nahm. Der Kriminaloberinspektor war grimmig wie nie, seine Stimme klang verändert, dermaßen, dass ich im ersten Moment vermutet hatte, falsch verbunden zu sein. Er sei nicht mehr zuständig, sagte er mit brüchiger Stimme, eine taube Nuss, die mal sein Kollege war, habe die Ermittlungen übernommen, der ließe sich jetzt von einem Lackaffen jeden Fake in die Maschine diktieren. Ihn schreckten seine Worte, schien sie zu bedauern, wollte sie mit einem schnellen Themenwechsel vergessen zu machen. Ob ich die magere Zeitungsnotiz gelesen habe, fragte er.

„Ja natürlich", sagte ich, „sie hat mich irritiert."

Dann wüsste ich ja, dass der Fall erledigt sei, maulte Peters, weil er offensichtlich nie einer gewesen sei.

„Sie werden sich in diesen Tagen noch sehr wundern Levgen", sagte er, „und freuen", setzte er nach. „Es hat also am Bahndamm nie ein Tötungsdelikt gegeben. Gegen Ihren Freund Horge Hinnerks wird nicht weiter ermittelt werden, ebenso wenig wie gegen Frau Gromberg oder Frau Dellenbach." Peters ächzte unter dem Gewicht seiner eigenen Worte.

„Aber die Fakten, die …", rief ich dazwischen.

„Scheiß drauf!", brüllte er, „es gibt keine Akten."

„Und die Bandaufnahme vom Tathergang?"

„Nichts da", brummte er, „Sie haben es doch gehört: Es war ein Geist. Es ist ein Wahnsinn, deshalb hat Ihr verrückter Freund als Einziger den richtigen Schluss gezogen. Ich sage Ihnen, Levgen, ich habe mich noch nie so sehr auf meine Pensionierung gefreut. Die letzten 164 Tage mache ich Dienst nach Vorschrift."

Er legte auf.

Horge stand in der Tür, er trug den weißen Morgenmantel, der Teresa von der Schulter gerutscht war und den ich seitdem, obwohl ich mich nach Kräften dagegen wehrte, wie eine Reliquie betrachtete.

„Gibt es Ärger?", fragte Horge.

„Nein, ich hab mit Peters telefoniert. Wie geht es dir?"

„Bestens, mein Lieber, es gibt Pastillen, die helfen. Willems Hinrichtung hab ich gut überstanden. Möchtest du auch einen Kaffee?"

„Ja, gerne, schwarz, wie immer."

Während er sich in der Küche nützlich machte, blätterte ich eilig die Morgenzeitung durch.

„Le petit dejeuner", sagte Horge und stellte ein Tablett auf den Tisch.

„Wer ist der Geist?", fragte ich unumwunden.

„Gustav Lohmann!", antwortete Horge wie beiläufig.

Ich war sprachlos. Horge begann zu essen. Mehrere Male versuchte ich einen Satz, brach aber immer wieder vor dem ersten ganzen Wort ab. Dann, nach einer Weile, sagte ich schwach: „Guschi ist tot. – Aber …"

„Gustav hat es geschafft", murmelte Horge, „der ist jetzt auf dem Wege in die Karibik – vermutlich genauso *tot*, wie er auf dem Bahngleis war, als er Willem erschlug."

# Ruth kommt zurück

An einem der folgenden Tage störte mich ein verdächtiges Geräusch, jemand machte sich an der Haustür zu schaffen. Im Flur stand Ruth, eskortiert von zwei Koffern. Ihr gefrorenes Lächeln verhieß nichts Gutes. Meine Umarmung wehrte sie ab und ohrfeigte mich. Im Grunde war es eher ein „rhetorischer Wangenstreich", der sich anfühlte wie eine verunglückte Liebkosung.

„So, jetzt sind wir quitt", sagte sie sehr bestimmt.

„Ja – wir sind quitt!", willigte ich eilig ein, fand den Deal nicht schlecht, erinnerte mich aber an Teresas Prophezeiung, dass sich Ruth revanchiert haben würde, wenn sie zurückkäme. Ich würde es ihr ansehen, redete ich mir ein und griff willfährig nach den Koffern, auch um zu demonstrieren, dass ich mir nichts mehr wünschte, als dass ihre Entscheidung unumkehrbar sei.

Unsere Konversation kam nur stockend in Gang. Ruth berichtete, wie es ihr ergangen war und dass ihre Freundin sie täglich eindringlich davor gewarnt habe, jemals zu mir zurückzukehren.

„Sie hat mich nie leiden können", klagte ich, „außerdem ist sie froh über jede, die unglücklicher ist als sie selbst."

„Das ist ungerecht!", schimpfte Ruth.

Noch an diesem Abend erzählte ich ihr erste Bruchstücke der Ereignisse, soweit ich glaubte, es ihr zumuten zu können, und verschwieg vorerst das Dramatischste. Sie war beunruhigt und sprach mich in den folgenden Tagen immer wieder auf das Thema an.

Zwei oder dreimal im Monat rief mich Teresa an. Unter die freundlichen Belanglosigkeiten mischte sie kleine Anmerkungen und Nachfragen zu unserem gemeinsam begangenen Delikt auf den Schienen. Nach einem dieser Telefonate reagierte Ruth nervös.

„Hast du oder hast du nicht? Mit ihr, du weißt schon. Ich will es wissen! Ich traue dir alles zu."

„Ruth!", meine Empörung hätte berechtigt sein können, war aber gespielt. „Das Mädchen ist gerade Mitte zwanzig. Ältere Herren müssen reich, berühmt oder mächtig sein, wenn sie bei jungen Damen landen wollen."

„Ach, daran hat's nur gelegen?"

Irgendwann hatte sie Teresa am Telefon. Das Gespräch begann spröde, Ruth gab kleine Spitzen von sich, gespickt mit Andeutungen, gekonnt dosiert und nicht zu empörtem Widerspruch geeignet.

Bald änderte sich die Tonart, das Gespräch entwickelte sich harmonisch, schließlich tauschten beide Herzlichkeiten aus. Wenn Ruth lachte und mir einen verschämten Blick zuwarf, wusste ich, dass sie über mich gespottet hatten.

Mir war es recht. Wann immer ich Teresas Telefonnummer auf dem Display sah, reichte ich den Hörer rasch weiter an Ruth und bat sie, herzliche Grüße auszurichten.

Wochen später bekamen wir überraschenden Besuch von Teresa, sie war auf dem Wege nach Aarhus, zu einem Konzert. Sie erzählte von ihrer neuen Liebe, dem Musiker eines Sinfonieorchesters. An einer Bushaltestelle hätten sie sich kennengelernt, Teresa sei über seinen Fagottkoffer gestolpert und beide hätten sich nach anfänglichen gegenseitigen Beschimpfungen „ineinander verguckt", wie sie sagte.

Ruth nahm die Nachricht begeistert auf und fragte bis ins Detail alles ab. Als ich kurz mit Teresa allein war, knuffte sie mich in die Seite und gab mir ein Küsschen auf die Wange.

„Horge hat sich lange nicht gemeldet, wie geht es ihm?", fragte ich.

„Er macht sich als Strohwitwer nicht schlecht. Vielleicht hat er eine Freundin", sie habe ihre Mutter bei dem Neuen häufig angerufen und ihr die Leviten gelesen. „Nein, ich bin noch nicht bei ihr gewesen."

Nach einer Tasse Kaffee drängelte Teresa zum Aufbruch, sonst käme sie zu spät, sagte sie.

In den Wochen danach rief Teresa regelmäßig an und berichtete über den Fortgang ihrer neuen Beziehung. Ich erhielt die Informationen ungefragt von Ruth, gefiltert und kommentiert, sodass ich mich, was sie auch erwartete.

Tage später stand Horge in der Tür, erklärte, er käme nur deshalb unangemeldet, weil ich meinen AB wieder einmal nicht abgehört hätte. „Wir sind mit Lydia verabredet", rief er. „Greif dir einen Mantel, wir fahren mit meinem Wagen, bin schon etwas spät dran!"

Ich legte Ruth eilig eine Zettelnachricht auf den Tisch und stolperte ihm hinterher ins Auto.

„Ich hab' sie angerufen", sagte Horge. „Lydia freut sich, uns zu sehen."

„Wohnt sie noch …?"

„Ja, aber sie will da raus, hat erst mal einen schwulen Untermieter genommen."

„Sehr praktisch!"

Lydia empfing uns freudig und genoss Horges leidenschaftliche Begrüßung. Einen seiner fest zupackenden

Arme korrigierte sie um eine Handbreit und zwinkerte mir verstohlen zu.

Das Interieur ihrer Wohnung hatte sie in einigen Details verändert. In der Mitte des großen Raumes lag ein dunkelroter Gabbeh-Teppich, darauf stand eine mannshohe Skulptur, die aussah wie der misslungene Teig einer riesigen Menge brauner Weihnachtskekse.

„Das Ergebnis meiner Therapiestunden", sagte sie gut gelaunt.

„Hat was!", spöttelte Horge.

Ich fragte nach der *Gattin des Bahnhofvorstehers*.

„Das Bild gehörte Gunilla", sagte sie. „Sie lebt nicht mehr hier, ist ins Ausland."

Horge und ich sahen uns schweigend an, bis er fragte: „Karibik?"

„Woher weißt du das?", sie lächelte: „Mögt ihr einen Tee?"

„Hast du einen Assam?", präzisierte ich meinen Getränkewunsch, so als hätte Horge nichts gefragt und Lydia nichts geantwortet.

„Nee, Fenchel oder Salbei."

„Lieber 'n Kaffee!", sagte ich schnell.

Ich blickte Horge schweigend an.

Lydia kam aus der Küche zurück und schwang das Tablett mit Kanne und Tassen mit gewohntem Hüftschwung, virtuos, eben wie damals als Kellnerin im Gasthof Rickmers.

Ein junger Mann kam aus dem Bad, halbnackt, pitschnass.

„Oh – du hast Besuch", stammelte er, grüßte mit einem scheuen „Hi!" und verschwand tänzelnd im Nebenzimmer.

Lydia lachte durch ihre Tränen hindurch.

„Das war Günni", sagte sie nach einer Weile. „Ein ganz Netter, hat 'n Freund. Meine Güte, was machen die ein Getöse beim Sex! Ist das bei denen immer so?"

Horge lachte: „Darfst du uns nicht fragen."

Lydia putzte sich umständlich die Nase. Horge legte ebenso umständlich seinen Arm um sie.

„Ich hab' Lydia eingeladen: Wir fliegen nach St. Thomas", erklärte Horge mit Besitzerstolz.

Lydia lehnte sich an ihn und lächelte, dann gab sie ihm einen Kuss auf die Wange und schälte sich langsam aus seiner Umarmung.

„Kümmert sich eigentlich jemand um Gustavs Grab? Ich war dort, die Urnenstele war bereits zugewachsen. Er ist ja erst seit ein paar Monaten tot, aber irgendwie scheint dies niemanden zu interessieren."

„Na ja", kommentierte Horge, „man soll die Toten einfach ruhen lassen."

# Inhalt